往来山海

丁小炜 ——

著

天津出版传媒集团

百花文艺出版社

图书在版编目（CIP）数据

往来山海 / 丁小炜著. -- 天津：百花文艺出版社，
2023.3
　　ISBN 978-7-5306-8352-1

　Ⅰ.①往… Ⅱ.①丁… Ⅲ.①散文集-中国-当代
Ⅳ.①I267

中国版本图书馆 CIP 数据核字(2022)第 202851 号

往来山海
WANGLAI SHANHAI

丁小炜　著

出 版 人：薛印胜	书名题字：汪惠仁
责任编辑：李　莹	美术设计：张振洪
内文插图：朱　凡	

出版发行：百花文艺出版社
地址：天津市和平区西康路 35 号　邮编：300051
电话传真：+86-22-23332651（发行部）
　　　　　+86-22-23332656（总编室）
　　　　　+86-22-23332478（邮购部）

网址：http://www.baihuawenyi.com
印刷：天津新华印务有限公司
开本：880 毫米×1230 毫米　1/32
字数：186 千字
印张：11.5
版次：2023 年 3 月第 1 版
印次：2023 年 3 月第 1 次印刷
定价：60.00元

如有印装质量问题,请与天津新华印务有限公司联系调换
地址:天津东丽开发区五经路 23 号
电话:(022)58160306
邮编:300300

丁小炜

　　重庆云阳人，军旅诗人、作家，中国作家协会军事文学委员会委员，中国人民解放军国防大学艺术学硕士。著有诗集《不朽之旅》《野象群》、散文集《心灵的水声》《一路盛宴》、长篇纪实文学《在那遥远的亚丁湾》《一腔无声血》《江竹筠：一片丹心向阳开》。担任中央广播电视总台15集思想解读类融媒体片《追光》总撰稿。曾获冰心散文奖、海洋文学奖、《解放军文艺》双年奖、川观文学奖和长征文艺奖。

儿时的小木枪啊

退到了身后

我锃亮的理想

就在前方

目　录

往　见

来 思

山 行

海 上

附 录

往 见

访胡可

还记得那是 2018 年 7 月，我和几位战友相约来到一位老人家里。

他出生于 1921 年，与伟大的中国共产党同龄。他 16 岁参军，18 岁入党，是晋察冀军区抗敌剧社戏剧队副队长，创作了《戎冠秀》《战斗里成长》《战线南移》《槐树庄》等一大批经典话剧。他就是原中国人民解放军总政治部文化部副部长、原中国人民解放军艺术学院院长胡可同志。

他是一个信仰坚定的革命者，一个温文尔雅的剧作家，还是一个平易近人的老头儿。那天，当我们走进胡老简陋的家时，他正在伏案写作。靠近书柜的墙上挂着他已故老伴儿胡朋的照片，胡朋是著名的表演艺术家，擅演善良坚强的农村妇女和"革命母亲"，他们是 20 世纪 40 年代抗敌剧社的革命伉俪。快 30 年了，他一直住在这里。老式的桌椅，陈旧的四壁，书桌下的瓷砖花纹都磨掉了，留下两个醒目的脚印，静静地，把岁月守望。70 多年前的人名、地名和历史事件，胡老都记得清清楚楚，特别是讲到战争年代文艺战士与人民群众的真挚感情，胡老几度哽咽。他说："我们是在替牺牲的同志享受荣誉。"

我们是为寻找军事文艺的初心而来，为体味红色文艺的光荣而来，而走近胡老，就仿佛走进了我军文化工作的厚重史册，走进了烽火硝烟的燃情时光。

那是抗战时期的冀中大地，那是大平原上一个个浸透了岁月沧桑的小村庄……通过胡老的诉说，我们仿佛看到了年轻的胡可和那群文工队员激情澎湃的模样。山村土房的油灯下，拒马河边的青石旁，月华如水的山涧里，麦苗青青的田埂上……在那片土地上，胡可开始了最初的创作。就像《抗敌剧社社歌》里唱的那样："艺术是我们的枪，舞台是我们的战场。"

现在的人们也许不会想到，当年部队文工队演出时，演员的怀里都揣着一颗手榴弹。那不是装点剧情的道具，而是演员们最后的吼声。因为敌人随时会出现，战斗随时会打响。胡可说，那时候他们文工队行军走的路，有时比作战连队还要多，因为他们要赶在前面去设置鼓动站。几行标语、一段快板、一首军歌,都能为部队注入铁血精神和必胜信心。

敌我胶着、短兵相接,在最危急的时候,他们会放下乐器、拿起武器,直接投入严酷战场。据统计,仅抗战时期,晋察冀军区抗敌剧社就有30多位同志光荣牺牲在炮火连天的战场。

抗敌剧社戏剧队副指导员吴畏同志,是一位才华横溢的编剧,更是胡可最好的朋友。那是在1943年秋季反"扫荡"的行军途中,战斗间隙,吴畏掏出一张《晋察冀日报》,向大家传达毛主席在延安文艺座谈会上的讲话:我们要战胜敌人,首先要依靠手里拿枪的军队。但是仅仅有这种军队是不够的,我们还要有文化的军队。

胡可当时听完后说:"说得好啊,毛主席讲的每一个问题都像是直接对我们讲的。副指导员,我又有了好多新的想法,我们一定要写出一部有底气、长志气、鼓士气的好戏来!"

吴畏说:"胡可同志,等打完这一仗,我们好好商量商量……"

就在这时,周边突然枪炮大作,敌人向他们发动了袭击。子弹在耳边呼啸,炮弹在身边炸响。

"大家分头突围,我来掩护!"吴畏喊道。

大家安全突围了,可吴畏同志却再也没有回来。鬼子的两把刺刀穿透了他的胸膛,挎包里血染的剧本,雪片般撒满山冈……

胡可说，那个场景他一生难忘。

这就是战火中的文工队队员。他们一手拿枪、一手拿笔，既是宣传员，更是战斗员。在这支队伍中，只有特殊的战位，没有特殊的人。

晋察冀边区有位戎冠秀大娘，她带头送子参军，组织妇女做军鞋、救伤员，积极拥军支前，被誉为"子弟兵的母亲"。胡可同志深入采访戎冠秀的事迹，创作了经典话剧《戎冠秀》。从那时起，他们一直保持着母子般的情谊。1954年9月，第一届全国人民代表大会召开，胡可去看望58岁的会议代表戎冠秀。当谈到戎妈妈牺牲在朝鲜战场的小儿子李兰金时，胡可动情地说："妈妈，我就是您的儿子，兰金为国尽忠，我替他尽孝。"戎妈妈说："兰金是为国家牺牲的，这就是最大的孝。"从始至终，戎妈妈没掉过一滴泪。而当胡可告别出来，却听到身后传来了隐隐的哭声……

那一刻，胡可顿时感到"子弟兵的母亲"这个称号的分量。人民为我们倾其所有，我们必须讴歌人民，不然，还要我们这些人干什么？他说，我们的创作、我们的文学艺术，永远要与时代同行，为人民放歌。他又说，我与党同龄是我的荣幸，与党同路是我的坚定选择。

2个小时的探访很快结束了，我们的心情却久久不能平静。我们不禁思索：今天的军事文艺，会不会远离了官兵、远离了战场？今天的军事文艺，该怎样本色不改、重整行装？今天的军事文艺，该有怎样的使命担当？胡老这位文艺老兵，用他的战斗经历告诉我们，军事文艺永远姓军为战、服务打赢，永远要面向基层、服务官兵。传承红色基因，打造强军文化，这便是我们应有的使命担当。

奇崛浪漫牵大风

　　春节轮到我值班,原计划值完班就出去"行万里路",不承想疫情肆虐,只好老老实实待在室内"读万卷书"。也好,可以完成一些许久未完成的阅读计划。这时候有媒体约写一篇关于茅盾文学奖的文字,想了想,还是聊聊徐怀中先生的《牵风记》吧,正巧这几日重读了其中一些章节。

　　我有幸与徐怀中先生同住一个大院,刘白羽、李瑛、胡可等文学巨匠也曾住在这院子里,我时常因一些会议、看望、约稿事宜,与前辈们或多或少有接触。如今,刘白羽、李瑛、胡可等几位老先生已离我们而去。前些年,还时常见徐怀中先生和老伴儿一起下楼散步,近来他因腿疾,已很少下楼。怀中先生满头银发、身体略胖,眯缝的双眼既有神又温厚,说话慢声细语却中气十足，与之相处，感觉特别亲切踏实。

　　最早听说《牵风记》这本书，是在一次工作会议上，同朱向前、汪守德两位老师聊起，他们说徐怀中先生写了一部长篇，把打印稿给他们看了，宛如一股清风，给人别样体验，特别是老爷子笔下的爱情，是那样的革命加浪漫，可以说我们这些年轻人都写不出来。从那时起，我就对这部作品充满了期待，怀中先生的代表作《我们播种爱情》《西线轶事》，将战争与爱情写得十分别致，《牵风记》又会奉献给我们一种怎样奇崛的爱情呢？后来，《人民文学》主编施战军老师多次和我谈到，听说徐老在创作这部作品后，他们第一时间联系老先生，要来了作品首发权，并把《牵风记》列为杂志重点项目，及时跟进创作进度，协助完成修改打磨工作，他和编辑部的同事多次上徐老家讨论，有时候他们列出一长串问题，徐老听完后会微闭着眼睛坐在那里，对这些问题一一回应、破解，徐老坚持的时候，别人一般是无法改变的。我想，这些问题他在心中已酝酿了60年，他的坚持甚至固执，自有道理。

　　拿到2018年第12期《人民文学》的当晚，我几乎一夜未眠，一口气读完了《牵风记》，还有朱向前、西元两位老师写的评论《弥漫生命气象的大别山主峰——关于徐怀中长篇小说〈牵风记〉的对话》。西元说，徐先生就像一位饱经沧桑的旷世画家，一点一点把胸中巨大的蓝图画给我们看。朱向前说，《牵风记》的突破之处在于创造出了几个当代军旅文学的新形象，凸显了美对战争的超越，突出了战争与爱的纵深，实现了当代军旅文学的美学突围。徐老自己解释说，书名为《牵风记》，可理解为在总体力量敌强我弱的形势下，突破战争史局限，牵引战略进攻之风；《牵风记》的原稿与今作，在立意与创作方法上都有显著差别，亦可理解为牵引个人写作转变之风；"风"为《诗经》六义之首，而《国风》部分的诗歌，大多是反映周代先人们生活的恬淡浑朴、愉意跳脱，或表现青年男女的浪漫爱情，与小说内涵相契合，也不妨理解为牵引古老的"国风"之风。

当然，我的阅读一时还未进入这样深的层面，那些日子只是沉浸在《牵风记》氤氲的情境中无法出奔。

没过几天，在海南越冬的军旅评论家张西南将军给我打电话，说他那里找不到新一期《人民文学》，让我火速快递过去。西南将军向以文思敏捷、激情四溢著称，没过多久《中国艺术报》就发出了他的《交响着那一代老兵的英勇、豪放和悲壮——致长篇小说〈牵风记〉作者徐怀中先生》，他以书信的形式向徐老致敬，写了洋洋洒洒6000多字的评论。西南将军说，他是在一个岛上读完《牵风记》的，那里每日有风，虽此"风"非彼"风"，但让他的心很快就被徐老的"风"牵向了远方，牵到了那个起"风"的地方。如今从徐老的"风"中又飘来美丽的琴声,似卷着大别山的苍凉,歌里抒发着晋冀鲁豫儿女的情怀。张西南还说,《牵风记》中的人物,曹水儿是写得最好的,他的一言一行、一招一式都是那么真实、自然和生动,他的随心所欲、所作所为,也是那么入情入理水到渠成,是一个典型的穿上了军装的农民形象。而西南将军最深切的表达,是徐老超过半个世纪的"牵风"实践让他肃然起敬,走过漫长而又曲折的历史,那一代人没有改变他们抱定的理想和追求,反而让他们不断回望自己的来路,不停反思为什么"许多想法与之前相去甚远"。

当然,张西南将军认为作品中对曹水儿那些"花花草草"之事应该描写得更委婉些,诸如此类。一部文学作品不可能白璧无瑕。还有今天众多对人民军队壮阔历史不甚了解的年轻人,以及那些迷恋五光十色的快餐文学、玄幻文学的读者,我相信这部作品对他们而言始终是提不起兴趣的,因此一些尖酸的声音冒出来没有什么奇怪。好评也罢,不好也罢,在这里不一一列举,还是谈谈我个人的阅读感受吧,也许我与别人感受不一样,这也皆是因为对中国军旅文学的认知、理解及走向,不同的人有不同的阅读体验。

我给《牵风记》的定位是"文艺小说"。有人会说,小说难道还有不文艺的?这源于我参照今天电影的分类而杜撰。电影分为商业片、动作片、喜剧片、科幻片、文艺片等等，甚至还有公路电影、音乐电影、黑帮电影、悬疑电影、意识流电影等等，小说其实也可以基于当代阅读习惯进行分类，如官场小说、武侠小说、青春小说、侦探小说等等。《牵风记》往大了说是革命历史题材小说，也是军旅小说，然就其质地而言，我更愿意把这部作品归为"文艺小说"。徐怀中先生的作品从来都充满诗意，文艺气质是他写作的底色，在《牵风记》中，他把这种文艺范儿彰显得更彻底。先看看作品各个章节的题目，"让春天随后赶来好了""野有蔓草""我听到了此兴彼落的历史足音""黄河七月桃花汛""一匹马等于一幅五万分之一地图""零体温握手""现代人的听觉依然处在休眠期"……这些章节的题目已然给作品先镀上了一层诗意。故事的结构过程中，空灵的古琴之音、苍远的戏剧腔调、圣洁的人体摄影、含蓄的行草书法……谁说这是一支草莽军队，这多么具有文艺气息啊。

女主人公汪可逾是北平古琴女、文化教员，男主人公齐竞是一旅之长、军事指挥员，却也是饱读诗书、精通音律的文人，还是东京留学归来的摄影发烧友，不折不扣的文艺青年。齐竞身上缺少战争年代基层指挥员那种粗粝火暴的性格，他不是《亮剑》里的李云龙，他的气质更接近于赵刚。他和汪可逾之间的故事，怎能不散发出强烈的文艺气息呢？

战争是宏阔雄壮的，战斗生活往往是滋生文艺的土壤。《牵风记》整个故事不能算作悲剧，但我认为充满了人物的悲情和战争的悲怆。男女主人公互生爱慕、心照不宣，却最终以一腔冰冷、哀怨作别，齐竞对待爱情吞吞吐吐、缺少敢爱敢恨的热烈，特别是他内心深处挥之不去的那一套封建礼教，为这一段爱情画上了休止符，汪可逾只能对他报以"零体温握手"。晚年的齐竞以安乐死殉情汪可逾，可以看作他卸下了背负一生的沉重十字架。至于写到汪可逾牺牲而"不朽"，以一具"雕像"在银杏树洞里涅槃，仿佛凝聚着天地日月精华，则更是作者最诗意的表达。徐老秉持自己一贯的铿锵玫瑰韵味、一贯的硝烟妩媚意境，塑造了汪可逾这个芳华、才情、品性以及战斗精神都无与伦比的全新人物形象。《牵风记》写得青春、浪漫、空灵、唯美、诗意，充满画面雕塑感，掩卷之际，高山流水般的天籁仍余音绕梁，且不论"文艺小说"这一提法是否妥当，《牵风记》是一部"文艺小说"，我算是认定了。

我军文化工作的优良传统，在《牵风记》里得到传承和弘扬。或许因为我久耽于军队文化工作，对小说中写到的部队文化工作的事情特别留心，更愿意从这些细枝末节去体悟作者的用心。徐老是军队文化工作的老领导，曾担任总政文化部部长，因此小说中处处闪现我军文化工作的痕迹就不足为奇了。汪可逾平时的一项主要工作是写标语、办板报,这简直就是我军文化工作的源头,早在古田会议决议中,特别强调要运用鲜活生动的板报、宣传画、宣传口号、革命歌谣等对青年群众进行宣传。小说对汪可逾完成这项工作的细节刻画十分到位,比如写冬天她在墙上刷字,石灰水顺着她的手臂流到衣服里边去,那种感受恐怕只有干过这种工作的人才能写得如此细腻准确。

小说中新华社随军记者把汪可逾解决俘管工作老大难问题的事情写成稿子,发表在《政工往来》上,官兵们批评作者是苏联话剧《前线》中的战地记者客里空,专靠虚假新闻博取声名,这个桥段活脱脱反讽了部队一些人利用宣传文化工作念歪经的行为,这种现象战争年代有,过去有,今天亦未绝矣。

文工团到旅里演出,群众演员从旅里抽选,司务长上台演县长等细节十分符合部队现实,我军文化工作一直走的是"兵写兵、兵演兵、兵唱兵"这个路子。特别是写到文工团演出《血泪仇》前,部队必须把大家的子弹、手榴弹一律收缴,防止战士们入戏太深冲动起来,像观看《白毛女》那样照着台上的"黄世仁"一枪干过去。"多少俘虏兵补入部队,连国军的军帽都还没有来得及换,看完《白毛女》《血泪仇》,直接走上了战场。从拉开到关闭大幕的有限时间内,极大限度地提高了他们的思想觉悟,第二天见面,已经是一位战斗英雄了。"这些故事,真实再现了我军文化工作的强大威力。

《牵风记》实现了历史真实和艺术真实的高度融合。故事背景是我军挺进大别山,此战是解放战争的一个伟大转折,为转入全国性战略进攻奠定了基础。然而小说却将这宏阔的背景进行了虚化处理,没有宏大叙事,只选取一个并非主力的独立旅展开叙述,即便写这个旅的事,也没有更多着墨于残酷的战斗,而是沿着战斗间隙将人物之间的情感逻辑往下铺展。三个主要人物,一匹叫"滩枣"的战马,一张古琴,使得战地黄花分外香,战斗情谊有洞天。整部作品,徐老写出了人情世态的时代感,写出了艺术情趣、灵性和味道。齐竞与被俘的国军老参事有一场关于野战军"一号"首长的精彩对话:

郭参事:孤军深入敌方战略纵深 500 公里,其历史性代价怕是你们难以承受的。

齐竞:那就要看前方将帅的意志力和思维能力了。

郭参事:对于晋冀鲁豫野战军司令员,我本人又何尝不是钦佩之至呢,摘除坏死的眼球,却坚决拒绝麻醉,担心使用麻醉剂可能会伤害脑神经,他恳求医生说,作为一名军人,我不仅需要有超乎寻常的坚强意志力,同样要具有极度健全与敏锐的思维能力。

齐竞:顺利完成了手术,从始至终他没有喊一声痛,他告诉医生,我忍受疼痛的办法,就是一刀一刀数着你割下多少刀,总共是72刀。一点不错,德国医生感动地说,你不是普通的中国军官,你是一块会讲话的钢板。

这个故事从敌军口中说出来,将帅的形象一下亮了起来。

在过淮河那个场景里,曹水儿牵着军马过了河,后来我军在淮河洪峰抵达前放弃架桥,全部徒步过了河,当国军23个旅的强大追兵赶到时,洪峰来了,他们只能望河兴叹,眼睁睁看着解放军扬长而去。这也是真实的历史。小说中,作者巧妙地把曹水儿、汪可逾和"滩枣"这个小分队过河的情景与"一号"首长的决策结合起来,简直天衣无缝。

2019年上半年,《牵风记》责编、人民文学出版社胡玉萍老师打电话给我,希望与我们一起做好推荐《牵风记》参评茅盾文学奖工作,这无疑是一件好事。后来,由军队和《人民文学》杂志、人民文学出版社联袂推荐《牵风记》参评。无论是军队还是地方,大家都把推广优秀军旅文学作为一项光荣的事业。

2019年10月14日晚,国家博物馆,第十届茅盾文学奖颁奖典礼举行。因《牵风记》获奖,徐怀中又创造了一个"之最":史上获得茅盾文学奖最年长者。中国作协副主席徐贵祥为他的

老师徐怀中宣读了授奖词。90 岁的徐老上台领奖并发表获奖感言，他没用讲稿，发言充满幽默机智。他说："2014 年，经过一个寂寞而又漫长的创作准备阶段，我着手打磨长篇《牵风记》。赶上改革开放新时代的到来，作为离退下来的耄耋老人，我完全放开了手脚，竭力做最后一搏。一本夕阳之作终于让我给对付下来了，倒也痛快淋漓。秃噜一下，一梭子弹尽数打了出去。继续射击，要更换备用弹夹，留给我的时间有限，怕是来不及了。或许日后可以再拾起短篇来，以延续《牵风记》的未尽之意。"据说，多家影视制作机构登门与徐老洽谈《牵风记》影视改编事宜，他都婉拒了。也许，他还在寻找最能领会他创作初心的影视人。原中国人民解放军艺术学院①院长、文学评论家陆文虎这样评价《牵风记》："我认为，《牵风记》是一件难得的艺术品，其品质成色不仅是徐怀中创作中的登顶之作，也是整个当代中国军事文学中的上上品。"作为军艺文学系的学生，我为自己曾在这片园地里成长而骄傲，我坚信更多的军艺校友将再创军事文学辉煌。

疫情过后，该去看望徐怀中先生了。

---

① 2017 年更名为中国人民解放军国防大学军事文化学院，后文涉及此单位时年份在 2017 年之前的，简称为"解放军艺术学院"；因其另一简称"军艺"有较高认知度，行文中也可酌情使用。——编者注。

边疆花木兰

"我爱祖国，我爱边疆，富饶的巴尔鲁克山下是我放牧的地方，辽阔的塔斯提河岸边是我战斗的地方……"驻守在中哈边境的新疆生产建设兵团第九师一六一团"孙龙珍民兵班"战士赵雪莹，为参观的人们深情地唱起了这首"孙龙珍民兵班"班歌。

这个女子民兵班的历史，还得从 1962 年说起，那年十二连牧一队民兵二班成立，从江苏泰县支边进疆的女青年孙龙珍成为民兵班的光荣一员。1969 年 6 月 10 日傍晚，对面的外军挑起事端，越过我方控制区绑架了正在放牧的一名兵团职工。孙龙珍不顾有孕在身，拿起铁锹和大家一起去营救战友，途中对方突然开枪射击，孙龙珍因行动不便中弹牺牲，年仅 29 岁。兵团党委追认她为共产党员，新疆维吾尔自治区革命委员会授予她"革命烈士"称号。

1992年6月,新疆维吾尔自治区和新疆军区正式将这个女子民兵班命名为"孙龙珍民兵班",这也是目前全国唯一一支履行屯垦戍边使命、准军事化管理、成建制的女子民兵班。截至2017年,共有140多名女青年在这个班服役锻炼,8名优秀女民兵被选送到部队,50余名优秀女民兵提干,孙龙珍民兵班多次荣获"全国先进女职工集体""全国三八红旗集体""全国边海防工作先进集体"等荣誉。目前全班在编10人,平均年龄24岁,个个都是大学生。女民兵在这里历练数年,而后将走向兵团建设的各个岗位去发挥更大作用,这里俨然是九师的女干部培养基地。

孙龙珍应该安息,2003年通过中哈勘界确权,当年塔斯提河以西有争议的约300平方千米土地重新回到了祖国怀抱。

边境线辽阔高远,这里的人充满情怀,很多感人的故事在这里发生。巴尔鲁克山上有一座塔斯提边防连前哨,那年锡伯族战士程富胜探亲回家,母亲听说哨所连棵树都没有,就让他带上家乡的10棵杨树苗回来栽种。塔斯提干旱缺水,虽然哨所官兵万般呵护,但最后仅有一棵树苗得以存活、长成大树。20世纪80年代,词作家梁上泉来到这里,听说这个故事后激动不已,歌曲《小白杨》由此诞生。随着《小白杨》唱响神州大地,哨所也就被命名为小白杨哨所。

小白杨哨所与女子民兵班隔山相望,民兵姑娘与哨所小伙子在塔斯提联袂守疆,同走一条巡逻路,共守一条边界线,"龙珍精神"和"小白杨戍边文化"交相辉映,青春在祖国边陲闪耀光芒。

女民兵每星期轮流与哨所战士结伴去边防线巡逻,往昔巡逻是骑马奔走或靠双脚前行,凭借瞭望塔、望远镜和肉眼观察,如今边防设施大为改观,不但修建了通畅的公路,架设的各种通信联络、视频定位设施科技含量也很高,开车在边境线上巡逻,速度快、信息灵、效率高,女民兵班的姑娘个个都是汽车驾驶能手,再复杂的路况她们都能自如驾驭。但茫茫边境线点多路长,巡逻到中哈边界 206 号界碑,每次都要走好几个小时。漠风和沙尘吹打着这些 90 后姑娘的脸庞,时间一长,个个都变成了黑红的双颊。爱美的姑娘呀,没有心伤,她们欣然接受了边陲的馈赠,打趣说这才是草原最健康的肤色。

服役来到女子民兵班,从家里的娇娇女到合格戍边战士,必然要历经一番风霜。刚到的新兵,要面对和正规部队新兵训练一样的思想教育、队列训练和体能锻炼,还要接受射击、投弹等军事训练科目。现任班长杨千惠说,2015 年的 6 月,她们 6 名新兵上山到民兵班报到,虽然汽车一路蜿蜒颠簸了好几个小时,但看到满山牛羊和连绵的草甸,还是感到十分激动新奇。杨千惠是兵团第三代,入班前在天津市做室内设计师,每月工资1万多元。她说,自己不留恋繁华都市,毅然决然回到兵团,是因为这里是自己的故土,祖父母、父母都在这里,守卫家乡守卫边疆无限光荣。

艰苦的环境、周而复始的军事化生活、繁重的劳动任务时常让她们感到疲惫,而有纪律重团结的坚强战士,正是从这种疲惫当中锻造而出。有一次,两名新战友没有按时完成5公里越野,被罚再跑一次,这时同期来的几位战友主动要求一起接受惩罚。山路上,汗水、泪水与尘土黏结在身上,战友之间的团结拼搏精神也凝结在了一起。边远的塔斯提还未实现集中供暖,冬天女子民兵班宿舍用的是电暖器,三四月春雪开始融化时,屋子里十分潮湿阴冷,姑娘们晚上睡觉总感到凉飕飕的。有天半夜时分,睡在靠近暖气片位置的高洋,为睡在上铺的赵雪莹递上一条烤得暖暖的毛毯,垫在她身下。赵雪莹说,那条毛毯,一直温暖着她,这种温暖就是战友间的深厚情谊。

现在的女子民兵班不但有"前"设计师,还有"前"会计师、机关公务员、网络公司主管……但现在,她们只有一个称谓:女民兵。除了戍边巡逻任务,她们还管理着连队230亩(约0.15平方千米)山楂树,她们种的大棚蔬菜解决了整个连队的吃菜难题。姑娘们第一次管理大棚,才知道种菜要打埂子,辣椒、西红柿长大了要搭架子;才知道小白菜、油麦菜种密了要剔苗,不同的瓜种在一起会串种……这些农业知识都是来到女子民兵班后才学到的。当种出的瓜果蔬菜第一次收获时,每个人都高兴得像过节一样。班里每周都有固定食谱,大家轮流值班做饭,很多女民兵刚来时连饭都不会做,现在大家都是厨艺高手,蒸馍、擀面条、做抓饭、炖羊肉、酿酸奶,每个女孩都有几手绝活。

依托自然条件和口岸优势,近几年巴尔鲁克山地区旅游业迅速升温,专程到小白杨哨所和孙龙珍屯垦戍边陈列馆参观的游客也逐年增多。女子民兵班每位战士都兼任着孙龙珍屯垦戍边陈列馆的讲解员,她们每年要为10余万游客义务解说。赵雪莹说,有一年五一期间游客很多,那几天几乎全班战友的嗓子都讲哑了,但能够为宣扬"热爱军垦、扎根边疆、牢记使命、献身国防"的龙珍精神多尽一份力,大家虽累犹甜。

女子民兵班曾把第五任班长陈淑兰请回来作报告。一次境外大火扑入境内,宽达8公里的火带威胁着边境安全,陈淑兰率女子民兵班紧急奔赴火场。她们忍受着熊熊烈火炙烤,挖防火沟,扑打烈火,经过三天两夜连续扑救,终于降服了火魔。看到女子民兵班现在的面貌,陈淑兰动情地说:"我们那时候没有粮食自己种,没有牲畜人拉犁,每天劳动长达十几个小时,完全得益于孙龙珍精神,现在这些90后的孩子,能在山沟里待得住已经

不容易了,没想到在她们身上还能看见我们年轻时的影子。"

在一六一团场,还有位叫魏德友的传奇老人。1964年4月,24岁的魏德友与集体转业的战友们一起,唱着《毛主席的战士最听党的话》,来到镇守萨尔布拉克边关的一六一团兵二连,在这里构筑了长达20公里的移动界碑,用青春和生命守护着边境的安宁。50多年过去,他仍然和老伴儿坚守在边境线上。这些年,女子民兵班的姑娘怀着崇敬的心情,多次来到萨尔布拉克草原173号界碑东南5公里处,来到魏爷爷的家,与两位老人一起交谈,和老人一起放牧巡边,听他们讲从前的戍边故事。2016年夏天,魏德友老人忽然间成了"网红",他被中宣部授予"时代楷模"荣誉称号,姑娘们为生活在魏爷爷身边而感到无比骄傲,也从老人身上感受到了信仰的力量。

魏德友老人的房前屋后,站立着女子民兵班的姑娘们种下的排排小白杨,它们正在阳光下茁壮成长……

班里有个小诗人叫雷婷,她说当自己穿着军装、背上钢枪,站在与邻国只有一张铁丝网之隔的祖国边界上时,那种情怀是不能用言语表达的,虽然为飘落的长发可惜,但那就是最美的自己。她有几句诗这样写道,"黑夜已沦陷在阳光里/留给明天的是光明/亦是阳光灿烂的未来"。这也许就是女子民兵班战士共同的心声。

散是满天星

一

一首《雪还没有落下》，正在此时的军营悄然流行。带着俄罗斯忧伤的风格，在战友离别时轻轻吟唱，充满离别温情，温柔且坚毅，展现了铮铮军魂。词作者叫马赛，写这首歌时是个刚从军艺毕业的女学员，她在部队当兵3个月，和战友们朝夕相处，结下了深厚的友谊。退伍的战友在军旗下默立的情形激发她写下这首歌。每年退伍时节，军营里就生长离别的忧伤。离别，总在雪花飘落的时节。而现在，雪还没有落下，士兵的背影已经远走。

雪，落下。在北国、在边陲、在高原、在深山，落下洁白的思念。雪，落在回忆里。当年我走入军营时，正在落雪，塞北的雪，纷纷扬扬，飘飘洒洒，那一年第一次离开故乡去远方。一个寒冷的春节，在小城扎兰屯，耀眼的雪，伴随着我们。那时才明白，什么是爬冰卧雪。雪地里，情思飞动，很多朦胧的诗歌也从那雪地里飞起。在雪落的时候，我写下了《情书》，后来，伴随雪花飞来的，是一本散发着墨香的杂志——《昆仑》。诗歌发表了，梦里的雪却飘落不止。雪，落下年轻的灵感。雪，落下，落在每一个青春的年轮。

二

赵博是全军首届十佳战士文艺之星，他给我最初的印象是英俊干练、一身绝活，快板打得上下翻飞，唢呐吹得激情迸发，真可谓十八般武艺样样精通。待我们再次见面，他已经是驻香港部队文工队队长。这个文工队是经上级特批组建的我军首个正式编制战士演出队，被誉为"香江之畔的红色文艺轻骑兵"。到这里来当队长，没有两把刷子怎么能行。

15岁那年，赵博带着一支唢呐入伍到空军某部演出队，指导员对他说："到演出队只会吹唢呐是不行的，必须一专多能。"第二天，各业务队就给他送来了"礼物"：舞蹈队送来一套练功服,乐队送来一支长笛,曲艺队送来一副快板,没想到班长还给他拿来了一套炊事服。他说:"我不是来当炊事员的呀。"班长瞟了他一眼说:"演出队是自己办食堂,做饭是每个兵的必备技能,明天早上就跟我学做馒头。"久而久之,赵博在文艺之外又多了一身厨艺。

十年磨一剑,小兵成大拿。赵博脱颖而出,被选调到驻香港部队担任文工队队长。这些年,他带队到训练一线巡回演出,走遍了驻军二十几个营区,创演的节目也都取材于驻军官兵基层生活。一个夏日,部队举行军营开放日演出,众多香港同胞早早就到昂船洲军营排起了长队,一位老婆婆带着小孙女在队列中等待,小孙女的脸都热红了。赵博认识这位李阿婆,头年军营开放时她就来过,这次她凌晨4点就和孙女赶来排队。李阿婆进场时,礼堂已经坐满了,为了不让老人和小孩失望,赵博便把祖孙俩带到音响操作区观看,演出结束后又把她们送到大门岗。阿婆感激地说,解放军是我们自己的子弟兵,明年她还要带着家人来。根据这个情节,赵博创作了曲艺说唱《军民一家亲》。文工队赴马来西亚参加联合军演文艺演出那次是他们第一次走出国门,而且还要与马方陆军部文工团、海军部文工团同台竞技,加上语言不通、环境陌生,赵博压力很大。为确保演出成功,他召集骨干们模拟推演、多次彩排,连续奋战20多个小时。

第二天凌晨 5 点大家出发参加开幕式时，突然接到要加演一场的通知。赵博立即进行战前动员，激励大家连续战斗，豁出一股劲，打好突击战。果然同志们精神抖擞，在高温高湿天气下高标准完成演出任务，展示了中国军人的卓然风采。

三

每天清晨，起床的军号声还未响起，集团军战士业余演出队各种乐器演奏声就已经此起彼伏。这么早组织他们训练的是已经服役满 30 年的队长姜发光。1986 年，姜发光入伍，他所在的集团军防空旅正好成立战士业余演出队，当时这支刚成立的队伍极度缺乏乐器和师资力量，战士们看着乐器指法表自己摸索学习演奏，当时姜发光一点音乐基础都没有，但条件越是艰苦就越吸引着他。还是新兵的姜发光怀着忐忑的心情申请加入战士业余演出队，没想到他这个零基础的战士竟然被吸收了。

加入演出队后，姜发光从最简单的识谱记谱学起，慢慢学会了小号、黑管等乐器的吹奏。功夫不负有心人，通过日复一日的刻苦训练，姜发光演奏水平日渐精湛，逐渐在各类文艺演出中崭露头角，最终脱颖而出成为演出队的骨干成员。1998 年，姜发光入伍 12 年，面临个人进退走留。这时他已经在军乐演奏指挥方面小有名气，不少朋友开出高薪劝他到地方上发展，但他舍不得朝夕相处、并肩作战的战友，决定继续留队。谈及演出队 30 年来参加过的重大演出任务，姜发光说已经多得数不清，最让他骄傲和难以忘怀的是两次带队参加首都阅兵，那不仅是沉甸甸的责任，更是无上的荣耀。

2009 年 4 月，姜发光带队到北京参加庆祝中华人民共和国成立 60 周年阅兵演奏任务，还担任联合军乐团分指挥。2015 年 6 月，他带队到北京参加中国人民抗日战争暨世界反法西斯战争胜利 70 周年大阅兵，同时担任联合军乐团一大队队长。他坚持严抠细训、精益求精，对所有曲目的演奏速度、力度、表情记号做到烂熟于心、指挥自如，乐队演奏实现了整体音效平衡、音准统一、节奏准确、起止干净，圆满完成了两次阅兵大典的军乐演奏任务，在军内外都赢得了高度赞誉。

每次到野外慰问演出，他都要求队员自己打背包，自己做饭、住帐篷，出行与连队战士同坐卡车，他说："文艺战士也是普通一兵，上了战场也是战斗员。"兄弟单位的战友问他："姜队长，您这个队伍太专业了，不仅分工精细，还自备场工、音响师、炊事员，可是怎么没见到演员啊，难道大腕都在后场休息？"姜发光笑着回答："您眼前的这些所谓的场工、炊事员、音响师，就是我们的演员，一会儿上了舞台您就知道了。"

四

20 年前，我刚从中国人民解放军军械工程学院①毕业并留校工作。一次，在学院大礼堂排练厅，我看到一位年轻学员在吹唢呐，乐声悠扬、动作潇洒，顿时被他深深吸引。从此，我认识了一位唢呐精灵，他叫喻凤坡。

凤坡出身唢呐世家，年仅 5 岁就获得徐州市春节联欢晚会演奏一等奖。小时候，为了练习指上功夫，父亲在他双臂上吊两块砖，十指缠上皮筋，规定每天这样对着镜子吹奏三四个小时。经过严格训练，他的指颤音从手指每分钟颤动 60 下提高到了每分钟 300 下。1997 年，凤坡被航天发射基地特招入伍，当上了文艺兵，后来又考入军校。

基地有一条全长 270 公里、横穿巴丹吉林沙漠的铁路，是一条由军队管理的铁路，卫星、火箭、载人飞船等都是通过这里运抵发射场。军校毕业回到基地的第一年，凤坡主动申请到铁路线上一个叫"70 公里"的点号体验生活，和战友们一起巡道、

---

① 2017 年，中国人民解放军军械工程学院与中国人民解放军理工大学组建为中国人民解放军陆军工程大学。后文若遇 2017 年之前描述，则延续原名称。——编者注。

清沙、扛枕木、维修铁路。那是个有名的风口,风沙有时刮得人根本站不稳,若遇专列进场,守路战士就得用背包绳把自己绑在电线杆上。夏天又极热,战友们每天早上揣两个生鸡蛋去巡道,正午时把铁锹架在铁轨上晒热,然后把鸡蛋打上去,再撒上一点盐,一会儿就能吃上独具风味的铁锹煎鸡蛋。扛枕木是个技术活,须把100多斤的枕木一头抬起,然后弓身冲到枕木中部顺势扛上肩,新兵往往不得要领,肩膀上总会扎进很多木刺。每到晚上,战友们坐在一起,或互相拔肩上的刺,或躺在温热的沙丘上聊天、弹吉他,这时候喻凤坡就会取出唢呐为战友们演奏,嘹亮高亢的唢呐曲既解乏又撩人,他和战友们的感情也越来越近。虽不能亲眼看到火箭升空的壮美场景,但大家都为默默守护这条重要的铁路线而自豪。一种强烈的欲望在凤坡心中无法遏止,他要用手中的唢呐去讴歌这些可爱的战友。很快,他创作了《欢腾的航天港》《凯旋》等唢呐音乐作品,他的乐音呈现出苍凉的大漠、肆虐的风沙,又表现出悠扬的马头琴和战鼓激扬的旋律。

不懈的坚持和努力,让凤坡的音乐之路越走越宽。2012年他以专业第一名的成绩考入西安音乐学院,成为全军第一个唢呐专业硕士研究生,不久又荣获了"国际第三届中国器乐大赛"专业唢呐青年组第一名,他已成长为一个名副其实的青年演奏家,但他说,航天人永远是他赞颂和服务的对象。

凤坡刚入伍时还很小,队里有个吹长笛的高敏大姐对他十分关心,常给他讲乐理知识,辅导他如何表现音乐的张力和色彩。高敏看到个子还小的凤坡踩着凳子洗衣服,把一整袋洗衣粉都倒进盆里,便主动帮他洗衣服,又手把手教他很多生活常识。不幸的是,高敏大姐在一次拍摄中遇车祸牺牲。现在每年清明,凤坡都要带着队员到基地陵园去为高敏扫墓,给新来的队员讲大姐的故事,讲演出队这个集体里的优良传统。

五

有一次我到军艺,听到广播里在播放《大学生当兵来》。这首歌是我和马来西合作的,我作词,他谱曲,两个业余作者的作品,竟然真的进了艺术殿堂。这首作品追随大学生携笔从戎的时代潮流,成为很多地方的征兵宣传曲。因为这次合作,我和马来西成了朋友,也知道了好多他的故事。

那一年马来西在泰安市艺术学校学画画,海岛部队来招文艺兵,有个学声乐的同学叫上他一起去报考,结果同学没考上,他却考上了。后来他才知道,招兵的干部觉得他唱功马马虎虎,主要是看他还会画画,基层部队最需要这样的多面手。果然,后来他既当歌唱演员又干舞美设计,成了演出队的大忙人。

有一天,政治部连传学副主任叫住他:"马来西,我看你整天唱的不是《说句心里话》就是《小白杨》,要是再听你唱这几首老调调,你就别上舞台了。""主任,确实没有新歌呀。""没有新歌,你们不会自己写吗?"俺的个娘呢,写歌这样高大上的事情他想都没想过,只好硬着头皮写。他请指导员写了一首《大海连着你我他》的歌词,花了一个晚上试着谱上了曲,再请电声乐队的战友们伴奏,嘿,唱起来居然还像那么回事。紧接着,他写出了第二首歌,壮着胆子参加原济南军区歌曲征集比赛,没想到获了个二等奖,一下子使他信心倍增。光屁股撵狼,胆大不怕丢人,创作起步的成功正在于没有那么多条条框框。

后来,马来西考入长沙政治学院文化管理系,开始如饥似渴地学习音乐作曲理论,三年军校生活基本都泡在图书馆读音乐专业书籍。毕业后他成了一名文化干事,几年后调到山东省军分区演出队当队长,完成了从演出队队员到队长的蜕变。现在,他已有近百首作品在全国全军获奖。

胸中装着战士的苦辣酸甜,笔下流出的是铿锵兵谣。一次他到基层采风,晚饭后在连队院子里散步,听见值班干部吹哨喊:各班组织写心得体会。他赶忙到几个连队收集战士们写的心得体会,拿来一份份翻看,发现大家写得最多的是"立足本职干好工作,小岗位也有大作为"这样的话,顿时眼前一亮。当天晚上,他怀着激动的心情一气呵成一首《心得体会》。

当了队长的马来西,依然把创作看作头等大事。他要求每个队员必须按期拿出自己的作品,队员们私下给他取了个绰号,叫"神枪手",因为大家的作品常常被他一枪毙掉。很多队员不理解,说自己是唱歌的为什么要学打快板?还从门缝里给他塞信提意见。但他当队长的这些年,节目原创率一直很高,演出队也因此佳作频出、闻名全军。下部队慰问演出时,他还要求干部要替战士站岗,女队员要帮战士洗衣服,男队员要到炊事班帮厨,有特长的还要帮官兵理发、修电器。他说,这些文艺"轻骑队"的优良传统千万不能丢。

六

宁夏军区"贺兰山战士军乐队"1936年诞生于革命圣地延安,长期活跃在西北边陲,1989年被兰州军区授予此荣誉称号。这既是一支战士军乐队,又是一个建制连队。80多年来,军乐队官兵秉承"一手拿枪、一手拿号,枪不脱靶、号不走调"的优良传统,编排节目4600多个,演出3800余场次,堪称一支真正的文艺轻骑队。

有位叫郝梅的女中校,从战士到班长、排长、指导员,在这支军乐队一步步成长,如今她是这个连所在团的政治处副主任。那一年,刚入伍不久的郝梅随南疆军区演出小分队到神仙湾哨所慰问,虽然高原严重缺氧,但活泼可爱的小姑娘一路上仍然有说有笑。其间小分队在三十里营房小住,与兵站一条公路之隔的是医疗站,她好奇地跑到医疗站去玩。在那里,她看到一个小战士全身上下插满管子躺在病床上,医生说他在休假回山上的途中感冒了,转为肺水肿,很危险。肺水肿需要进低压氧舱治疗,仅有一块巴掌大的玻璃窗能看到外面。郝梅见那个战士有些胆怯地进了黑漆漆的密闭舱体,便在玻璃窗上哈气,用手指写下"别怕"两个字鼓励他,战士也在里面哈气,写下了"我不怕"。于是她站在那里,特别用心地一首接一首为他唱歌。她仿佛看到了他的笑容。那一刻,郝梅忽然感受到了自己作为一名文艺战士的价值。

1998 年,郝梅参加全军业余文艺会演获得表演一等奖,提了干,被推荐到解放军艺术学院进修,毕业后调入兰州军区文工团,成了一名专业独唱演员。但到团里后,早晨听不到起床号,大家除了排练就各干各的,她一下子有种脱离集体的感觉,这种过于宽松的环境让她很不舒服。她的心还在连队。她向领导把自己的想法一五一十地说了出来。不久,她如愿回到了贺兰山战士军乐队。很多人千方百计要进专业团队，而郝梅说，离开了连队自己就是无根的浮萍。

郝梅成了军乐队历史上第一位女指导员。以前遇到大的演出任务，创作作品要到外面请人，但地方上的老师写的东西经常不对路，有的要价还很高，她就试着自己搞创作，把要请人作词作曲花的钱省下来，为连队置办几样服装道具。团里分来一批四川藏族战士，郝梅问他们为什么来当兵，一个叫郎白汪清的战士说，自己小时候并没有当兵的想法，但看到大地震的时候那么多军人奋不顾身到自己家乡来救灾，他就决定长大后要当兵去。郝梅于是写出了歌曲《我要成为那样的人》，一下就在部队传唱开来。

七

10多年前第一次见到吕行时，他还是一名中尉，一个羞涩的大连男孩。时值全军音乐创作骨干培训班在北京沙河举办，他被部队推荐来学习，在班上很活跃，时常给大家弹唱自己的作品。

仿佛一夜之间，伴随部队改革的脚步，他的音乐作品在座座军营传唱开来。军营歌手吕行，如今是专业技术少校，也是官兵身边的明星,他的作品散发着战士们特别喜欢的味道。

很多年前,我在军校工作时,曾带着毕业学员到长春附近一个高炮部队实习过2个月。那个地方叫大屯,军营里长满高高的白杨树,老式的连队平房透着岁月的质朴。那天,吕行发来一首他写的《大屯那几年》:"在东北长春有一个小镇,名字叫大屯/北炮场墙根有一棵大树,长满了年轮/就像树底下操练的我们,曾留下的疤痕……"听着听着,泪水不由自主就滚落下来,让我想起大屯那个地方也曾留下过我的青春片段。这种歌曲,深烙着基层连队的影像,封存着一些人最青春的气息。有位不知名的战友在歌的后面留下一段话:"我一直把这首歌保存在我的视频软件里,真的不舍得删,歌里的故事也一直窝在我心里,很多时候总是希望有个凭借来留存过往的美好,大屯这首歌或许就是我心里那个凭借吧……"这段话大约可以窥探出,军营中的人为何那么喜欢吕行的歌。

作为文艺骨干,吕行经常带领集团军文艺轻骑队到部队演出服务,还连续四年随中央广播电视总台《军营大拜年》栏目走边防、进哨卡,在东极哨所迎过日出、在冰冻的兴凯湖上巡过国境线、在西藏的雪山上为战友站过岗,一路为官兵放歌,他到哪里都会掀起一股军营旋风。2015年夏,吕行随部队到西北大漠演习,坐了6天6夜火车,车厢里他一直为战士们唱歌,聊着各自的过去与回忆。风餐露宿，下火车第一顿饭是一大锅面条，行军锅架在野地里，边上满是蜥蜴、蝗虫等小动物，大蚂蚱直接跳进了锅里，但战友们吃得很香。这种感受触发他即兴创作了《野营月色》《边漠感怀》等驻训演习作品，尤其那首《即刻出征》特别动人心扉，强军打赢的情绪仿佛能直接透过耳膜和瞳孔，驻训中战友们一直在唱。他们打赢了那一场演习，最后全体官兵在总结大会上高唱这首歌凯旋，那一刻他真的感觉到了文艺的无穷力量。

2020年，吕行创作的《五公里》《请不要叫我女孩》等歌曲获得全军战斗歌曲评比一等奖，年底荣立了二等功。这时，央视大型节目《国家宝藏》导演组找到他，请他创作《秦时家书》。歌曲写的是国宝"云梦睡虎地秦简"的故事：灭楚之战的60万秦军中，有兄弟二人，一个叫黑夫，一个叫惊，他们写给哥哥衷的两封秦简家书，于两千年后的1975年在衷的墓葬出土，成为一件国宝。接到创作任务后，吕行查阅了大量资料，感觉这个故事背景跟他的经历特别像。秦人出征，在战场上英勇杀敌立功，为家人挣得功爵、分得田地。吕行荣立二等功的喜报，正是家乡区长带人敲锣打鼓送到了奶奶和母亲的手上，让他感受到了那种特别的荣光。千古不易，哪里都有小人物情感的悲喜，这种亲人的牵挂、家国的情怀是一脉相承的。

"记得家中老母,毋恙也。记得家人安好,莫与人置气……哥哥,等兄弟为家挣功爵……"之前吕行为上海市创作过征兵主题曲《我辈请长缨》,对国风音乐有着自己的探索和积累,这次他依然采用中国古代五声调式来写这首歌,战场上写信的段落是暖心动人的旋律,紧接着营造出战斗前的紧张气氛,最后是烽烟过后的期盼团聚,每一段旋律都有不同的变化。古今对望,未发一言,已经共情。节目播出后引起很大反响,这首作品也为他的音乐创作打开了一个新维度。

吕行说,他希望写一些新时代官兵听得懂、想要学、能传唱的歌,让自己的作品承载这一代人的军旅记忆。随着作品成熟度的提升,他逐步尝试用不同的风格去实现破壁,让流行音乐和军旅音乐相融合,创作更多符合新时代官兵审美情趣的作品。他觉得自己担负着这份责任,他愿意坚持做下去,并且做好。

八

两年前,我从军委机关调到火箭军某部任职,开启了军旅生涯的另一种模式。或许是长期浸润于军队文化战线的缘故,当我打量着火热的基层部队,眼光总是不由自主地去找寻那些散在官兵群落的"满天星"。

徒步拉练的队伍盘山而上,正午时停于山腰,扎堆啃干粮的官兵不时瞄向随行保障的两辆大卡车。那里被宣传科文化干事于连博圈出了半个篮球场大小的一块空地,在他的指挥下,两辆卡车罩上伪装网变身"军味"背景墙,两侧也架起了野战音响。他拿起话筒熟练地进行一番调试,官兵们自觉围坐四周。不一会儿,他带领"烽火"文艺轻骑队闪亮登场,歌声欢呼声响彻山林,大家长途行军的疲惫一扫而空。

我与于连博的长谈就发生在那次演出后。于连博戴着黑框眼镜,浑身洋溢着文艺气息。他给我念起一本"基层文化经":"我们这支文艺轻骑队充分体现了'轻、准、活、融'的原则,大家平时工作在各自岗位上,往往是挤时间在一起排练节目,这样遇有任务收拾行囊即可出征,拉出阵势就是舞台……"

他是一名运动健将,曾连续三年获得国防科技大学800米和1500米双料冠军,创造了3000米9分17秒的大学纪录。不过,军校师生们熟知的还是他的歌,他的歌曾陪伴战友们走过晨起的操场、夜晚的教室。他在校期间创作了100多首军旅歌曲,其中一首《90一代》获得了全军原创歌曲创作二等奖。我慢慢了解到,他自小梦想当个吉他手,觉得背着一把吉他到处流浪很酷,哪儿都是舞台,便由此迷上了吉他,高中时就已经弹唱自如。后来，他考上国防科技大学，在各类晚会中崭露头角。2017 年，硕士即将毕业的于连博在大学举办了一场原创音乐演唱会，学校的 Summer 乐队、爱乐乐队为他助阵。舞台上，于连博倾情演唱自己创作的 16 首歌曲，用歌声细数科大记忆、向母校致敬，演唱会在大学引起热烈反响，他也开创了学员举办个人演唱会的先河。

于连博毕业后来到火箭军某侦察队。部队使命特殊，官兵常年在外执行任务，上高原、进深山、踏雪域、驻荒漠，手机没信号、电视飘雪花，生活艰苦枯燥。随队征战的日子，那些感动瞬间被他刻入记忆的旋律里，冬天温暖的炉火、寒夜添煤的班长、荒漠画沙的官兵、沙画上家乡的明月，每一个画面都荡漾出一段深情的歌。他很高兴与战士们负重几十斤，大口喘息着享受汗流浃背的快意，训练过后，来不及休息，微微发抖的手握着笔疾疾在纸上写下稍纵即逝的灵感："挺起那一道不屈的脊梁，紧握手中的伤，我们用青春擦亮肩上的荣光。"酸胀的肌肉、黝黑的皮肤、黏腻的汗水就这样被诗化了。时常，战友们见到于连博就问："于干事，最近又写新歌了没有？"如今，于连博已经完成了《90 一代》《那个秋天》《翅膀》《杀手锏》4 张原创音乐专辑，这些作品见证了他一路走来的蝶变。

新冠肺炎疫情不期而至。去年（2020 年）春节期间，于连博找到我,想请我写一首反映抗疫背景下官兵坚守奉献的歌词,他负责作曲演唱。我们一拍即合,很快歌曲《坚守战位》诞生了:"铁血沙场冲锋最阳刚,无形战场逆行正闪亮,不同的战位共同的信仰,不惧生死坚守最前方……真情传递温暖的阳光,划过天际一片苍茫,让胸中的热血滚烫,子弹渴望出膛的荣光……"这首歌词经他谱出旋律,铿锵激越、饱含深情,传递出"东风快递,使命必达"的铮铮誓言,战友们爱听爱唱,一时间"火"出了军营的天际线,在营区广播和互联网上也传唱开来,把疫情下的阴霾撕开了一道光亮的口子。

一年又快过去,单位要组织一台年度颁奖晚会,这是赋予文化干事于连博的重头戏,他既是晚会策划者、组织者,又是创作者、表演者,化服道效,事无巨细。在他的赛道上,他把这种工作当成一次惬意的冲刺,工作越是繁忙,仿佛越能跑出加速度。一台晚会,他已然成竹在胸,他渴望把这样的舞台展现给战友们。

有首诗这样写道:"草在结它的种子,风在摇它的叶子,我们站着,不说话,就十分美好。"我常想,这么多将士行进在强军的征程上,他们的吐纳呼吸其实就是一曲节奏鲜明的旋律,无论时光和岁月如何变幻,他们都迈着从容的步伐,在追梦的道路上奔袭,不清冷不寂寞,始终向前。就像军营唱作人于连博,他就在我们身边,我们看着他安静地拨动琴弦,专注地唱起军歌,说尽军营无限事。

九

前不久,正在筹建的火箭军博物馆收藏了一套特殊藏品,是 100 枚被命名为《党史百年百印》的篆刻印章。这 100 枚印章,最大的边长 15 厘米,最小的只有 1 厘米,入印文字涵盖甲骨文、金文、小篆、汉篆、隶书、楷书、行草等各种书体,印章的创作者是火箭军驻京某通信连的一级上士周海阔。

讲起这百枚印章的创作过程,周海阔意犹未尽。2021 年是中国共产党成立 100 周年,周海阔在参加党史学习过程中,觉得应该发挥自己的书画篆刻特长,把百年党史这本最生动的教科书用活用好,于是他萌生了一个念头:从 100 年里,每年选取一个关键词篆刻成一方印章,从而印记党的百年辉煌历史和丰功伟绩。他的这个想法得到连队领导和战友们的极大支持,指导员发动全连同志群策群力,和他一起研究篆刻内容,无形中战友们学习党史的兴趣也更加浓厚。经过近半年时间准备,周海阔的这项创作工程按照史料整理、内容确定、印稿设计、动手篆刻的步骤有序展开,2021 年"七一"到来前,100 枚精彩纷呈的印章诞生了。1921年刻的是"开天辟地",2021年刻的是"百年恰是风华正茂",厚重党史与书法艺术交相辉映,一道波澜壮阔的百年风景定格于印石之上。

海阔与我相识,始于他给我发来自己创作并书写的《火箭军赋》。其赋曰:"由兵更军,升战略支撑之地位;核常兼备,赋护国基石之重任;全域慑战,壮战略制衡之威名。上寥廓,下峥嵘,越沧海,逾昆仑,揭度四方而开八面,总览九州而领万邦,神剑倚天斩迅雷,长风破浪撼沧溟。大域之内,虎贲百万,战车如流,急如奔星,崔巍而成观。策马长扬,机骇蜂轶,振师千里,斩青龙之日起兮,射白虎于薄暮,镇玄冥之极寒兮,驱朱鸢于浩瀚……"对一个军种了解之深,古赋语言表达之准,内心澎湃气势之壮,加之书法古朴凝重,让我对这名普通士官肃然起敬。慢慢地我们成了书道之友,互相谈诗论书,时常交流品鉴,早已没有领导和部属之别。

2015年,海阔从河北美术学院书法篆刻专业毕业入伍,在完成日常工作任务之余,他坚持用自己的特长为战友们服务。他为单位组织的文艺骨干培训班上书法课,春节为大家撰写春联,每年为退伍老兵创作篆刻作品留为纪念。他的作品先后10余次入展全军和火箭军书法美术展,一幅《沁园春·长沙》书法作品还被北京西苑机场候机大厅收藏展览。

这些年，海阔还被邀请参加火箭军文艺轻骑队，多次随队辗转白山黑水、大漠荒原、高山密林，为基层官兵创作书画作品。在施工现场，他拿出铅笔为战友画肖像，大家很开心，干劲也更足。每到一地，他还结合当地红色历史创作诗词。西南边陲某部营院有一片郁郁葱葱的柏树林，是当年赴边境作战的官兵临行前所植，现在每棵树都以植树的一位烈士命名。海阔闻听后敬佩之至，遂填一首《英雄柏》以告英魂："西陲起烽烟，壮士赴边关。临行培劲柏，啸傲震云天。"

今年，连队在帮助驻地社区居民清理乱搭线缆时，一位老大爷说："你们部队和我们社区共建已经有38年了，你们是红墙卫士，我们是红墙居民，咱们携手共前进。"回单位后，海阔创作了《当好红墙卫士，守好百姓日子》大尺寸篆刻作品，送给社区作为军民共建纪念。疫情期间，为记录军民一起抗击疫情的故事，他绘制出长2米的国画作品《同心共战疫》，展出后大家交口称赞。

为教战友学习书法篆刻，海阔独创了一套教学法。很多战友原先连毛笔都没拿过，现在竟能够坚持每天静下心来临帖。有的新兵学习通信专业操作手上不稳当，他就专门教他们学习篆刻，一步步在方寸之间的小石头上刻出稳稳当当的线条，既锻炼了手稳，也磨炼了心性。连队节日期间调整伙食花样，他用毛笔蘸上酱汁,帮炊事班在馒头坯上写吉祥祝语,蒸出来好看又好吃。

任何地方,只要你爱它,它就是你的世界。海阔说,连队就是他的海阔天空,他乐意在基层当一个文化特长兵。

葡萄园记

我生命中曾有过一段很诗意的日子。

那时我在呼伦贝尔大草原的一座城市当兵，当兵的第二年，我调到了一个男女兵混编的通信连。刚去，正值葡萄快熟的季节，连队也没有什么正式的任务分给我，连长说："你去管理连队的葡萄园吧。"就这样，离连队1公里的葡萄园，便成了我的独立王国。

说是去管理葡萄园，其实没多少事干，我的主要任务是防备那些想吃酸葡萄的人。每天除了三餐饭吃在连队，其余时间我都在葡萄园里。我将绿色军被往园子边的棚子里一放，便把自己给安顿了。随着军被一起搬过来的，还有满满两大箱书，里面有我喜欢的诗歌、散文和小说。

从那时起,我每天看书。四周一片寂静,偶尔有鸟鸣传来,引领我聆听一阵自然的天籁。葡萄架下凉风习习,我满足地享受着浓郁而真实的田园气息。一个人若是真的沉浸在某一种意境里,他总是平实而快乐的。记得有一天夜里,大风将棚顶的油毡吹跑了,我躺在床上便望见了天上稀疏的星斗,心里一时竟兴奋起来。于是我爬起来把棚顶重新钉好。我想到了杜甫的《茅屋为秋风所破歌》。当然我的心情,不是杜工部那样的一种凄楚,我心里充溢着光荣与梦想,甚至还有几分悲壮的色彩。

葡萄园是我们连三大副业基地之一,另两个是猪圈和菜园。连里常派人来拔草、浇水,通常受命来干此类活的是女兵,连首长大概考虑到她们更为细心些。女兵的纤纤玉指拔着园子里的青草,一边干着活一边叽叽喳喳说个不停,有的还在藤架间嬉笑打闹,那情景极为耐看。有时,园子里蹦出一只野兔或者爬出一条小小的草蛇,都会引起她们快乐的追赶和夸张的尖叫。干活的时候,我总是很积极的,不但要自己带头干,还要给她们分好工,指点一番。有一次,几个新分下连的女兵来浇水,浇完后她们来向我"请示",我说:"干得不错,下次保持发扬。"她们便问我该给什么奖励,我早就知道她们这一套"项庄舞剑"的把戏,便顺水推舟:"吃吧吃吧,随便吃,不过是酸的,把你们的牙酸掉了我可不管。"竟有一个女兵哈哈大笑:"班长,吃不到的葡萄才是酸的。"

"吃不到的葡萄才是酸的"这句话，我记得相当深刻。那个说话的女兵，我现在还记得她的音容笑貌，记得她顽皮的身影。常常也有男兵到我的棚子里来玩，他们有时会带上一些罐头、花生之类的小吃，还有啤酒，于是我那破棚子私下里便成了大家的"咸亨酒店"。这样的情节当然不能太多，更不能醉酒，虽然连首长一般不会到园子里来，夜晚查铺的手电不会照到这里。工作训练之余，战友们偶尔这样为之，小小一聚，别有情趣。数粒花生下肚，几分酒兴上来，大家笑傲江湖、纵论古今，谈理想、谈故乡、谈家中的朋友，甚至信口胡诌一段俏皮话，或者干脆吟诵几句打油诗，那满心的感觉都是青春年少，好花常开。

那些如梦的日子。

葡萄熟了。收获的喜悦写在每个人脸上，劳动的快意丰盈在大家的心里。连首长让我们给机关各部门送去了一筐筐又大又甜的葡萄。那段时间，当听到机关的干部说"你们连队的葡萄味道不错呀"时，我的心里美滋滋的。庆祝葡萄丰收的那个晚上，月光很美，全连人马围坐在操场上，面前摆着一串串甜美的葡萄，大家在月光下尽情地唱歌跳舞。男兵们弹起吉他，唱起《吐鲁番的葡萄熟了》，低沉的嗓音演绎着边哨的小伙克里木；

女兵们踏着节拍婀娜起舞,扮起了一个个美丽的阿娜尔罕……

冬天快到了,我也离开了幸福的葡萄园,有了别的工作任务。第二年葡萄又熟的时候,我考上了军校。临走时,战友们眼含热泪,塞给我一大包葡萄。

那一包葡萄,甜了我一路,直到现在。

连队在高原

　　走上高原,到部队一线感受强军脉动。住进班排,我是一个融进基层的列兵。

　　干净的营区、挺拔的白杨、醒目的标语、响亮的口号,此情此景,就是曾经的连队味道。穿上迷彩服、换上列兵衔,仿佛回到了当兵之初。保管队主要负责部队物资给养、枪械弹药和各种油料的收发与保管,是一个专门为作战部队提供勤务保障的单位。神剑出鞘、精确命中,那腾飞的轨迹里也有他们写下的一笔。这里人员不多,但每个人都身兼数职;单位级别虽低,但工作重要、责任重大。队长李强被基地战勤处借调走了,副队长马承桢负责队里工作,他把这个小单位管理得井井有条。我到队里的当天晚上,正赶上整理仓库,和战士们一起搬物资、抬装备、码垛子，工作到夜里 11 点半，与大家的距离也在劳动中一下子拉近了。

仓库保管队是部队末端，从这里充分感知，在中央军委统一号令下，全军开展新时代群众性练兵比武的澎湃热潮和扑面而来的浓浓战味。仓库官兵个个争当"保障尖兵"，每个人都有自己的战位和专业。为了取得"野战宿营及供电"科目的最佳成绩，四级军士长、班长焦准带领大家顶着高原烈日在训练场一遍遍演练搭帐篷和油机发电，支架子、上大顶、钉地钉、布电缆，配合默契、分秒必争，6 分钟就搭好一顶 98 式班用棉帐篷。训练中，几乎每个战士的手上都留下了伤口，但只要班长下令"再来一遍"，大家就又精神抖擞地投入演练。士官孙伟杰刚做完阑尾炎手术出院，伤口还没痊愈就投入训练当中。保管油料的官兵每天练习蒙眼辨油，只靠鼻子和耳朵就能快速把十几种不同型号的油料分辨出来。为了练好野战炊事技能，炊事班的战士一日三餐全部使用野战炊事车做饭，只用 50 分钟，80 个人食用的四菜一汤就新鲜出炉了。在这里，体能训练是每个官兵的必修课。在战士们的带动下，我第一次参加高原 3 公里测试，竟跑出了 17 分 36 秒的成绩。备战打仗的指挥棒在基层已经鲜明地立了起来，融入这个集体，全身仿佛充满了无穷的能量。

　　与官兵实行"五同"，零距离感受到基层官兵的可亲可爱。来到这里，我事先声明不搞迎来送往、省却殷勤客套，保障团邹政委好几次说要到队里来看我，都被我婉拒了，但官兵在训练生活中对我的一些"特殊关照"又让我觉得十分温暖。刚来的头两天早上出操跑步，带队的班长总要示意排头的战士放慢脚步，怕我跟不上大家的速度。3公里测试时，总有一名战士抱着氧气袋紧跟在我身后。假日里战士们外出，带回一个西瓜定会分我一块，买的桃子也不忘给我拿一个。四级军士长岳良燕去北京押运弹药，临走时不忘给我拿一支配发的高原护肤霜，他说高原上紫外线强烈，叮嘱我别把皮肤晒伤了。我乐意笑纳大家这番小小的情谊，这是我们这支军队团结友爱的血脉传承。忘掉自己的机关身份才能赢得官兵的认同，他们才愿意和你掏心窝子。休息时间，我尽量往各班跑，与大家拉家常。保管队常年装卸物资，不少战士得了腰肌劳损，四级军士长孙杰脊椎骨质增生、腰椎间盘突出，有时疼得连腰都弯不下去。在与他聊天的过程中，我了解到他岳父和妻子都在北京打工，我让他下次去北京时一定去找我，帮他联系医院治腰病。战士闻盛斌喜欢文艺，写了厚厚一本个人感言，我俩熟络后，他主动把本子给我看，我帮他修改了一首小诗，并为他联系在军内报纸上发表。

　　全军部队驰而不息改作风正风气，这种成效最能在基层一线官兵身上体现出来。与大家讨论入党送学、立功受奖、转改士官这些敏感问题时，战士们的话匣子一打开，都有说不完的话。大家谈到，以前这些事往往要动脑筋、找关系、给好处，现在凡事公开透明，民主测评、理论考核、体能测试都是硬杠杠，大家都是一心干好工作、提高素质，为自己加分赢条件。有的战士说，现在同志们总是争着参加执行各种重大任务，因为个人发展进步时，这是加分的硬条件。这是基层官兵一种朴素的争先思想，从另一方面说明，公开公平公正的制度机制，对加强基层建设功莫大焉。仓库官兵常年身在高原、驻在偏僻乡村，父母孩子照顾不上，身体心理承受莫大压力，没有一股子奉献精神，是很难在这里安下心来的。从这些官兵口里，我极少听到牢骚和抱怨。反思自身，我们"居庙堂之高"，却时常心有戚戚，似乎胸中郁结难以排解。到基层蹲这一回，真是一次深刻的教育和警醒。也许，诗行最能表达我内心的无尽感受。

从两杠三星的上校军衔

一路回溯，经过 27 年时光的淘洗

抵达列兵，这留白最多的原点

别叫我首长，我只是一个体形略胖的列兵

这是深不可测的连队

我必须小心翼翼，一二一

前后左右，年轻的脸庞光芒四射

微翘的嘴唇，毛茸茸的胡须

热乎乎的汗味，作战靴上晃动的尘土

随着跑调的饭前一支歌突然吼起

我的眼睛瞬间模糊，队列里

多年前的一个新兵复活了

我怕这滴热泪就此滚落

戊戌六月，下连当兵

我不会打《王者荣耀》，不会打《绝地求生》

不能在高原上15分钟跑完3公里

但这些，都不影响我们成为朋友

你乐意把缺氧的心事说给我听

我愿意以一个新兵的名义，为你打捞

这些好时光里窜入的点点空虚

颤动的旅程

整整 18 天,从北京到西安、兰州、甘南藏族自治州、拉萨、成都,再回到北京,我度过了最难忘的一段日子。原计划还要奔赴甘孜和阿坝,因"5·12"汶川大地震无情到来,我们留在了成都,留在了灾区,留在了时刻还在不停颤动的土地上。在四川,我见证了中国人团结一心、抗震救灾的悲壮场面⋯⋯

2008 年 5 月 5 日中午,我在西安。局长打电话叫我下午即飞兰州,参加一个工作组。到达兰州中川机场时,已是晚上 7 点,可那里的天还是明晃晃的。我在飞机上看到了黄河,看到了典型的黄土高坡地貌,植被少,黄土一望无际。另外几名同志从北京出发,已先于我 1 小时到了兰州。5 月 6 日晨,我们即向甘南藏族自治州进发。同行的还有刚刚在 CCTV 青年歌手电视大奖赛上获奖的十多名部队歌唱演员,这个小分队带着首长的亲切关怀,到这里来慰问部队官兵。两小时后,我们在路上分手,他们要去更边远的部队慰问演出。车过临夏回族自治州,我们见到很多头戴白帽的少数民族群众,还有那圆顶尖塔的清真寺,几乎每个村子都有一至两座,在阳光下闪烁着光芒。进入甘南地界,海拔一米米增高,建筑物的风格逐渐变为藏族式样,经幡舞动,藏传佛教的寺院和身穿红衣的僧人也开始闯入眼睛。牦牛、帐篷、河滩以及低矮的草场,在连绵的山脚下,显现着藏乡的风韵。一切都那么宁静而自然。

4个小时后,我们来到甘南藏族自治州首府合作市市郊,迎接的人早已手捧洁白的哈达和飘香的美酒候在那里。中午,我们在一个骑兵连的旧营房用午饭,战士们的厨艺叫人叹服。饭后,我们在阳光下欣赏了战士们在野战条件下排演的文艺节目,马头琴的旋律传递着草原的馨香。在这里,我意外见到了军校同学阿力,他在这个旅任军械科科长。11年未见,他长得更黑了,也更加男子汉。

晚上我们住在海拔2200米的合作市。5月7日一大早起来,天空竟然飘着雪花。我们向一个叫碌曲的县城进发,从车窗望出去,四野白茫茫一片,偶尔有一群群牦牛,在白色的山谷缓缓走动——仿佛一幅水墨画,白色的宣纸上,那黑色的墨点正慢慢洇濡开来。碌曲,洮河的意思。我们的车子一直随着潺潺流动的洮河水行进。洮河是黄河上游的一条支流。唐诗《哥舒歌》:"北斗七星高,哥舒夜带刀。至今窥牧马,不敢过临洮。"这条河承载的历史文化耐人寻味。碌曲县不大,简单的两条街,藏族人民恬静地在此生活。我们到了邱少云生前所在部队。听完旅里的介绍,走出门来,外面凉意阵阵,山间的积雪不知何时化去,只有山顶还堆着银白的积雪,几朵祥云萦绕在山间。中午我们品尝到了美味的洮河"神鱼",这种鱼只生长在洮河的上游,离三江源不远的地方。我有个朋友在离这里100多公里外的郎木寺执勤,本打算驱车去看看他,但考虑到雪天路滑,也就作罢。我给他发了条短信,致以高原上的问候。我们在县城的商铺走了一圈,和一些商铺的店主聊天,他们都说国家的民族政策好,他们的日子越来越红火。夜宿碌曲,半夜起来,看到门口站岗的战士,头上的钢盔泛着高原的清光,他们一动不动,在静静的夜里越发神圣。

5月9日我们到了成都双流机场。从机场到市区的路上,大家在车里谈笑风生,尽情赞美天府之国可爱的家乡。有人说,成都这地方的确难得,两千多年来从未发生过天灾。大家沐浴在清湿的微风中。按原计划,我们10日去甘孜,12日去阿坝。军区的同志建议说,你们还是先去西藏吧,那里海拔高一点,先适应适应，下来后再去甘孜和阿坝。

仿佛转瞬之间，西藏来到了我的眼前。从贡嘎机场出来，我看见雅鲁藏布江清澈的流水，看见无际的沙滩，看见高原上5月的阳光无比明亮，近在咫尺的云朵下，是巨大的阴凉。随处都是美景，山峰的线条无比硬朗。朴实的藏民还穿着厚厚的袍子，汉子们戴的牛仔帽传递着高原的风情。布达拉宫在红山上闪烁着耀眼的光芒。拉萨河缓缓西流，穿城而过。没有任何准备，我与西藏亲近如斯。夜，暗了下来，我沿着拉萨河慢慢散步，轻轻行走在高原上。

两天都在开座谈会，一个接一个，我们广泛接触了各个部队的领导和普通官兵。在武警某师，战士们站成两排，排着长长的队欢迎我们。这支部队从很远的地方来，整齐的车辆、帐篷静静排列，一下就看出平日里训练有素。高原上的那些战士，大多脸庞黝黑，和他们握手，我发现他们指甲凹陷、皮肤粗糙，叫人心疼。在某旅的会议室，一抬头，我竟然看到了自己曾经带过的一个学员。上尉李勇峰，现在是旅修理大队协理员，黑黑的脸，眼睛依然有神。那时，在石家庄的军校里，我当了他整整两年教导员。他是队里的宣传报道骨干，演讲也不错，在西藏，他干得很好，职务快正营了。

在高原，午睡是必要的。朋友告诉我，午睡时把氧气打开，不必真正放在鼻子下呼吸,只把氧气管放在枕边,就会睡得很香,果然,一个中午睡得很好。下午2点30分左右,同行的孟副局长敲我房门,说,四川地震了。当时我心里没有多少感觉。以前也在电视上看到过各地发生地震的消息,诸如云南、张家口等,没去想会有多么大的灾难。下午3点多照常去开座谈会。会议中间,一位参谋送来一份电报给对面的师长,师长严肃地说,情况不好,总部已通知,地震灾情严重,准备抗震救灾。然后不断有人出出进进,个个神色凝重。会议结束后,我赶紧给在成都、绵阳的朋友打电话,所有的电话都打不通。每个人都在打,都打不通。我又赶紧给重庆家里的父母打电话,仍然不通;给北京的家里打电话,还是不通,心里便有些起毛。一会儿,总算有人接到了一个都江堰打来的电话,说,不得了啦,那边好多人遇难了,倒了好多房子。整夜不眠。看着不断攀升的死亡数字,心一次次揪紧。晚上,父亲的电话终于打通,家里所有的人都在外面,一夜都不敢回到家里。和北京的家里也打通电话了,新闻辟谣说,北京不会有地震。

原定5月13日从拉萨回成都的航班没了消息。13日下午听说有一趟航班,去贡嘎机场等了一个下午,结果成都那边传来消息,那架飞机中途返航了,我们只好又回到拉萨,往返100多公里。第一次到西藏,竟然是以这种方式被挽留。又关注了一夜灾情,遇难人数飙升至数万,震中的确切消息还不知道。部队集结也已数万,但大雨不停,救援受阻。一件件焦急的事情充斥脑际。14日下午,终于登机了。这架飞机上除了我们,还有刚从珠峰传递奥运火炬下来的登山勇士们。中国登山队队长王勇峰正好坐在我前面。中国人第一次把奥运火炬传递到了世界最高峰。因为地震的阴霾笼罩,机舱里很安静,整架飞机的人几乎都在看《华西都市报》《天府早报》上整版整版的灾情消息。我后面坐着一位地质学家,一个年轻的女记者不停地问他各种事情,他都不厌其烦地给予解答。我听到了他关于地震后为什么总伴有大暴雨的解释,知道了冰川形成的原理。地质学家指着飞机下面雅鲁藏布江那成网状的水系,解释着江水源头的神秘,和雅鲁藏布江大拐弯的秘密。我似乎听入了迷。一会儿,他指着远处那高耸入云的美丽山峰说,看,那就是南迦巴瓦峰。果然雄奇无比。南迦巴瓦是世界第二十八高峰(独立山峰,非卫峰)。南迦巴瓦在藏语中有多种解释,一为"雷电如火燃烧",一为"直刺天空的长矛",后一个名字来源于《格萨尔王传》中的"门岭一战"。这充满阳刚的名字,让我们揣摩出南迦巴瓦峰的刚烈与不可征服。相传天上的众神时常降临山上聚会和煨桑,那高空风造成的旗云就是众神燃起的桑烟,据说山顶上还有神宫和通天之路,因此居住在峡谷地区的人们对这座陡峭险峻的山峰有着无比的敬畏。

飞机到了成都平原上空。云层空前浓厚。掠下云层,成都平原一片灰色,往日四五月间金黄一片的油菜花已经不再。飞机在空中不停盘旋,好久降不下去,机场一定很繁忙。当飞机接触跑道的那一瞬,我看到了不可言说的忙碌。几百架飞机占满了整个停机坪,国内的、国际的飞机都在卸货。一队队战士正从伊尔-76运输机里跑出来,旁边的大卡车等待着把他们运到前线去。前后5天时间,我们两进成都,悲喜两重天。5月14日有谣言流传,成都饮用水污染,大小超市的桶装水、瓶装水被一抢而空。在机场领取行李时,我发现好多人从外地托运矿泉水到成都,行李传送带上满是一箱箱的水。不过,其时全市自来水已经正常供应,谣言不攻自破,那从空中托运来的水也成多此一举。车进市里,已有很多支援灾区的车辆在行进,装着各种物资向前方去。市里的街心绿化带和立交桥下,搭着各种各样的防震棚,还有一些居民借着路灯在小桌上打牌。四川人的乐观天性也可见一斑。

我们的工作重心转到抗震救灾上来了。大家都很繁忙。陆陆续续的人从北京赶来,每天都见到一些熟识的人,个个都穿着迷彩作训服。从重灾区回来的记者们,每天带回一副疲惫的身影和一脸惊愕的表情。从他们的影像和图片里,我看到了好多惨不忍睹的画面。《解放军报》的摄影记者张雷告诉我,他每天几乎是哭着在拍片子。中央台军事部的老冀乘冲锋舟往映秀去,结果余震到来,他们全部掉进水里,他的摄像机、照相机和手机全都报废了。

5月19日,全国哀悼日,山河举哀。天安门广场和成都天府广场的口号声让我激动,让我一次次流下悲伤的泪水。下午2点,习惯午睡的我早早起来,穿好衣服。当笛声鸣响长空,我独自一人在房间里默立。这一天,成都的汽车都戴上了一朵小小的白花,街上的挽幛上写着"哀悼遇难同胞"的黑色文字。因为电视上预报可能有余震,整个成都的人这一夜几乎都在外面度过。《战旗报》全体同人将编辑部挪到了室外。草地上,这个庞大的编辑部在彻夜编稿,第二天,报纸就要送往灾区。我们到不远的文殊院去转了一下,到处是各种各样的帐篷,人们全都带着卧具、牵着小狗出来了。文殊院吃禅茶的清静之地,也成了人山人海的夜市,只不过这里没有交易,只有嘈杂之声。那一夜,我们凌晨3点才睡,在军区礼堂的练功房睡了几个小时。早上起来,我看到手机上有成都同学发来的短信:"看电视没有?晚上有余震,不要住在楼里。"

爱与悲伤在诗行中交织

到目前为止，我只去过武汉 3 次。因为突发肆虐的新冠肺炎疫情，才又时刻关注、仔细打量这座城市，并再一次含泪写下诗行。

诗人的气质是浪漫的、唯美的、抒情的，甚至是感伤的。军旅是我浪漫和抒情的源泉。1991 年 12 月，我参军了，从家乡重庆云阳启程，要去千里之外的塞北军营。几百名新兵乘坐江轮顺长江而下，第一个驿站就是武汉，从那里再转火车北上。

那时交通尚不发达，到武汉后，我们住进了号称亚洲第一大兵站的武汉兵站，等待铁路部门调配军列。那一年好冷啊，正赶上武汉下雪，我们在那里住了好几天，兵站窗玻璃上结出的美丽冰花，还一直留在我记忆中。

　　等待军列的日子简单而欣喜，我躺在兵站的大通铺上，打开同学送给我的一本红缎面笔记本，在上面写下了我从军的第一首诗。

　　继续北上，在哈尔滨转车时，军人候车室的工作人员组织我们这些新兵联欢。当一位女乘务员唱完一首《血染的风采》后，穿着棉衣棉裤的我笨拙地站起来，大着胆子接过她手里的话筒，当着各地汇集而来的新兵和南来北往的人群，朗诵了那首诗。简简单单的几行，带有浓重的理想主义色彩和一个时代的印记，也记录了一名新兵内心那呼之欲出的光荣与渴望：

　　　　长江退到了身后

　　　　黄河就在前方

　　　　黄河退到了身后

　　　　松花江黑龙江就在前方

　　　　儿时的小木枪啊

　　　　退到了身后

　　　　我锃亮的理想

　　　　就在前方

　　　　…………

第二次去武汉，已时隔 25 年。那是 2016 年 12 月 26 日，正逢毛主席诞辰，第三届全国文学艺术家创作交流研讨会在位于武汉的中南民族大学召开。我作为《中华文学》杂志"年度诗人奖"获得者，有幸参会并领奖。那天武汉在下雨，冬天的城市氤氲着一层薄雾，但街巷间车水马龙、人声鼎沸，俏皮的武汉话给这座城市平添了几分韵味。

研讨会上，一些专家倡议，中国人应重新从阅读学习领袖毛泽东着手，去体悟传统文学艺术的深厚底蕴，从而摒弃当下那些程序化的创作。上溯一个甲子，1956 年毛泽东在武汉三次畅游长江，抒写"万里长江横渡，极目楚天舒。不管风吹浪打，胜似闲庭信步……"那时我们的国家刚刚进入社会主义建设新的历史时期，诗人指点江山、气宇轩昂，诗行间流动着经天纬地的雄才大略。

徘徊于楚天之间，沿着伟人击水中流的神思，我不禁回望自己的军旅。我在这座城市写下军旅第一首诗，多年后又在这里领取一个诗歌奖，难道是诗神早就做了安排？

欣慰的是，从军以来我没有丢弃梦想，始终恪守初心、履职尽责，对待挚爱的文字不事敷衍。一路走来，无问西东，只想把每一步都走稳踩实。

是啊，只要眼睛一直饱含深情地去审视这个世界，只要不停下对人生命运的热情吟哦，就必然会有一些人、一些事、一些地方，在生命中打下深深烙印，比如武汉与我的际遇。

又隔两年，我第三次去武汉，参加第七届世界军人运动会相关筹备工作。

两年不见，武汉给我一种被刷新的感觉。运动场馆、文化设施、城市地标焕然一新，楚文化的重要发祥地被精心挖掘装扮，九省通衢、东方芝加哥不是浪得虚名。

2018 年 10 月 18 日晚，第七届世界军人运动会倒计时一周年文艺晚会在汉口江滩三阳广场举行，来自军队和地方的演员们联袂献上了具有浓郁军旅风格和湖北特色的节目。庄严的仪式和精彩的演出，表达了武汉举办一流世界军运会的信心。瑰丽浪漫的舞台艺术，仿若致向全球的热烈邀请和款款诗行。

2019 年 10 月 18 日至 27 日，武汉迎来了 100 多个国家的军人运动员和世界各地的宾朋。武汉代表中国，站在世界舞台的聚光灯下。各国军人运动员以顽强的毅力挑战极限、攀越新高，共打破 7 项世界纪录、85 项国际军体纪录。

国际军体理事会主席皮奇里洛说，武汉军运会充分展现了"体育传友谊"的军体精神，"中国人民对和平的理解，还有团结、友谊这些理念，都通过军运会的成功举办传递给了全世界"。

然而,高光时刻仅仅过去 2 个多月,一场灾难竟不期而至。

新冠肺炎疫情像过山车般把武汉这座还处于亢奋中的城市一下拉入谷底,以最残忍的方式,活生生撕开了一座城市的"冰火两重天"。

到今天(2020 年 2 月),这场疫情已吞噬了上千人的生命,更多生命岌岌可危。整个中国,以武汉为中心,发起了一场誓死阻击新冠病毒的战争。

今天的大部分中国人都生于太平盛世,没有经历过战争岁月,灾难来势汹汹,不免敏感脆弱。举国上下,情同此心,古老民族的文艺腔调恍若找到了宣泄的突破口。一时间,漫天的抗疫歌曲唱响网络,抗疫诗歌也开始刷屏。我相信,动人的旋律和深情的诗行,能够激励勇敢前行的人,能够抚慰那些在病痛中煎熬的生命。

我相信,挣扎在痛苦中的人们,他们已拼尽全力活着,此时他们更需要真正怀有诚意的作品。正如我的朋友、诗人张守刚说的那句话:"这时候的诗歌太轻。"该把怎样的诗歌献给你,我灾难里的中国?

当白衣战士除夕之夜驰援武汉的消息传来,看到寒风中集结的队伍、离别的人群,我的泪水顿时模糊了双眼。中国人民解放军中部战区总医院感染科退休老专家靳桂明,身患慢性疾病仍请缨上阵。她奋战 48 小时,现场指挥改造标准病房,为抢救患者赢得了宝贵时间。曾担任过中国人民解放军海军军医大学第二附属医院(上海长征医院)护士长的李晓静,17 年前曾鏖战小汤山,现已退役的她回到部队请战,随医疗队星夜驰援武汉。军装穿在她们心里,永远脱不下来了,她们是身负信任的人,在希波克拉底誓言里写下了闪光的名字。灾难是一次爱的教育,逆身而行的人,此时成了我们最牵挂的人。真正的勇士很少喊口号,沉默更彰显出他们的温度、格局和情怀。我们虽然身体遥远,心却靠得很近。我的诗行要为勇士们咏唱,我要为武汉这座英雄的城市而歌,祈愿灾难过后万物复苏、山河无恙,一切都向阳生长。

书法秘境

那天在下雪,我给刘超打电话,其时他正在甘肃泾川大云寺·王母宫内对临《南石窟寺之碑》。他兴奋地说,这个碑距今已 1500 余年,书法成就极高,碑上古人写的很多字和我们现在的写法不一样,比如"寻"字下半部分的"寸"上面多了一横,实在是太珍贵了。后来听与他同行的朋友讲,王母宫外雪花飘飘,陈列室内温度很低,刘超在地上铺了毡子,脱去迷彩军大衣和皮鞋,一边仔细观察石碑,一边蹲在冰冷的毡子上专心临写。碑上的文字,仿佛燃起一簇簇火焰,炙烤着他,他已物我两忘,周身洋溢着古老汉字给予的温暖。

刘超对魏碑极为痴迷。今年(2019 年)国庆节他到甘肃庆阳写生,听别人说泾川有块极富价值的石碑,但外界知之甚少,他喜出望外，当即驱车赶到现场，却只能隔着玻璃在室外观看，无法看清字体细部。回到重庆后他查找资料，了解到《南石窟寺之碑》书法造诣深厚，决心再次赴现场临写。通过辗转联系朋友，当地主管部门被刘超的诉求和诚意感动，破例批准他到室内临摹，获批当天他就和朋友连夜驱车十几个小时抵达碑室。他还说，回去后要好好研究整理这些临摹字稿，进一步体悟这块魏碑的精妙神奇所在。

上校刘超，1966年生于重庆潼南，20岁入伍至新疆某部。他5岁学书，9岁在潼南、铜梁、合川等地书写春联、画电影海报，小有名气。"我恐山为墨兮磨海水，天与笔兮书大地"，刘超在军旅岁月中踏访黄河、秦岭、西安碑林、敦煌莫高窟、拜城千佛洞、昆仑大雪峰，万里峰回，胸襟大开，立志以大地为纸、蓝天着笔，俯仰宇宙，涵养正大书风。他坚持与古为徒、学古敌古、破旧创新、碑帖相融，崇尚笔情墨趣、信笔自然，篆、隶、楷、行相结合，浓淡枯湿尽抒心意，最喜在高山之巅、江河之上、摩崖之前，铺丈八宣纸，挥动巨笔，泼墨狂书。

刘超书法力宗原碑、墨迹、墓志、瓦当、封泥、汉简以及敦煌写经，好收藏历代墨迹、碑拓、善本，探古人笔墨奥理，尤对甲骨、秦篆，北魏造像石刻、宋四家、八怪书画，明清墓志用心良苦。他曾风餐露宿于野外，朝夕对临《经石峪》之楷篆榜书、焦山《瘗鹤铭》之晋楷正书、成县《西狭颂》之古朴摩崖、汉中《石门颂》《石门铭》之厚重碑拓、荥经《何君阁道碑》之游龙汉隶，领略壮美笔法，参悟错落气势。40多年来，他耗尽墨汁数吨、丈二以上生宣纸5000余张，先后在中国人民革命军事博物馆、中华世纪坛、炎黄艺术馆、中国国家画院美术馆、上海美术馆等地举办个人书画展，为边海防官兵、各地百姓义务教学，广受赞扬，被誉为"战士书法家"。

刘超的书法着力表现正大气象，构建起一条立体多面的艺术长廊，让人充分感受到他的精神气象与人格世界，那种厚重苍茫的书风和他军人的性格浑然一体。他偏爱写大字，喜爱在大尺幅作品的书写创作中领略磅礴气势，找寻雄浑烂漫的文韬武略。书家常言，小字好写，大字难作，需要书写者有全局驾驭能力，有用笔如刀的书写水平和不断创新的艺术胆魄。他用笔大胆、气势豪放、力透纸背、入木三分，很多大尺幅作品皆行云流水、一泻千里，呈现出的是雄浑粗犷、豪迈阳刚的壮烈之美。意在笔先，胸有成竹，心中的狂涛涌起，仿佛无法遏止。刘超曾创作巨幅草书毛主席诗词《沁园春·雪》，这幅作品长21米，高4米，体量之大，世之罕见。为写好这幅作品，他在心中酝酿多年，反复品味毛主席那雄浑大气的诗词意境，写下的宣纸小稿几可累屋，他还数次和家人、朋友一道，前往冬季的秦岭和黄河壶口采风,现场领略"大河上下,顿失滔滔。山舞银蛇,原驰蜡象"的宏阔景象,最终在解放军某部的操场上用17张八尺宣纸创作完成了这幅作品。另外,他还用19张丈二宣纸创作了苏东坡《赤壁怀古》。这些鸿篇巨制一经面世,便好评之声不绝,人们仿佛从纸上读出了鼓角争鸣、风声涛声,也被书法家营造的气势所征服。

玄牝之门,生演万物,书法传承着中华民族文化的特性。刘超潜心蛰伏于书法之路,吸纳历代书艺浩渺精华,渐臻心手相融境界。在实际学习创作中,刘超倡导"书法写生"的理念,为此他长期深入名山大川、碑林摩崖,实地研究并现场临摹,他认为很多书法字迹在纸张拓印过程中不免变形走样,难求其真实神韵,唯有近距离观看领悟,方能真正触摸到古代书家的脉动与气息。比如以前在临习石门十三品之《杨淮杨弼表记》拓本过程中,其中"阳"字左右结构写得很开,"杨"字又呈现出左高右低的模样,刘超原以为这是古人在结字过程中的一种有意布局,待看了原石刻,他才发现,那是因为"阳""杨"落笔的那个地方,崖壁上有裂沟和凹凸,古人乃不得已而为之。

为使作品富有昂昂挺拔之势,自出精神,刘超长期坚持在为兵服务中提升精气神,从军营文化中汲取营养,因而投身军队、服务官兵便成了他最重要的学习途径。著名军旅老书法家夏湘平评价刘超说："能够写出这么大气磅礴、劲健雄强、厚重老辣的作品，他心中一定有一团火，艺术家心中没有这团火，是写不出来的。"在采风归来沉淀之后，他的笔墨更加厚实古雅，更加气壮山河。

书画同源，刘超在中国山水画方面亦用功极深，他的国画作品《江山如画》长13米，高4米，曾在中国国家画院美术馆展出。这幅画作中书写了篆书、楷书等多种书体，使书画有机融合。中国美术家协会副主席李翔称赞刘超在甲骨、钟鼎、二爨方面下了很大工夫，其榜书之大国内罕见，有独特之美，希望他把高古朴拙的魏碑之风更好地融进绘画中去。

经年累月，刘超仿佛沉入了书法的秘境之旅，抱朴守真的创作初心充溢他的身心，从古老先贤的艺术宝库中汲取精华，给了他取之不尽的动力和源泉。直到今天，刘超都没有自己的手机，他极少上网，更遑论玩微博微信了。我们要电话找他，都是通过其身边的朋友和家人。在数字化如此发达的时代，他恐怕算是一个异类吧。他不愿意把时间和精力花在一些浅表化的浏览和忙碌的交往当中，只想一心一意在自己钟爱的书画世界里遨游。因此，每当他到各大展馆实地学习研究时，几乎成了一个失踪的人，他会一整天在无人打扰里自得其乐。北京问古斋书画社的寇建军说："刘超经常去我们琉璃厂那个店转悠，慢慢我们就认识了,他这个人比较神秘,从不用手机,也不说自己有什么水平,但通过交流我发现他是个高手,真草隶篆样样都能。"长街古巷、片瓦断碣,也许有中国字的地方,就有值得他流连忘返的理由。

茫茫人海中,刘超这样的书法家也许与我们隔着高山大海,也许会与我们擦肩而过,因为淡化了物欲的需求,他的心中有更多的快乐,这样的快乐也支撑他在时光中书写出更加灿烂的篇章。

不让他寂寞地老去

几年前,我受中国残疾人联合会委托,去采写一位"自强之星"。他是一位资深编辑家,策划推出的很多图书始终畅销不衰,创造了不少中国出版业的神话。但同时,他也是一个体内安装了脑起搏器的帕金森病患者,被定为肢体三级残疾。

在北京东三环的一个茶室,我与这位编辑家聊了一个下午。

1998年,他从复旦大学博士毕业,进入出版社从事图书编辑工作。那时他刚刚37岁,一头扎进图书编辑事业,很快在出版界小有成绩,感觉世界已为他铺陈出美好的前程。但仅仅过了3年,无情的帕金森病居然降落到这个还不满40岁的人身上。由帕金森病带来的上臂肌肉和手指肌肉的强直,普通人轻松完成的系鞋带、扣纽扣、拿筷子等动作,对于他来说却异常艰难。坐下后难以自行站立,卧床后不能自行翻身,行走时起步困难,一旦开步,身体前倾,重心前移,步伐小且越走越快,不能及时停步。随着病情的发展,他的面部肌肉运动减少,连眨眼睛和转动眼球的动作都很少,表情也越来越呆板,几乎成了一张"面具脸"。"一生几许伤心事,不向空门何处销",五彩斑斓的世界一下子变得黯然无光。为控制病情,他安装了脑起搏器,医生在他的头部植入两根电极,将电线通过颈部皮下引到胸部,在胸部安装两块供电的电池。安装脑起搏器之后病情有所好转,但每隔三四年就必须打开胸部重新更换电池,一旦电池没电,生命就会停止,同时必须每天三次定时服用抑制性药物。他自我解嘲,自己成了一个用电池控制的"机器人"。

患病十几年,他一直带病坚持工作,把工作作为减轻病痛的有效方式。为了不影响审看书稿,他总是把颤抖的两只手轮流压在屁股底下,时间长了,两只手都生出了厚厚的老茧。每当服药后,由于药性作用,他的眼皮不能自主睁开,他就用手将眼皮掀开坚持看稿,久而久之,两只眼皮都被揪成了"红桃子"。别人用 5 个小时能看完的一部书稿,他要用 20 个小时才能看完。国家规定图书差错率须在万分之一以下,但他编辑的图书差错率都在万分之零点二以下,他以这样的高标准践行着一个出版人的责任和操守,他创造了比正常人还要辉煌的业绩。

采访进行得很顺利,我也准备尽快交稿。但第二天,我接到一位女士的电话,她是这位编辑家的爱人,主动要求我再采访她一次。还是在那间茶室,我和她又谈了一个下午。

他们有一个很幸福的家庭,两人是大学同学,妻子是一名优秀的中学语文老师,儿子在美国工作。

编辑家出生于普通工人家庭,而妻子却出生于高干家庭。那时,他们不顾家庭地位的悬殊,相爱并走到了一起。上大学时,编辑家是运动健将,打得一手好篮球,妻子是同学们公认的校花。她说,正是他那球场上张扬着力与美的身影,把她深深吸引。可是现在,那个曾经活蹦乱跳的男人,再也无法用手灵巧地转动起一只篮球。

没患病时,编辑家是模范丈夫,一切家务他全包了,尽情地呵护着自己的公主。妻子说:"我要把上辈子欠他的还给他,他给我做了上半辈子的饭,下半辈子该我给他做饭了。"妻子从炒菜是先放油还是先放菜学起,每天为他做饭,给他当保姆;监督他吃药,为他清洗因排异而永远无法愈合的手术创口,给他当护士;接送他上下班,给他当司机;不断安慰他,防止他病理性抑郁自卑,给他当心理医生。有时候,由于脑起搏器电池调控得不合适,忽高忽低,常常让他说不出话来,或者引起各种生理指标紊乱,甚至整宿睡不着觉,全身不停抖动,她就整夜抱着他,慢慢让他安静。

她说她必须保持自己内心的强大,不断在职业女性和全职太太之间转换角色。为了照顾丈夫,妻子把自己的很多朋友都屏蔽了,她实在无法再分心去享受那些平平常常的聚会和欢乐。其实,她多么想和友人一起痛饮几杯。

还好,偌大的北京,他们两人的工作单位只相差一站地。为了送他上班,她就让学校尽量把她的课排在下午。她每天开车送他上班,他下车的地方,正好是一处立交桥下的红绿灯,每次当他下车后,她坐在车里等红绿灯,目送着他那歪七扭八的踽踽背影汇入汹涌的人流时,她的心都酸楚不已,这曾经是一个多么健步如飞的男人啊!

他们一起外出的时候,她总是一直牵着他的手,每当这时,常会引来人们异样的目光,一个举止优雅、光鲜靓丽,一个却面目呆滞、行动异常,让人读不出两人之间的关系。她说,也许有一天,他不得不坐上轮椅,那时,她在夕阳里推着他出去散心,也不啻是一种幸福生活。

现在两位已经退休,随儿子在美国洛杉矶生活,我还时常关注他们的微信。前两天,我看到女士发了一段编辑家独自颤颤巍巍打篮球的视频,她写了一句话:"想当年,就凭这个把我骗到手,现如今廉颇老矣。"洛杉矶往西是宽阔的太平洋,往北不远就是高山丛林,往东南则是干燥的沙漠,但无论到哪里,开车1个多小时就能看见截然不同的自然景观,愿他们在那里尽情享受不同的人生风景。

她不会让他寂寞地老去。

全世界都相信,他不会寂寞地老去。

张维忠的力度

写魏碑历来呼唤刚劲之风、凛然之气，因此人们总是习惯性地认为，如果书法家挥动一支柔软的毛笔，能写出刀劈斧砍、排山倒海之势，就是好的魏楷书法。倘若持这种观点一成不变，那书法艺术岂不是自缚手脚？但若人们欣赏到军旅书法家张维忠的作品，大约会对魏楷作品产生一种新的理解和认知。

张维忠的楷书置于眼前，笔墨间扑面而来魏碑风骨，但书风中又平添几分空灵活泼之趣，审美取向独具面貌。明眼人一看，其书取法《张猛龙碑》《龙门十二品》，特别是六朝墓志经典，然而他笔下幻化出的却又是碑中见帖、清雅跳脱之气，精神底蕴超然劲健。有评家曾说，他巧妙地将《圣教序》《书谱》和米芾行书的一些用笔方法拿来为己所用，进一步丰富了魏碑楷书笔法,更加强化了书写性。文征明曾极力倡导形成书者自己的独立面目,他反对"聪达者病于新巧"和"笃古者泥于规模",前者不守法度,信笔自由,难合格调;后者不出新意,泥古不化,难有大成。诚哉斯言。张维忠正是在学习前人的基础上大胆融合,才写出了姿态万千、气派典雅的魏碑新风。

写魏碑,雄健厚重的金石气当然是一种力度,但力度从来不仅仅表现为"直与硬",因势赋形、取法高古的"曲与柔"依然力透纸背。正因为张维忠的军人气质和俊朗书风,其作品在军营广受欢迎。近日,张维忠为三军仪仗队所书大幅作品《大国仪仗赋》,甫一亮相,官兵争睹,好评如潮。"礼纳九仪威震八荒,盛名炫赫霸气恢张,释国格而列阵,昭军势而擎旗",浩浩长卷如仪仗官兵森然列队,笔墨舒张如强军将士自信潇洒。一横一竖恍若摆臂踢腿,呼呼生风;一撇一捺端是挥刀劈枪,弧线闪亮。张维忠的力度,不仅表现在大字和大尺幅之中,再看他的小楷作品,如《莲社十八贤图记册》,点画精当如春日草木葳蕤,墓志神韵透出历史沧桑,仿佛触摸到一种平静的精神张力,进一步彰显创作者的灵魂。

不禁忆起某年全军书展研讨会,会上军内外多位书学大家感叹:近年来军旅书法家执长枪大戟,不乏正大气象,然写碑者鲜矣,雄强浑穆、峻厚奇逸不够,军旅书家群体理应涌现一批写碑圣手。好在，这支队伍里还有张维忠这样的默默耕耘者。张维忠为人忠厚低调、谦逊友善、平和沉稳，他执着于自己的艺术理想，追求的书法风格与其人品性情浑然相合，是静水深流、心素如简，亦是精神飞动、骨法洞达。30 余年军旅生涯，军人作风和尚武精神的培塑，为张维忠书法艺术赋予了特有的气质和营养，先进军事文化的精神品格对其书法创作同样带来深刻影响，使他的作品无形中与这支军队的基因融为一体。岁月磨砺，他始终坚守军旅书家为兵服务的本色初心，不计名利，不慕虚名，坚持"书以载道"的格局和担当，以饱满笔墨为强军鼓与呼。他没有囿于狭小的个人世界，边陲沙场、座座军营，留下了他为官兵挥毫的身影，展示着倾注了他无限深情的书作。某年，笔者与张维忠一道赴海南三亚为兵服务，因回京航班提前，为满足官兵期盼，当天他没吃午饭，也放弃了午休，在登机前赶到某连队为战友们整整书写了两个小时。

笔墨当随时代，书法必须提倡多元发展，要以新求变、以变求生，如果固守传统不敢越雷池一步，必然会失去学书的根本意义。当今书家遁入传统者多、创新拓荒者少，达到"貌与古人离，神与古人合"之境界者亦不多。"书如佳酒不宜甜"，张维忠因从写碑入手，饱吸魏碑"力与美"之营养，自然避免走入甜媚之途，加之他在长期实践中摸索出"以碑为基、以帖为补"的个性创作,孜孜以求,久久为功,作品逐渐呈现大美之气,自然流露出军人豪迈风度。有人讲,张维忠能够斩获兰亭奖金奖,亦在于"气质取胜、对比明显、用墨大胆",特别是与行书相融的笔墨充溢魏韵儒风,法字严谨飘逸,用笔劲道绮丽,章法奇崛灵动,真可谓实至名归。从这个意义上说,艺术之神对张维忠如此厚爱,乃因他矢志不渝钟情于魏楷,从而源源不断地释放出丰美厚重、险绝绵密的力度。

彩云之阳是故乡

　　因为创作革命烈士江竹筠的纪实文学作品《江竹筠：一片丹心向阳开》，我又一次回到故乡重庆云阳。江竹筠出生于四川省自贡市，她的丈夫、下川东游击纵队政委彭咏梧烈士是云阳人。重庆解放前夕，彭咏梧江竹筠夫妇在云阳一带组织武装暴动，烈士的鲜血染红过这片土地。

　　近乡情怯，也加快了我追寻的脚步。一回到县城，我就来到明德广场瞻仰彭咏梧江竹筠烈士纪念碑，一对革命伉俪携手并肩、挺胸昂首，站立在苍松翠柏之中。这座纪念碑从前位于老县城人民广场，我上学时，每逢清明学校都要组织我们去祭扫。如今，他们依然是这座新城最引人注目的红色文化地标。广场旁的莲湖公园风景怡人，园中展示着一组"江姐托孤"的主题浮雕,石头上刻着江竹筠被捕、入狱、受刑、写信托孤的情景。湖水清澈,游人如织,人们驻足观看浮雕,重温那些历经生死的血色故事,会倍加珍惜眼前这宁静祥和的幸福时光。

故乡因"四时多云,山水之阳",故名云阳。三峡工程蓄水,云阳县城溯江而上30多公里,搬迁至长江与澎溪河交汇处,如今已成为三峡库区选址最科学、建设最集约、环境最优美的县城,还有国家4A级旅游景区。县城最古老的文化遗存是长江对岸的张桓侯庙,桓侯乃蜀汉名将张飞的封号,云阳人俗称张飞庙。章武元年(221),张飞为给义兄关羽报仇,命手下范强、张达赶造白盔白甲,准备挂孝伐吴。然范张两人早怀二心,趁张飞酒醉之际将其谋害,携首级前往东吴邀功。至云阳时,二人听说东吴已同蜀汉讲和,遂将张飞首级扔进长江,后被一老渔翁捞起。云阳人民敬慕张飞扶汉忠诚,纷纷解囊捐资,筑庙纪念。这就是张飞"头在云阳,身在阆中"的传说。云阳老县城搬迁时,国家斥巨资将张飞庙整体搬迁,一砖一瓦原封不动移了过来。现在的张飞庙,倚山取势、层层叠起、朱楼碧瓦、倒映江流,仍是我幼时所见的一派美景。张飞庙山墙上镌有4个数米见方、挺拔遒劲的大字——"江上风清",隔江依然清晰可见,乃为清朝名士彭聚星所书。

这天傍晚,我去拜访同住县城的中学语文老师何安国先生，将几本新著呈送恩师指正。交谈间，已是耄耋之年的何老师给我讲起一个典故。先前云阳江中有一道龙脊石，大多数时间深藏江底，枯水时才出现，每逢枯水季人们争相借舟上去游览，千百年来龙脊石上留下很多石刻的诗词歌赋和水文记录。一位在此地做知府的官员，一心为民却被贪官排挤，他黯然离任时在龙脊石上留下诗句："龙脊对沙洲，江水二面流。富无三十载，清官不到头。"临别，何老师指着对岸的"江上风清"四字，语重心长地说："这是教诲后人要清正廉洁，方能让江流之上永葆清爽之气，你现在也是一个'京官'了，一定要把家乡这四个字记在心里。"聆听恩师一席话，心头唯存感激。

第三天清早，父亲约我去爬县城的登云梯。新城建设伊始，云阳人就设计建造了这道登云梯。梯道起于长江岸边，止于县城制高点磐石城下，共 1975 级，被誉为"万里长江第一梯"，整个梯道酷似一个巨大的"人"字，蕴含"以人为本、勇于攀登"的城市精神。我们一步一步登上最高处，整座城市尽收眼底。峡江山水依旧，让我惊奇的是，家乡已出落成一座气质独特的现代化公园城市。近些年，云阳还举办了国际登梯邀请赛、全国沙滩排球赛、全国自行车邀请赛、世界翼装飞行挑战赛等诸多运动赛事，为城市植入"体育基因"，使这座城市更加充满活力、青春勃发。2022 年 6 月，云阳正式通了高铁，奔驰的"复兴号"列车,缩短了我品味乡愁的距离。

这次回乡,恰逢云阳举办"天生云阳"金秋节,金秋节活动之一的农民丰收节在县城附近的太地村打谷场开幕,无比喜悦的农民在田间地头载歌载舞,庆祝丰收。云阳曾是秦巴山集中连片特困地区的贫困县,如今已实现从脱贫摘帽到西部百强县的华丽转身。金秋节也是迈向新时代、奋进新征程的欢乐之节,让云阳大地的小康密码清晰地记录在新时代的刻度上。

县城里一条长33公里的环湖绿道,也在金秋节到来之际全线贯通。从前,受三峡水库蓄退水影响,江岸沿线形成了垂直高差30米的消落带,土层流失、基岩裸露、垃圾遍地,仿若城市的一道"伤疤"。为了保护长江母亲河,保障库岸地质安全,县里果断决定不搞大开发,迅速启动库岸环境综合整治工程,全面关停、拆除沿江沙石码头、涉江违建,进行生态修复整治,并且大量栽种狗牙根、马蹄筋、芦竹等乡土植物,历时7年,将生态系统极度脆弱的消落带打造成了一道绿色生态屏障。同时,新建的环湖绿道用宽约3米的自行车道、跑步道和漫步道串联起8个城市公园,更加提升了城市的颜值和气质。县城陈家溪早年是一片荒滩,由于人迹罕至,一些白鹭在此栖息,云阳人生出打造白鹭公园的巧思,新建观鹭台和栈道、种植绿色灌木、定期投放鱼苗、设置白鹭保护员,渐渐地更多白鹭来此"落户",

成为"人鸟居一城,白鹭舞蹁跹"的别样景观。

　　回到家乡,我时常到环湖绿道"打卡"。绿道两旁既有中国传统的梅花、金合欢、垂柳,又有引入的日本晚樱、北美枫香、法国梧桐;既有不畏霜雪的罗汉松、国槐、池杉,又有南国特有的小叶榕、紫荆、三角枫;灿烂的月季、杜鹃、玉兰醉人眼眸,清秀的乌桕、蓝花楹、银杏引人驻足。公园里还配齐了直饮水、休闲座椅、服务驿站等公共设施,徜徉在这绿水青山之间,真是一种久违的享受。公元765年,唐代大诗人杜甫因肺病复发,在云阳客居大半年,他写了一首著名的《杜鹃》:"西川有杜鹃,东川无杜鹃,涪万无杜鹃,云安有杜鹃……"(云阳在唐时称云安)云阳人民为纪念杜甫,特在张飞庙修建了一座杜鹃亭。历经千年岁月沧桑,杜鹃亭也成了这座城市文化气质的见证。倘若杜甫再来云阳,看到这彩云之阳的千万间广厦,该会吟诵出更美的诗句吧。

　　傍晚,我漫步在月光草坪,耳边突然传来歌剧《江姐》里"红梅花儿开,朵朵放光彩"的歌声,循声望去,一群笑意盈盈的慈祥老人正在齐声高唱。金色的霞光返照新城,高峡平湖倒映里,红色的旋律仿佛一直在云阳的街巷间流动,是那样安详、柔和、幸福。

来 思

在诗意里栖居

我要说的是一间小屋。那间小屋在办公楼的五楼。我怀念它,因为那是我来北京的第一处居所。

那间屋子是单位的一个小仓库,与我的办公室只隔着几个房间。领导说,你拾掇拾掇,先将就着住下吧。在这个人口高度密集的城市里,找一间属于自己的房子谈何容易。刚来北京工作的人,不少都有过住办公楼的经历。好在我当兵这么多年,自我感觉适应能力还可以。一声令下,打起背包就出发,到哪里都可以住下,只要有一张床,保证睡得踏实睡得香。

小屋里面有一排快挨到屋顶的铁皮柜,装满了各类文艺书刊。铁皮柜对面有一架古旧的钢琴,钢琴上摆着一个木雕面具和一个牛头骨,那面具木质漆黑、面目狰狞,那牛头纹路清晰、白骨森森,不知是哪位艺术家的藏品。钢琴旁边有一套组合音响,墙角塞着一些服装道具和字画,地上零乱地堆放着一些摄影器材、画册、照片、唱片、书籍。恰逢周末,我用一整天时间清理好了这间屋子。将物品进行合理布局、归类、码放,屋子的空间便显露出来了,我那张硬板小床也顺理成章地安放到了钢琴的另一侧。所到之处,都让我擦拭得一尘不染。当我坐下来环视四周,竟有几分庆幸,这是一个多么有文化气息的所在啊。

那面具和牛头被我请到了墙上,两颗钉子解决了问题。它们可以肆无忌惮地俯视我。有时我躺在床上,也与它们对视。那牛头空洞的眼神是茫然的,它一定不是一头普通的牛,收藏一个普通的牛头有何意义呢? 或许它生前是一头狂放不羁的野牛。那面具我似乎在傩戏里见过,唱戏的汉子戴着这种面具跳粗犷的舞蹈,好像是一种神圣的仪式。

我在钢琴上展览了一幅油画,这幅画是我从角落里拣出来的,亚麻布画面钉在木框上,画的是一位老人,油画的背面写着"孙伏园像"。孙伏园先生是绍兴人,现代散文作家,著名副刊编辑。老先生早年在山会师范学堂、北京大学学习,两度成为鲁迅的学生。1921 年孙先生任北京《晨报》副刊编辑,人称"副刊大王"。鲁迅名作《阿 Q 正传》即在该报首次连续发表。记得中学时的课本上还有他写的《鲁迅先生二三事》。油画上的孙伏园

端坐于一排书架前的藤椅上,穿着厚厚的蓝棉袄,胡子有些花白。近看他的脸,被油彩涂得有些杂芜模糊,只有走远些看,才清晰地看出他炯炯的目光和慈祥的面容。画上的孙先生看着我,好像在问我:"鲁迅先生的作品你最近又读了没有?"每天我都要与孙先生的目光进行交流,每一次似乎都有不同的况味。

屋子里的书法作品令我眼花缭乱、目不暇接。好多作品都点画精到而富美感,结字沉稳而富变化,个性昭朗而又高雅,气韵生动而又飞扬。一位书家的作品竟是写在包挂面的纸上,笔力险绝、纵横恣肆,是一幅不可多得的册页,令我大为惊奇。大概挂面纸与毛边纸的吸水性能差不多,因此被书法家信手拈来,挥笔而就。作品当中的挂面图案以及"北京酒仙桥商场挂面厂"字样和厂家的地址电话都清清楚楚。看来,优秀的作品并非都出自庙堂之高。

我们办公室有一位老干事,是一位资深摄影家,在全国乃至国际上多次获奖。小屋里有一本他的摄影集,书名为《生命》,从头至尾拍的只有一种事物:胡杨。而所有的胡杨,他都采用黑白的手法来表现,让读者在黑白之间去感受大自然的力量,感受宇宙的博大和生命的顽强。这些胡杨都不带一片树叶,裸露着最刚劲的躯体。为了拍摄胡杨这种不屈的植物,他行程数万里，几乎走遍整个西部。他在作品集里写道："初见胡杨，视觉的巨大冲击力和心灵的强烈震撼，使我的特殊生活阅历和潜存于生命中的悲剧意识获得了释放和共鸣。在以后十几年的时间里，我数次走进胡杨，在阅读与交流中感受胡杨，在思索与感悟中体会胡杨，在拍摄与记录中解析胡杨。"

我的床头还放着另一本诗集，也是从书堆里找出来的。作者是我部刚刚退下来的一位老将军，他是享誉文坛的著名军旅诗人。他的诗我从前读过不少，这本诗集里收的多是他早年的作品，不少诗篇我是第一次读到，感觉诗行里燃烧的激情比他后来的作品还要炽烈。哦，对了，当时他正在南方前线带兵打仗！

> 不要为迷彩服缺少红色遗憾
>
> 在把敌人撂倒之前
>
> 战士珍惜每一滴昂贵的血

这样的诗，是培养军人气质的琼浆。每晚临睡前我都要读几页将军的诗。我总是在诗意中入睡。假如生活中没有了诗歌，心灵必然走向荒芜。若是不住进这间小屋，要等到什么时候，我才能读到这些优秀的诗作,才能欣赏到这么多在我看来无与伦比的艺术作品呢?感谢生活的安排。海德格尔说:"诗意地栖居在大地上。"是的,我在诗意里栖居。住在这样的小屋里,感觉周围的一切都充满着诗意。每当周末,我走出小屋,下楼,走过草坪,到饭堂去吃午饭的时候,看见大院里的花工们在树荫下睡觉,当我吃完饭回来,他们还在那里酣睡。大概他们清早起来干活,现在有些累了。在这样安静的午后,他们睡在干净的地面上,身旁放着水壶,亲手种植的花草轻抚着他们的脚踝和耳郭,连我都能感觉到他们睡得有多么踏实。这些朴实的劳动者,不也生活得简单而诗意吗?傍晚时分,我走出大院,沿着黄寺大街漫步,会看见附近庙里走出的三三两两的僧人,他们穿着宽大的僧袍,有的在站牌下等车,有的坐在快餐店里悠闲地喝着饮料,有的在音像店里挑选自己喜欢的光碟,有的还拿着手机在与别人通电话。这些僧侣与我们毗邻而居,一样享受着时代赐予的多彩生活。

白天,大家身着军装,佩戴着各自的军衔,手里拿着文件在办公楼里忙忙碌碌穿行,见面甚至都来不及打招呼。当夜幕降临,大家四散到各自的居处,深入这座城市的各个神经末梢,喧闹了一天的办公楼终于安静下来。我蛰伏于小屋,完全沉浸于个人的世界。心情好的时候,我会打开音响,听几首曲子,《渔舟唱晚》《平湖秋月》这样的古典名曲，最适合在傍晚时分，于宁静的一隅慢慢消受。有时我也会揭开钢琴盖，在漫进小屋的月光里弹奏一曲，制造几分浪漫。没有琴凳，我搬两包书垫起来，一样坐得安稳。我演奏水平不高，但钢琴的音质很美，琴声清澈。我能弹奏《东方红》《春节序曲》这样一些简单的曲子，偶尔也来一首《致爱丽丝》《小小粉刷匠》等外国的单曲，笨拙、俗气、有趣。

每天晚上 9 点左右，一个小战士会准时在楼道里打扫卫生，除了他，楼道里几乎见不到别人。他是一个列兵，像中国军队里所有的公务员那样，面目清秀，个子不高，机灵而热情，我们见面总要寒暄几句。有时夜晚起来，我从走廊的窗户看出去，可以清晰地看到对面大楼那尖顶上的红灯，闪烁着耀眼的光芒，仿佛近在咫尺，却又遥不可及。整个城市的人都已入睡，只有我，在离北太平庄不远的这个角落，独自醒着。我洗过的衣服晾在走廊上，微风吹起，恍若飘舞的经幡，如梦似幻。

现在，我已搬进宿舍楼居住，夜晚的时间总是被喝酒、闲聊、看电视所占据，难寻小屋那样的静谧。

它又叫了

"爸爸,它又叫了。"

它是一只蝈蝈。此时是傍晚,它正在我家的阳台上高歌。唱一会儿,它又悄无声息了。当它再唱时,两岁的女儿便会天真而神秘地说:"它又叫了。""什么又叫了?""多多(蝈蝈)。"有时,我正慵懒地睡着,女儿也会用稚嫩的小手把我拍醒:"爸爸,它又叫了。"我支着耳朵听一会儿,什么声音也没有,估计它刚刚唱过。这时候,夕阳从窗外洒进斑斑点点的金色,世界有些恍恍惚惚,只有女儿独自在玩。

那天我带着女儿在街上散步,看见一位中年人挑了两大撴蝈蝈在路边卖,足有好几百只,每只蝈蝈都装在一只用高粱秸秆皮编的小笼子里。蝈蝈们在为他卖力地吆喝着。每当夏季到来,在城市的某条街边,经常能看到卖蝈蝈的人,他们大都皮肤黝黑,长相朴实且憨厚。女儿执意要买一只。才一块五毛钱,委实很便宜。据说编一个蝈蝈笼子可挣两毛钱,报上还登载过一个考上了大学的女孩子编蝈蝈笼挣学费的感人故事。两岁的女儿当然不会知道蝈蝈笼之外生活的辛酸,更想不到编蝈蝈笼也能编织出大学梦。小时候,我们常在花生地里捉蝈蝈,然后把它养在罐头瓶里。抓一只蝈蝈是多么不容易啊。我问这些蝈蝈是从哪里运来的,那人说是易县。我忽然记起易县是盛产蝈蝈的地方来。前些日子《北京晚报》报道说,持续阴雨天气和放养时雌雄蝈蝈搭配比例等问题,造成了今年香山的蝈蝈们没叫起来,为了让登山游人能在八月听到香山蝈蝈的大面积鸣叫声,公园紧急从河北易县购买了1000多只雄性成年蝈蝈,并放养到香山索道两旁山林之中。小时候,一个人独自在乡间夜行,如果听不到蝈蝈的叫声,心里总不踏实,慌慌的,无边的寂静会使人毛骨悚然。但只要有唱着歌的蝈蝈在路边的草丛中壮胆,再怕黑的孩子也会独自走完那长长的夜路。法布尔在《昆虫记》里有一段话:"有你们陪伴,我反而能感受到生命在颤动;而我们尘世泥胎造物的灵魂,恰恰就是生命。正是为了这个缘故,我身靠迷迭香樊篱,仅仅向天鹅星座投去些许心不在焉的目光,而全副精神却集中在你们的小夜曲上。"

这只蝈蝈是我们家养的第一个宠物，我们也和女儿一样，管它叫多多。自从多多入住我家，女儿便有了事情做。我们刚买回的青菜，会被她掐得满地都是，问她为什么掐菜呀，她说多多饿了，要吃饭。女儿正是在学说话的年龄，她会常常说出一些令你捧腹的话来。有一天，我和她在院子里玩，她忽然对我说："爸爸你看，狗狗，狗狗。"我顺着她手指的方向看过去，却只见到墙角蹲着一只小心翼翼的大老鼠。她对动物还分得不是很清楚，可是，当别人问她："你是男孩还是女孩？"她会清楚地回答："我是女人。"这样的回答往往叫人目瞪口呆。多多的到来为女儿增添了很多乐趣，有时她还会天真地要求我："爸爸，给多多炒个菜吧。"叫人忍俊不禁。其实，多多每天的饭量也就两三片菜叶。小时候，我们喂蝈蝈的最好食物是南瓜花和黄瓜花，如今身在城市的我们，当然没法给蝈蝈弄来那散发着田野气息的美食。多多的叫声很响亮，为了不影响晚上休息，我在窗外的墙上钉了颗钉子，把蝈蝈笼挂在了外面，白天再把它放到阳台上。有一天晚上，外面有风，还下起了雨，我们忘了把多多请到屋里来，第二天早晨，我下楼买豆浆，见蝈蝈笼竟然躺在楼下的水泥地上，多多全身湿透了，布满很多小水珠。从五楼掉下去，它居然安然无恙。

时间长了，我怕多多扰邻，遂有将它放走的意思，虽然它的叫声是那样迷人。再者，把一个生灵终日囚禁于方寸之间，的确有悖于我们善良的心，甚至有点残忍。于是，便同女儿商量：

"宝贝，咱们把多多放了吧。"

"为什么？"

"因为，它要回家。"

"它的家在哪儿？"

"在院子的草丛里。"

"草丛里没有我们家好，就让它住我们家吧。"

"可是，草丛才是它自己的家呀，它只有回到自己的家才高兴。你看，这几天它都不愿唱歌了。"

"那——好吧，以后我们去草里面看多多去。"

楼下院子里的那片草丛，生长着一大片狗尾巴草。女儿轻轻把笼子打开，而多多却不知往外蹦，它已被囚禁得太久了。在我们的催促下，它终于遁形于那片草丛。我如释重负。女儿手里拎着那只空空的笼子，笼子里还仿佛残留着多多那有节奏的鸣叫。

傍晚，我带着女儿从外面散步回来，刚走进院子，女儿就拉住我的手，兴奋地喊道："爸爸，你听你听，多多，多多，它又叫了。"一只蝈蝈正在草丛中尽情地高唱。

一窝鸟

在我的办公室,离我的办公桌不到两米的地方,住着一窝麻雀。这有点让人难以置信,但却是千真万确的事。

有一天,我正在办公,忽然听到脚边一阵叽叽叽叽的声音。什么声音?我跺了跺脚,声音停了,不一会儿,叽叽叽叽,复又响起。我俯下身子竖起耳朵仔细听了一会儿,哦,好像是鸟鸣。我循着叫声找过去,终于发现了秘密。不久前,因为装修办公室,室内的空调机换了一个位置,原先安装空调机的墙脚处便留下了一个通到室外的圆洞,我胡乱地用一团报纸将室内的这个洞口堵住了,这叽叽之声好像就是从这洞里传出的。我不敢轻易拿开那团报纸,怕惊动了里面的生灵。我绕到办公楼的拐弯处向外张望,果然发现有两只麻雀在墙外那个圆洞口进进出出。原来这里住着一窝麻雀!没想到聪明的小鸟从外面的洞口进入,把这深约两尺的圆洞当成了自己的家。这两只一定是麻雀爸爸和麻雀妈妈,那在洞中不停叽叽鸣叫的,一定是它们的孩子。我可爱的邻居们。

在小麻雀的歌唱里,我每天平静地工作着,这歌声提醒我,我的身边存在着一窝生命。几乎每天我都要到拐角处去静静地看它们一会儿,看它们在生活的小窝和外面的世界之间穿梭。两只老麻雀总是飞进飞出、忽上忽下、蹦蹦跳跳、叽叽喳喳,有时飞到很远的地方再飞回来,它们可能在为窝里的孩子觅食,又或许在诉说着两口子之间的绵绵情话。它们一会儿落到积水的地面上,一会儿又无所事事地在室外的空调机上漫步,在这广阔的天宇间闲庭信步。有一天,两只麻雀竟飞上了我的窗棂,正好窗户是开着的,它们站在窗扇上,看着办公室的一切,对我指指点点。也许它们在说,原来你们办公就是这样的吗,整日坐在一张单调的桌子前,板着毫无表情的面孔,太辛苦了,还不如我们鸟类,可以无拘无束地歌唱,自由地飞翔。我无言以对。有时我出差回来,回到办公室的第一件事就是侧耳听听洞中麻雀们的动静,如果听到它们的叫声,或者里面传来窸窸窣窣的声音,我才心安。时不时我会从窗口撒些面包屑下去,面包屑飘落到墙壁的缝隙、室外的空调机上或者楼下的地面上,我驻足于楼道的拐角处,静静地看着麻雀们去捡食。

我的办公室在五楼,我想,窗下要是有一排大树就好了,最好能长到五楼这么高,那样的话,麻雀一家出门就可以在树枝上玩耍嬉闹,在叶片和树皮的褶皱里畅饮清露、啄食蚊虫,在自然的绿色间吟唱生命的欢歌。但是,窗下除了水泥地面,连一块裸露的泥土都没有,它们要想亲近泥土和自然,必须飞翔到再远一些的地方去。城市,提供给鸟儿们的乐土日渐减少。这栋办公楼的建筑年代大约是20世纪70、80年代,外墙装饰使用的是水磨石,看起来很朴素,不甚光滑的墙面至少还可以让麻雀在上面驻足,如果是现今人们争相使用的玻璃幕墙、马赛克或瓷砖的话,鸟儿们别说在这样的墙上筑窝,就是在上面歇个脚也是极困难的事情。城市在向现代化前进的过程中,不应该拒绝鸟类的亲近。

小时候,在老家的屋檐下随时可见麻雀窝,特别是茅草屋,有时调皮的我们顺手从檐下的檩子间掏进去,就能摸出两只温热的带有褐色斑点的雀蛋,或者捧出一只毛茸茸的粉身黄口小雀来。我们还用鲁迅先生在小说里教给的办法逮过麻雀,一逮一个准。麻雀这种卑微的动物,曾遭受过很多苦难,它们有太伤心的过去,无辜的它们,曾作为“四害”之一被横加戕杀,直到近些年,它们才得以在中国平反,但麻雀们的踪影日渐难觅。

从春到夏，日子慢慢流逝，麻雀一家和我和睦相处，它们住得很踏实。有一天我心血来潮，终于抑制不住想看看洞中麻雀的究竟。我轻轻把那团报纸抽出来，却发现里面别有洞天。原来，在建楼时，不知是出于保暖还是隔音的考虑，墙里的砖与砖之间专门留有空隙，我根本看不到它们，这横贯墙体的圆洞不过是它们的走廊。它们住得很现代呢，客厅、卧室一应俱全。也许小麻雀感觉到了我的行动，一下子在里面噤了声。这时，一只老麻雀飞了回来，它发现了我的偷窥，顿时瞪大警惕的眼睛，逼视着我，还不住扇动着两扇翅膀，对我大喊大叫："呀呀呀呀，不要伤害我的宝宝，不要伤害我的宝宝……"我急忙把报纸塞了回去，再不敢打扰它们。

不知不觉，深秋已至，有一天我忽然发现麻雀一家集体消失了，没有了它们的鸣叫，没有了它们的进进出出。它们到哪里去了呢？我抽开那团报纸，空荡荡的洞穴静寂无声，没有了一丝生气。麻雀并不是随季节迁徙的候鸟，它们这一去还会不会回来？难道是我那次莽撞的行为打扰了它们的宁静，它们不得以才搬家了吗？我怅然若失。

我的身旁复归平静。抬头向天，窗外再也看不到麻雀们划过的快乐诗行；垂首凝思，脚下再传不出小鸟那单调而纯真的絮语。我常常望着那个洞口出神，在一无所有的窗前长吁短叹，

想不到一个人对一窝麻雀的牵挂竟然有这般沉重。我幻想着，哪一个初雪的早晨，或者明春哪一个迷人的黄昏，麻雀以及它们的儿女又集体飞回来，入住这个温暖的巢。我崇拜的已故文化学者江堤先生曾写过一段话："我希望在虚假的人和诚实的人之间找一条缝隙，让普通的人活着，活出麻雀的技术、麻雀的本领，用不着计较他们的生存目的和生存道德，就像不要计较麻雀是如何在城市的尘埃中、在乡间的稻田里觅食一样，他们的行为逻辑就是生活的逻辑。"是的，大约我该认真地从办公室这块狭小的空间走出来，去寻找并领悟麻雀们生活的逻辑。

文化遗产日

中国国家博物馆举办的文化和自然遗产日特别文物展览中,我最感兴趣的是太阳神鸟金饰,这个图案已被定为中国文化遗产的标志图案。这枚金饰 2001 年出土于成都金沙遗址。在这枚直径不过 10 余厘米的稀世珍宝前,我仔细观察良久,一直不肯离去。穿越 3000 多年时光之水,它静静躺在我眼前。我实在不敢想象,在没有精密测量仪器的远古,祖先们是怎么造出这么精美、准确、和谐、经典的图案来的。构图之简洁、蕴含之丰富、表达之完美、工艺之精湛,直叫人目瞪口呆。今天,即使最优秀的平面设计专家,恐也难设计出这么完美的图案。那个 3000 多年前的金匠一定在望着我。下次去成都,一定要抽时间去金沙遗址,去领略古代蜀人的魅力。前年去了一次三星堆,就已很受震撼。我想起"蜀"字——大眼睛的四川人。

展览上吸引我的还有著名的《中秋帖》《伯远帖》。"三希帖"中唯王羲之的《快雪时晴帖》因藏于台北故宫博物院，故没有一同展出。以前在报纸杂志上多次读过这两个帖子，今天终于与绝世真迹面对面凝视，不禁心头怦怦直跳。《中秋帖》3行字，《伯远帖》4行字，但后人对二帖的题跋长近3米，上面密密麻麻的印章更是百余个。不知王献之和王荀两位原作者看了作何感想。特别是乾隆，在《伯远帖》上题了"江左风华"，在《中秋帖》上题了"至宝"，那字大如重拳，喧宾夺主，灵气不足。皇帝老儿的印章更是大而死板，画蛇添足。平时，因顾及氧化、光照之影响，这些珍宝都深藏闺中，我辈俗人哪得一见。一同展出的还有晋代索靖的《出师颂》、唐代韩滉的《五牛图》、唐代杜牧手书的《张好好诗》、宋代米芾的《研山铭》，包括陈国琅藏书、子龙鼎、龙门石窟佛头等，都是顶级国宝，今天才知什么叫目不暇接。特别是子龙鼎，重200余公斤，与后母戊鼎一起号称"方圆双璧"，真正国之重器。此鼎20世纪20年代出土于河南，后被倒卖到日本。

好多小时候在历史教科书上看到的珍宝，今天被我亲眼看到了，如新石器时代的人面鱼纹彩陶盆、商四羊方尊、汉金镂玉衣等。青铜在商代装饰豪华，至汉代便显得朴素多了，这与两个朝代的风气直接相关,商代好几个帝王都穷奢极欲。中国的瓷器是宋元时最好,朴素大气、简洁内敛、意境高远,甚至有秘色呈现;至明清,便显得华美而匠气,繁复却不可爱。这些具象和物化的历史,带我走进神圣殿堂,去追溯美的过去。

我顺带还看了印加文物展。印加人的东西我原本是很感兴趣的,包括玛雅文化,但今天由于看的宝贝太多,只能走马观花。印加人的祖先崇拜猫科动物、鹰和蛇。我观察他们的器物,在实用上强于东方人,但在装饰的巧妙方面远不及我们的祖先。比如,他们做一只陶瓶,不管做成什么形象,必然是一眼看到瓶口的,而中国的那些青铜、陶、瓷器,很多给人第一眼感觉仅仅是一个精美的鸟兽,玄机深藏不露。东方的哲学和智慧。

我的习惯是,到一个城市,若有机会,一定去该城的博物馆看看。有幸生活在北京,众多的博物馆正好消磨我的闲情时光。我坚信,文化遗产的功能就是传承。没有传承,我们就不知道我们是谁了。感谢祖先为我们创造了这么多值得骄傲的文化,这是我们与祖先对话的唯一通道,这里蕴含着中华民族特有的精神价值、思维方式和想象力。我认为,文化和自然遗产日应该是一个全民的节日。我想起另外两类重要遗产:人类非物质文化遗产和自然遗产。名山大川是自然变成的文物,各类古建其实就是文物变成的自然,文化遗产也是一个城市或者一个地区的亮丽名片。我国现在已有昆曲、古琴艺术、新疆维吾尔木卡姆艺术、蒙古族长调民歌等被列入联合国教科文组织非物质文化遗产名录(名册)项目,基本都属于表演艺术类,都是很好的艺术,听之使人落泪。上次去看昆曲《牡丹亭》,看着看着就哭了。还有长调,一听进去,自然而然就回到了草原,眼前浮现白云、羊群和马头琴,浮现忧伤。今天还参观了一张唐代古琴"枯木龙吟",它静静地挂在墙上,李白和杜甫当年有没有抚弄过它呢?如果可能,有一天我也去学古琴,学伯牙子期,高山流水,绝世知音;学周郎,小乔初嫁,雄姿英发;学诸葛,城门弄琴,勇退三军;学嵇康,临刑抚弦,广陵散绝;学司马相如,风流江山,笑看红颜⋯⋯中国书法也要得到更多重视。看看吧,现在从小学生到大学生,有几个能把我们老祖宗传下来的方块字写得风生水起的?

习惯

　　每天早上 7 点 15 分，我准时走出家门，经过小超市、将军楼、中门警卫室，走向单位的餐厅。莫道君行早，更有早行人。我进去时，已有好多人在享用着早餐，并互相轻谈着时政、家事以及体育赛事。我已经习惯于到餐厅吃早餐了，我喜欢早晨这里的安静。午餐时，整个餐厅乱哄哄的，说话要扯开嗓子。而早餐不同，有的人不吃早餐，有的人在家里享用，还有的去自己熟悉的早餐店解决，另外用早餐的人总是根据住地远近流水式地到来，不像午餐时所有人都在 11 点 30 分拥入餐厅。因此早餐是在轻松的心境下进行的，空旷的餐厅流动着一种祥和，与清早的气氛很协调。

　　早餐时间是我收集一天资讯的重要时刻。比较熟悉的人，总是在那几个固定的座位上,谁要是几天没来吃早餐,必定是出差或者休假去了。关于单位里某个人员的变动、升迁以及各种小道消息,总是在这里得来第一手情况,另外比如涨工资、外出学习、出国访问等事情,也是从这里掌握蛛丝马迹。我和几个喜欢文学的朋友,总是在这个时间交流一些最近的写作状态,写什么新东西没有,你的那个中篇我不喜欢,权威报刊又转载了谁的散文……谈得相对实际,不是那种云里雾里的瞎嚷嚷。和不喜欢文艺的人在一起吃饭,话题千万不能扯到文艺方面来,别人会说这小子才来机关几天,就学会油腔滑调了。如果是谈足球,即使信口雌黄也无关紧要。中国人可以说是天底下最无私的球迷,没有出色的球队,但吆喝得最带劲。在北京,连大街上卖鸭脖的也印出精美的"啃久久丫,看世界杯"字样的广告来。我还发现一个问题,就是现在女性球迷队伍不断壮大,比如我只是偶尔看一看,但我妻子却总是半夜爬起来看得津津有味,第二天睁着个肿眼泡去上班。

我的早餐很简单,一枚鸡蛋、两个小笼包、一碟咸菜、一碗米粥,天天如此,习惯了。有人预言未来的数字化生活:你一觉醒来,家里的电子屏幕就会自动为你播报当天的天气情况,温馨地提示空气质量如何;你一边穿衣服,一边说想吃什么早餐,此时在中央电脑的控制下,厨房的早餐机就已经忙开了;当你忙碌了一天，想回家洗个热水澡放松身心，在路上拨一下手机就可以了，家里的浴缸会根据你离家的远近放水调温；回到家门口，门口的摄像头已经读取了你的信息，家门在你面前自然洞开……这样或许我不用到餐厅吃早餐了，但同时也失去了每天早上那大约半个小时的乐趣。习惯这东西实在不好琢磨，比如说，我习惯了每天从家到餐厅、从餐厅到办公室的这条路线，我喜欢上了这条路线上的花草，让我改个路线，我就感到诸多的不习惯。总以为家和办公室在一个院里很幸福，上班近，加班不用跑远路，其实我也失去了像别人那样每天领略流动风景的好机会。那天，有个同事拿着他用手机拍摄的一幅照片给我看，问我这是哪里。我摇头。他说，想不到吧，这就是北京啊，北京从来没有这么蓝的天这么白的云，那天在上班的车上发现北京居然也有这种时刻，赶紧拍了下来。他看到的美景我就无缘得见了。其实风景对我们都是一样的，只是我的眼睛已经忘记了这样的风景。比如说，我的思维总是呈现一种惯性，和别人聊天，我会不由自主地聊到我接触的风物、我喜欢的事情，也不管别人喜不喜欢。怪不得朋友总说我坚守着自己的世界。什么时代了，还那么天真与幼稚？

而在习惯之外，活跃着很多我们的思维抵达不到的地方。在高谈阔论的背后，还有很多我这样的人不知道如何去勾兑的

地方。和人交谈,还是像早餐时那样的氛围最好,大家自觉坐在一起，想说时说，不想说时就吃，不想说也不想听时就起身，说,我吃饱了。

秋意

秋风又起。院子里那几棵柿树上坠满了金黄的果实。院子里的人是不会采摘这些果实的,收获它们的,是天空飞翔的鸟儿们。我常常驻足于窗前,看那群快乐的灰喜鹊上蹿下跳啄食那些柿子。我想起一句韩国的谚语来:要把树上的柿子留一些给喜鹊。韩国北部有很多柿子园,金秋时节是采摘柿子的季节,当地的农民常常会留一些成熟的柿子在树上,他们说,这是留给喜鹊的食物。到这里的游客觉得十分好奇。原来这里有一个故事:韩国北部是喜鹊的栖息地,每到冬天,喜鹊们都在果树上筑巢过冬。有一年冬天特别冷,下了很大的雪,很多找不到食物的喜鹊被冻死了。第二年,柿子树重新开花结果,但是,一种不知名的毛毛虫突然泛滥成灾,那年秋天,农民没有收获一个柿子。这时，人们才想起那些喜鹊，如果有喜鹊在，就不会发生虫灾了。从那以后，每年秋天收获柿子时，人们都会留下一些柿子，作为喜鹊过冬的食物。给别人留有余地，就是给自己留下生机和希望。

灰喜鹊是我们这个院子里的常住户，早晨它们比人们起得还早，我经常听到它们和另一群乌鸦在早上吵嘴。或许，它们是在赛歌。晚上，乌鸦常常夜啼几声，给夜色增加几分神秘，喜鹊们却知趣地早早睡觉了。我不知这些鸟的家在哪里，但肯定在这座大院，在树上，在高处，在那些人迹罕至的角落。

柿子一颗颗减少，太阳一步步西沉，日子一天天前移。

阴沉的天空下，思绪总是沉寂，茫然地看着这城市的风景。一位女校友打来电话，问我对她的文学作品的看法。她的作品语言很有张力，情感也很细腻。但她自己说，作品里缺少生活的痕迹。我说，准确说叫生活的积淀，不可能没有生活的痕迹。女校友和我学的都是工科，搞不明白，为什么这么多学工科的人却痴迷文学。那些鸟，一定也有着文学的梦想，只是人们听不懂它们罢了。我看过女校友发表在一本文学刊物上的《硝烟弥漫的爱情》，写的是战火中一个男兵和一个女兵的爱情故事。时空模糊，国籍不清，地点含混，但让人感觉那就是真的。她能够准确地驾驭文学情感，所以写出了那些读来缱绻的文字。故事开头引用了朴树的《生如夏花》：

> 这是一个多美丽又遗憾的世界
>
> 我们就这样抱着笑着还流着泪
>
> 我从远方赶来　赴你一面之约
>
> 痴迷流连人间　我为她而狂野
>
> 我是这耀眼的瞬间
>
> 是划过天边的刹那火焰
>
> 我要你来爱我不顾一切
>
> 我将熄灭永不能再回来
>
> 一路春光啊
>
> 一路荆棘呀
>
> 惊鸿一般短暂
>
> 如夏花一样绚烂
>
> 这是一个不能停留太久的世界

还需要什么呢，一首歌本来就是一个悲切的故事，就是一身深深的隐痛。故事的结尾很好："一枚炮弹呼啸而过。她对自己说，明天是另外一天了。"女校友在一个军工厂当军代表，整天与武器弹药打交道，却有着如此丰富的情感。祝她好运。放下电话,我继续对着天空发呆。我想到了出走。是的,有时我们需要出走。冬天步步紧逼,至少现在还可携着秋风,在灰色但还不晦涩的天空下面走走,去领略那些寻常阡陌间的生动气韵。看看郁达夫先生在《故都的秋》里写的吧:

> 秋天,无论在什么地方的秋天,总是好的;可是啊,北国的秋,却特别地来得清,来得静,来得悲凉。

郁达夫先生不远千里,要从杭州上青岛,再上北平来的理由,就是要饱尝这"秋"。如果一个地方的秋天没有显露出几分悲凉来,就缺失了一种美感。要不是心中怀有对人生、对周遭、对世间万物的关切,何来"悲秋"一说?飘落的树叶是悲凉的,灰色的天空是悲凉的,傍晚的鸦声是悲凉的,寂静的长街是悲凉的。大街小巷,人群拥挤,那芸芸众生内心升腾的悲凉,又有几人知晓?我想,当年郁达夫先生一定是穿长衫来的。一辆人力车,一袭长衫,行走在古旧的胡同、嘈杂的闹市,聆听着树上的蝉鸣和市井之声,才与故都的秋贴切吻合。

1934 年 8 月,郁达夫在北平写《故都的秋》时,他使用的稿笺上是不是印着几枚柿子呢?像齐白石先生画的那种信笺,寥寥数笔,便秋味盎然。至少,我想他的案几上时常会摆有葡萄、香瓜、红枣等时蔬水果。现在，四合院还有，胡同也还有，可那样的情怀、那种生活的况味却少了。胡同里的洋车也还有，但拉洋车的基本都是外地人，坐洋车的主要是金发碧眼的人们；胡同里泊着的轿车，有不少是连老外也很羡慕的豪车。我居住的地方紧邻什刹海，在秋色秋风中，什刹海的水涌起细微的水波，水的色调也比夏季来得更深沉、更冷静了。这个季节，总有朋友从外地到北京来，如若时间充裕，我便要带他们去什刹海。在秋天的晚风中，我们静坐在水边的椅子上，抑或说些闲话，抑或手握一杯红酒，看斑斓的灯光在水里跳动荡漾，看人们放入水中的河灯渐行渐远闪闪烁烁。一座城市，在夜深之际，必须有几处地方醒着，方显出韵味来。特别是如北京这样的北方城市，如果在秋天的夜里听不到悠扬的笙歌，闻不到醉人的酒香，看不到微醺而散漫的归客，那还有多少意思呢。

　　我的朋友晓平是个十足的"悠客"，"悠客"就是在这个匆忙的时代，还有悠闲的心情时常在城市里转悠的人。晓平没事就骑着自行车在大大小小的胡同里闲逛。最近，《北京青年报》用一个整版刊发了晓平的文章《追寻毛泽东在老北京的足迹》。1918年，也是在秋天，毛泽东第一次来到北京，住在豆腐池胡同15号（原9号），这里是毛泽东的恩师杨昌济先生的家，毛泽东与杨开慧就是在这里碰出了爱的火花。毛泽东早年在北京住过四个地方:豆腐池胡同15号、吉安所左巷8号、沙滩红楼、北长街99号。古都北京的寻常巷陌,留下了青年毛泽东的足迹。毛泽东也是一个悲秋的诗人,他巨笔一挥,便写下"独立寒秋,湘江北去,橘子洲头"的豪迈诗篇,"层林尽染""漫江碧透"、长天秋水,多么生动、大气的秋天。在这样的秋色里,伟人毛泽东发出了惊世的天问——"问苍茫大地,谁主沉浮?"

秋来了,北方人讲究进补,俗话叫贴秋膘,吃涮羊肉常常是贴秋膘的最佳方式。北京的涮羊肉要数阳坊的最好,那里被称为北京的后花园,每到夜晚,市里的人便三五成群到阳坊涮肉去。我喜欢那里的羊杂汤,香而不腻,浓而不膻。

其实北京的秋天要用心去品尝。天空中淡淡的云朵,公路边卖瓜的马车,街道上游客的笑声,以及古旧城墙上的衰草,都是北京的秋天。

院子里的银杏树在这个季节结下了金黄的果子,在清早的时候,掉了满满一地,岳母早晨从外面溜达回来,捡回一捧晾在阳台上。听人说,银杏果可以入药。看着那黄澄澄的果子,我想,这就是秋天送给我们的礼物吧。

做个优雅的食客

一

私家厨房在北京的兴起，坊间早有所闻。细管胡同 44 号，只是一家开业仅 2 个月的私家厨房，却一时成为热点话题，人人谈之莫不兴奋异常，仿佛一座难求。更因该馆子与田汉故居相邻，越发勾起我早尝为快的心思来。时七月初九，中伏第四天，从线上订得 44 号私家厨房包间一个，与好友四五人驱车前往。"细管"之细，果不其然，倒车极难，状似驾照考试。田汉故居在细管胡同 9 号，掩映于参天大树之下，市井气息相闻。然此地属非开放单位，谢绝参观，只能怀着一丝敬仰，凝视那朱红的门楣，遥想先生当年居住于此的生活点滴。先生剧作《咖啡店之一夜》《午饭之前》(后改为《姊妹》),亦与饮食有关。

"文革"中田汉被捕入狱,受尽迫害,屈死狱中,不知此地是否是先生的最后安居之所。国歌日日奏起,后人缅怀,然先生生前居所却早已物是人非。44号私家厨房选址于此,颇具几分文化内涵。灰墙红窗小院,庭院深深、藤萝星布,院子的芭蕉树下亦摆有小四方桌,脚下的方砖朴实干净,天井顶上用篷布遮盖,透着温馨的亮光。午后时分,懒懒的阳光洒下来,在这里品茶读书,或一小杯咖啡在握,必心旷神怡。房间皆满,但只闻各屋低语微微,并无大声武气、纵笑之音。且有不少人用英文相聊,更生出一点异域情调。此地适于静聊。房间音乐轻且柔,我听到播放的歌曲《天路》,即采用藏族歌手巴桑原唱版。轻纱薄幔笼罩顶灯,三两枝鲜花插于净瓶。墙壁上有大幅的绣品,土布,针脚粗糙随意,有意草率而为,不禁忆起小时候自己缝补的衣衫来。

菜以贵州土菜为主,结合川黔口味,融入一些西餐元素。客人到齐,店家早已根据就餐人数配好各类菜式。今天正好是店主亲自为我们配菜,依次是:凉菜三款(其中一味 Finger Food,乃西餐中的手指菜,炸薯片、面包片伴以沙拉同食)、酸汤鱼、酸菜豆米、清炒冬瓜、辣子鸡、炸茄盒、白葡萄酒烹蛤蜊、剁椒玉米粒、蛋炒饭和一道甜品。茶是柠檬桂花茶,典型的中西合璧,免费;酒是玫瑰米酒,色泽艳丽,顿生食欲。此店只供红酒、米酒和啤酒,店家不提倡饮白酒。我们提出要喝二锅头,店主愿意帮忙到胡同小店去买,并告诉我们,不足向其他客人道也。说起二锅头,想起某年元宵之夜来,那时还居住在石家庄,陪妻子去灯会观灯,街上人头攒动,我们被人流挤散了。那时我辈还不曾拥有手机,这一散开就再也没有找到。待我快快而归,开门即闻一股酒气,只见伊人躺倒于地,身旁倒着一个二锅头空酒瓶。天啊,她竟将一斤二锅头灌将下去,岂不醉乎?

44号私家厨房店主黄榛,成都美女,漂亮、骨瘦、气质不凡。和她攀谈起来,方知彼此是老乡,顿时热情起来。原来她在澳大利亚发展,因开此小店回国来,而澳大利亚老板急催,她说再过两个月将会把此店交由别人打理,自己要回澳大利亚去了,这次连成都青羊区的老家也没有回。

菜品样样皆美味,在此仅举酸汤鱼做一品评。贵州酸汤有三种:一是用番茄酿制的红酸汤,酸为主;二是用剁椒酿制的红酸汤,酸辣为主;三是用米汤和白菜发酵而成的白酸汤,别具风味。44号私家厨房采用后者自酿酸汤,余味悠长。鱼用的是鲇鱼,鲇鱼的肥嫩更增添汤的浓郁味道。此菜还加入了贵州野生的一种香料——木姜子,独特韵味更使人欲罢不能。

菜品还有辣旋风系列、纸包系列(灵感来自英国厨师杰米·奥利弗的纸包烤鱼),以及特色蒸菜类。有一款墨脱石锅炖鸡,

听黄榛讲，这是用她从川藏线鲁朗镇带回的一口石锅炖制的。44号私家厨房用柴鸡配天麻、人参、松茸等名贵山珍，秘制鸡汤，由于石头中富含矿物质，回味更加醇香。

二

最近读了诗人叶丽隽的一首《水芹》：

> 春风一吹，水芹丰美
>
> 学校门口的大道两旁
>
> 成片成片的水芹，绿毯子般，铺满了田垄和沟渠
>
> 几乎是疯长，前几天刚采摘过的地方
>
> 这会儿又已充满
>
> 探进手去，拢住一把，只需轻轻一折
>
> 水芹的香气就会随着脆响扑入你的肺腑
>
> 那清新馥郁的气息呀
>
> 走到哪儿我都不会忘记

叶丽隽在浙江丽水那个小镇上教书，过着闲适清苦的日子。她的诗，依然这么有味道。身在都市的我们，说自己羡慕那样的

生活,总要被人斥为附庸风雅,或者自命清高、言不由衷。羡慕那青翠欲滴的水芹总还是可以的吧。

窃以为,水芹是所有时蔬中最富滋味的,脆而不柴、清香弥久。《诗经》中有"思乐泮水,薄采其芹"的句子(《鲁颂·泮水》),芹便是水芹。《毛诗品物图考》中有水芹的插图,茎管状,有节,有叶有花,注有"水草可食"的字样。此物生长于江南,水乡为甚,人皆觉其清新爽口,故多一吃钟情。我每次去湘鄂情大酒楼,必点的一道菜就是水芹。湘鄂情的大厨对烹制水芹颇为在行,待端上桌,一只干锅内满目绿意寸断,无它,啖之,余味无穷。即使这样,我仍觉北方都市的水芹缺乏叶丽隽笔下那乡村的烟火气。在南国乡村,一把水芹哪怕只交付给一勺盐,也会得来无限意趣。

在北京的超市和菜市场,我偶尔见到过水芹,却总是绿意消散,水分尽失,只好摇头怅然离去。水芹不得烹之,且品几页如《水芹》样的诗篇,依然齿间留香,其味悠长。那徘徊于乡间的女诗人,一定也如水芹一般,安静而忧伤。近来,常听说"纠结"一词,多出于 90 后口中,到底何意,真不想去纠结,就像诗人之水芹吧,是浓重的纠结。

那茂盛于乡间的水芹,在诗歌的滋养下一茬一茬生长,从《诗经》时代婆娑到今天,抚慰过多少文人墨客的味蕾,不然,水芹怎会留下这么多文学的记忆。而那些世代生活于乡野的农人、奔走于阡陌的贩夫走卒,他们对水芹的情感,则更多浮现在四季的皱褶里,宛如邻家的女孩,清新、可人、朴实、不妖娆,呼之即在。

<h2 style="text-align:center">三</h2>

"晚秋"是一家台湾菜馆的名字,地点在中关村南大街9号,军艺的斜对面。

正是晚秋时节,来到晚秋菜馆。女老板毕业于中央民族大学舞蹈学院,曾是海政文工团的舞蹈编导,退役后活跃于影视圈,最近到江西拍电影去了。搞艺术的人,开餐馆也和别人不一样,"晚秋"这个名字就与众不同。

宽敞的大厅,足可以容纳五六十人就餐,全设计成情侣式的卡座,只有两三桌食客。服务生打扮清爽,说话轻声细语。布艺的沙发造型简约,高度恰到好处,每一桌正好构成一个隐秘的空间,却又完全封闭。灯光是柔和的,略有些清冷。音乐也特别,正播着圣-桑的《天鹅》,乐音圣洁,忧伤的小提琴曲。

点了三杯鸡、培根高丽菜、沙茶牛肉、客家小炒,主食点了干炒牛河、台式米粉。菜的味道果然不错,清淡之中又余味绵长。特别是那款三杯鸡，香软、醇厚，满口生香。三杯，是说这鸡是用一杯麻油、一杯酱油、一杯米酒烹制而成。菜单上的晚秋名菜还有台式卤肉、五更肠旺煲、万峦猪脚、石纸串虾等，不一而足，只有等以后再一一品尝了。

关于生命

一

晚上从办公室回来的时候,在院子里看到一个细长的白色的小家伙从我面前溜过,它钻到灌木丛中,回头望着我,怯生生的。

咦,是一只黄鼠狼。它的步态像猫,脚步却比猫笨重。在路灯照耀下,它是洁白的。白色的黄鼠狼很少见。以前,晚上加班回来的时候也看到过黄鼠狼,不过,那是黄褐色的。这是不是变异的品种?我不得而知。

在我居住的这个院子里,我看到过松鼠、刺猬、黄鼠狼和一群群的野猫,就差看到野兔了。这说明院子里的生态环境越来越好。还有生活在树上的那些喜鹊和乌鸦,它们也是这个院子里的常住居民,它们的叫声时常回响在我们的头上。

隔着我家两幢楼,住着朱光亚先生,我常见他在公务员搀扶下出来散步。最为感动的,是每次他走过小楼前,站岗的战士向他敬礼时,他必会站定,将右手的拐杖换到左手,然后正正规规举起右手给战士还一个军礼。我时常看见面容清瘦、脸上布满老年斑的朱老先生久久地望着深邃的天空,一言不发。在那遥远天际,一定有他的思维驰骋。

我们再也见不到老人的身影了。时光不停,那些伟大的生命却一个个远走。朱光亚先生为我们留下了不朽的科学精神。

和我同住这个院的,还有喜欢写作的朋友和喜欢喝酒的朋友,夜晚他们有的一定也在灯下敲击键盘,有的或许还在院外的哪一座酒肆缠绵。不久我可能就要搬家了,搬到另外一个院子去,那个院子里也有很多老人。每个老人都是一部历史,特别都是些穿旧军装的曾经叱咤风云的老人。

这是我居住的大院,它记录着、保留着我的生活。

二

我们去八宝山革命公墓,办理一位领导的骨灰存放手续。

按领导的级别，我们选了存放的地方，然后去殡仪馆取骨灰。工作人员打开骨灰盒，骨灰一块一块码在白色袋子里。原来，骨灰并不是灰，而是一块块疏松了的遗骨。我第一次看到人的骨灰。领导的骨灰里有不少是黑的，问工作人员这是为什么，答说，可能是生前长期用药之故。一个原来和我们朝夕相处的人，就这样，成了一把灰。

骨灰还要在公墓骨灰暂存处暂存一段时间，工作人员领我们进到里面，那些等着安葬和上墙的骨灰都存在那间屋子里。领导的骨灰放到169号格子里，这时我看到旁边格子里那个骨灰盒，上面写着"周海婴"。没错，鲁迅先生和许广平先生的儿子周海婴。海婴先生也是刚去世不久。我从未见过生前的周海婴先生，却在这里与他的骨灰邂逅。他写的《鲁迅与我七十年》，我读过好多遍。

下面那个格子里，也是一位军人，《解放军画报》的著名摄影家车夫先生。他去世好几年了，不知为何骨灰还存在这里。以前，一遇大活动，我们经常请车夫先生来照相。车夫和领导生前是朋友，他们却在这里相聚了。在那个世界，他们不会寂寞。

为他们深深鞠躬。

三

小城绵阳，是一座蝴蝶之城。

走在绵阳的大街小巷，必然有一只或者几只蝴蝶萦绕在身旁。也许是长期生活在北方的缘故，看到这些翩翩翻飞的蝴蝶，心情不禁也飞了起来。

是那种小小的、白色的蝴蝶，像寻常的路人。它不远飞，也不疾走，只在你身边，轻轻地，对你诉说一些平常的心里话。你不知道它会在哪里停留，它萦绕着你。在浓荫下，也在丽日里。

绵阳是中国西部的科技之城，这里有世界一流、亚洲最大的风洞群，有神秘的核能开发研究基地，有家喻户晓的消费电子集团，一种蓬勃向上的气息时刻感染着你。因为工作的原因，我几乎每年都要到绵阳去，那夜晚的江风、那飘香的烤鱼、那醉人的丰谷酒，都能放慢远方旅人的脚步。而只有这次来，我才细细观看这小城里到处飞舞的蝴蝶，它们或许是大禹治水路上那村姑的影子，或许是诗仙太白名篇中精灵的化身，或许是从风景斑斓的九寨飞来的远客，或许是绵竹酒香古窖里走来的使者。在这座如画的城市，蝶之舞，更具民生的神采。

有时，汽车在路上疾驰，我会让司机小心，因为那悠然起飞的蝶儿常常会被现代的速度撞得粉身碎骨。在这样的环境里，只愿每一个人都不要去伤害它们。它们是花仙子,是五彩世界的园丁,是和谐生活的装点,是一种安静,是一种淡然。

我的无数友情,在蝴蝶的欢飞里绵延。

四

2010年的最后一天,作家史铁生先生离开了我们。

他走得很安详。他用自己充满磨难的一生,实践了生前的诺言:能呼吸时就要有尊严地活着。而当他临走时,又毫不吝惜地将自己的器官传递给了别人。他的生命在受捐者身上得到延续。

我在心里轻轻诵读他的那首《永在》:

> 我一直要活到我能够
>
> 坦然赴死,你能够
>
> 坦然送我离开,此前
>
> 死与你我毫不相干。
>
> 此前,死不过是一个谣言
>
> 北风呼号,老树被

拦腰折断,是童话中的

情节,或永生的一个瞬间。

我一直要活到我能够

入死而观,你能够

听我在死之言,此后

死与你我毫不相干。

此后,死不过是一次迁徙

永恒复返,现在被

未来替换,是度过中的

音符,或永在的一个回旋。

我一直要活到我能够

历数前生,你能够

与我一同笑看,所以

死与你我从不相干。

很多人知道史铁生,是因为《我与地坛》,那部充满了忧伤、阳光、亲情和不屈的随笔经典。我喜欢《我与地坛》,收藏着不同的版本,也在自己的作品中多次引用过《我与地坛》中的文字。最初读《我与地坛》,还是十六七年前,那时我在石家庄上军校,胸中装着一个文学的梦想,梦想有一天也写出《我与地坛》那样的作品。那时,我曾暗想,将来一定要到那片文学爱好者的精神领地去看看。

2004 年我来到北京工作、生活后,家就安在地坛旁边,在与地坛西门隔着一条街的黄寺大街上。从此,地坛就成了我经常去的地方。特别是秋天,一进园子,满地的银杏叶铺了厚厚一层,那景色确实宜人。

每次走进地坛,我都有在那里巧遇史铁生的奇想,但一次也没有见到他。有时,看到一个坐轮椅的人,我会紧跟上去,心里咚咚直跳。结果,都不是史先生。是啊,现在他也许不常来地坛了。

没想到,他竟然这么快就离开了我们。周国平先生在《哭铁生》中写道:"铁生走了? 这个最坚强、最善良的人,这个永远笑对苦难的人,这个轮椅上的哲人,就这样突然走了? 不可能,绝不可能!"怀念史铁生先生,就只有去地坛了。可是现在的地坛,时常人声鼎沸,早已失去了先生笔下的幽静和朴实。地坛庙会年年举办,游人摩肩接踵,卖烤串的、抽奖的、玩杂耍的、拉洋片的、开儿童游乐园的,甚至还有模仿旧时皇帝出行的,整个地坛，几乎找不到多大的空地了。这里，仿佛已经失去了文学的气场。

有人建议，在地坛为史先生建一座雕像。我就想，该把这雕像安放在哪里呢？如果放在门口，现在地坛西口开了家练歌房（KTV），一定会扰了他的清静。北门更不行，不仅有一家练歌房，还有一家"金鼎轩"夜宵店彻夜喧哗。还是把他安放在小树林里吧，那雕像最好设计成坐在轮椅上的形象。

圣诞节晚上我刚去了那家练歌房，那天是外地的好友来北京，我们唱歌喝酒到了凌晨三点。那晚，北京的月亮很大很亮。我对朋友说，多年以后，圣诞夜高悬于长安街上空的那轮皓月，一定还会明晃晃地照在你的心里，走过浮华苍凉，让我们在即将到来的新春里迎接岁月的眷顾吧。我没想到，说那句话时，我们正沉醉在一位哲人的圣地之门。

聆听《命运》敲门

那天的情景我至今还记忆犹新。那是 1999 年 1 月 26 日晚上 8 点,在中国人民解放军军械工程学院的大礼堂,我平生第一次,也是最后一次见到李德伦——我仰慕已久的交响乐指挥大师。

那天是河北交响乐团为我们献上的一台新春音乐会,事先不知道李德伦要来。3000 多名军校学子脱帽端坐、静静聆听,沉浸在音乐的海洋里。乐团演奏到最后一个曲目时,只见乐队指挥、著名青年指挥家姜金一走下台去,恭恭敬敬地端了一把椅子放在台上。大家正纳闷,这时主持人宣布:"接下来将要为大家演奏贝多芬《C 小调第五交响曲》,由我国久负盛名的指挥家李德伦先生执棒指挥。""李德伦"三个字一出,整个大厅沸腾了,排山倒海的掌声一浪高过一浪。

先生在几位新秀的搀扶下缓步走向指挥台,面带慈祥的笑容向观众致意。他的步子略有些蹒跚,可当他一踏上指挥台,步履却又是那么沉稳。1949年年初,李德伦先生在清华大学指挥了延安中央管弦乐团演出,这是人民的管弦乐之声首次在古老的北京城回荡,从此揭开了中国交响乐演出史上新的一页。先生一生把"曲高和众"作为自己追求的目标,为开拓中国交响乐事业和普及交响乐知识奋力开拓。数十年来,他不辞劳苦奔波于大江南北,培训乐队、举办讲座,培养了一批又一批交响乐的知音。他率领乐队先后出访过20多个境外城市,世界人民给予他极高的赞誉。今天,耄耋之年的先生不顾年事已高,依然以饱满的激情来到我们这所普通军校的舞台"坐镇指挥",引领台下的3000名将士去谛听那命运的敲门声。

先生坐在椅子上,面前没有乐谱。对他来讲,乐谱是多余的,贝多芬的《C小调第五交响曲》——《命运》在他心中演奏了何止千百遍,每一个小节都刻在他心灵的最深处。所有的目光都聚集在他身上,他轻轻地举起指挥棒,在空中稍停了一会儿,却又放下了,侧过身对身旁的乐队首席、小提琴家刘衍发说了点什么,刘衍发急忙把手指伸到嘴边,向大家示意了一下,大厅顿时安静下来。原来,台下的莘莘学子按捺不住目睹李德伦先生的激动，一时还无法平静。先生此时虽背对着大家，但这个细节足以显现他的严肃和认真。

简洁有力的乐曲随着大师的指挥棒迸发出来，观众的听觉和心律也同音乐一起流动。此时，我们所享受的，是天才、奋斗、心灵的杰作，这里蕴含着失败和胜利、痛苦和欢乐。《命运》不正是李德伦先生与他所从事的中国交响乐事业最真实的写照吗？他20世纪40年代沪上苦学、奔赴延安，20世纪50年代留学苏联、出访欧洲，20世纪60年代事业受挫、中国交响乐走入低谷，20世纪80年代迎来明媚的春天。先生用他复苏的人生续写着与命运抗争的颂歌。若无人报知的话，谁会想到此时在台上奋力挥棒指挥的是一位已经82岁高龄的老者呢？年龄和身体不容许他长久地站着指挥了，那就坐着。这行动的本身就向我们昭示了他伟大的艺术魅力和人格风范。

曾有外国评论家说："李德伦的指挥风格热情奔放，如大将军指挥千军万马之势；同时又能把握不同时代和不同作曲家的作曲特色。"看吧，先生的手势时而舒展，沉着饱满；时而握紧拳头，执拗坚决。一指一点感人至深，一挥一扬大气磅礴。当演奏到第三乐章诙谐曲时，弦乐器微弱的深呼吸和定音鼓低沉的跳动使全场处于一片巨大的空旷中，大师的指挥化入了一种无法言说的境界。

乐曲在大家始终激动着的情绪里戛然而止。

掌声。掌声。掌声。

如此高龄的李德伦先生为我们亲自指挥演奏，我们何其有幸！这里虽比不上维也纳的金色大厅，但先生携着《命运》带给了我们一片绚丽的金色。

2001 年 10 月 19 日凌晨，先生走完了自己的人生之路，向热爱他的人们做了最后的谢幕。他静静地走了，我们感受到的是一片秋叶的静美。对于这位终生挚爱音乐的老人，"相信只有音乐，才是对他最好的纪念和安慰"。愿先生在《安魂曲》里长眠安息。

岳母的 1977

我和妻平时工作忙,一般由岳母负责每天督促上幼儿园的女儿完成作业。作业大都是头天由我们留在女儿那小小的作业本上,无外乎写几个简单的拼音、汉字或者做几道算术题。女儿才5岁多一点,做作业也只是应景罢了,我不大指望她现在真能学到多少东西。

昨天我浏览女儿的作业本,却意外发现岳母在本子上批注了一行字:"1977年1月4日做好。"凝视那一行老练笨拙的铅笔批注,我一时无语,久久回不过神来。我想,她老人家一定不会不知道昨天是2007年1月4日吧,为何下笔的那一刻竟写成"1977"了呢?

30年前,我5岁的女儿就做完了这一天的功课?我有一些神志恍惚。

我的思绪穿越时空，去追寻1977。岁月的背后，1977到底在我们思想的河流里刻下了怎样的年轮？1977年，在岳母生命里到底是怎样的一个年份？

1977年，中国社会开始明显变化，巨轮正开始破冰之旅。那一年，岳母是河北农村一个才20多岁的普通农妇，她脸上洋溢着劳动的快慰和青春的气息。其时她已生育两个女儿，大女儿——我的妻子那时才3岁。1977年，这位普通中国农妇的丈夫考上了大学，接下来的几年里，她拼命劳作，盼望丈夫早日学成，憧憬着美好的明天。但正如很多意料之中的事情一样，考上大学的丈夫后来与她离异。故事的复杂程度不是一个"现代陈世美"那么简单。现在，这位丈夫生活在北方的另一座城市，有地位有财富。这其中的多少恩恩怨怨，作为一个局外人我是后来才有一些了解。也许正因为如此，岳母过早地衰老了，才50多岁的她早已白发苍苍，牙缺齿落。她心中的不甘和怨气积郁30年而不散。她的怨气是固执而坚硬的，有一年我和妻商量去哈尔滨旅游，因为要途经北方那座城市，她竟然以死相挟，不容我们前行。后来我们只好把订好的车票退了。其实那是一趟直达车，根本不会在那座城市停留。我理解她的这种固执，面对命运对她无情的宣判，她永远不愿接受判决。因此，她反对任何人去接触那个伤她最深的人。

这些年，岳母早已迟钝。比如我曾问过她，后来她是哪一年和我现在的岳父结的婚，她说记不得了，只记得那年她32岁。但1977这个年份，永远刻骨铭心，悲喜从那一年开始埋下伏笔。所以，当她要写下与1977相似的某一年时，便手随心动，在不经意的刹那，落笔而成那个复杂的年份——1977。或者，这是老人对我们的某种暗示？我对老人心思的猜测或许不尽准确，但我宁愿臆断也不会轻易去打扰她尘封的郁结。其实，前些年她还时常像祥林嫂那样和我们唠叨那场旷日持久的"离婚大战"，说她如何含辛茹苦，说男人何等无情。她的诉说总集中在男人的负心那一点。岳母是绝对的弱者，但对于我了解不多的那场恩怨，我不会妄加评判。可能是觉得我们听烦了，现在她更多的时候是沉默。看到现在的人们把离婚当成家常便饭，她的心情一定更为复杂。两败俱伤、反目成仇，这种中国式的离婚，再也引不起人们的关注了。我们所能做的，是尽量让她忘记过去，早日从阴影里走出来，努力适应新的生活，用亲情去温暖她那受伤的心。而她近年来的变化已令我们非常高兴，比如，只上过小学的她，现在学会了弹琴，学会了健身，学会了去公园参加合唱练习。中国这么大个国家，从1977年开始到现在，早已翻天覆地，一派欣欣向荣。一个人的内心，即便是一块冷石，经过

30 年时光的抚慰,也该温热了吧。

　　老人的一行字,竟然引起我这么多联想,是时间赋予了我们太多内容。是啊,假如我女儿是 30 年前做作业的那个女孩,她的命运到底又会怎样呢?历史不容假设,但未来可以设计。为生活设计未来,这个作业还是要一直做下去。

探访王实甫故里

究室村宁静而安稳地守在易水边上。从北京驾车，不到两个小时就到了河北定兴县城，出定兴县城往西数里，再过一座架在易水河滩上的小桥，就到了究室村。这是华北平原上一个不起眼的村子。可别小看这个村子，这里就是中国伟大的戏剧家王实甫的故乡。

我把车停在村口，怀着对一位古代戏剧家的崇敬之情，徒步拜访这个小村庄。村口有一座高台，台子上立有一块石碑。有几位农妇坐在石碑不远处，摇着蒲扇悠闲地聊天。石碑周围堆着一些柴垛，地上杂草丛生，看来很久没人光顾这里了。石碑正面刻着"伟大戏剧家王实甫故里"，此碑系元曲国际研讨会和定兴县人民政府 1993 年所立。这里无疑就是王实甫的故乡。在中国，一部《西厢记》几乎妇孺皆知，这部经典杂剧直到今天，依旧活跃在舞台上，备受人们赞赏，其故事情节数百年来始终在各种媒体和老百姓的口中流传。但对其作者王实甫，却知者甚少，一来是因为历史上对王实甫鲜有记载，二来中国老百姓向来对作者不感兴趣，这也是歌星们总是红得发紫，而词作家作曲家往往红不起来的原因。冯沅君《王实甫生平的探索》一文载："王实甫，名德信，元易州定兴人。约生于1255—1260年，曾做过某地县官，声誉很好。后来升任陕西行台监察御史，由于'和台臣易不和'，40多岁就弃官不做了。他在弃官后不久就完成了不朽的剧作《西厢记》。"我转到石碑背后，看到镌刻于上的《王实甫故里考记》，其内容与冯文大同小异。我还从这篇考记得知，王实甫大约活了80岁。文中还说，究室王氏家族可追溯到金初太宗时期，祖上名叫王大用，是当地旺族。当年王家院就建在村里，楼宇广阔，建筑精美，白天不嘈杂，夜间很幽静。王家院东西各有戏台一座，供村民娱乐。村西1公里就是王家祖上坟地，世代有人看守。

中国历史上，因为一戏成名的，恐怕王实甫要数第一个，到目前为止，也应算是最成功的一个。明初贾仲明为追吊王实甫写过一首词："风月营密匝匝列旌旗，莺花寨明飙飙排剑戟，翠红乡雄赳赳施谋智。作词章、风韵美，士林中、等辈伏低。新杂剧,旧传奇,《西厢记》天下夺魁!"其中的"风月营""莺花寨""翠红乡"等,指的便是所谓的"勾栏",那是元代演出杂剧的地方。可是王实甫的家乡,即使到了今天也只是一个偏远的小村子。他经常出入的勾栏瓦舍一定不在乡村,而是在他做官的城里。一个官老爷,总与倡优交往,常在歌舞游乐场出入,可见王实甫是一个卓尔不群、不为封建礼法所拘的人,难怪他做不了大官。据说他退隐后的生活颇为优裕,诗酒琴棋,笑傲林泉,吟风弄月,纵游山水。按古人惯例,升迁四处走,退隐多归家,他退隐后的活动范围应该就在家乡这一带。作家李存葆写《飘逝的绝唱》,专门到山西永济的普救寺去考察,写出了洋洋数万言、令人赞不绝口的一篇大散文。他紧紧围绕《西厢记》,从普救寺张生"惊艳"处出发,从崔张之恋说起,写遍了古往今来与爱情相关的音乐、诗歌、道德、美色、金钱、权力、政客……读之使人久久难以释怀。估计他没有到过究室这个小村庄,否则他会在文章里发出更多思古之幽情。

六七百年前,身边这条易水应是潺潺流淌,而且当时的气候一定不错。家乡这个恬静淡泊的好地方,正好可以医治他那久难平复的政治创伤,这样的环境也适于搞点创作,写点戏剧散曲。如此推来,《西厢记》该是诞生于此地了。可文学史上对王实甫的创作经历少有记载,岁月沧桑,往事不可考,只能如此臆断了。然易水早已断流，虽值雨季，也只能偶尔看到几线浅浅的死水，稠得发绿。听这一带的老人们讲，断流也就是最近二三十年的事情，他们小时候经常在河里畅游，时常能捞到一些活蹦乱跳的大鱼。这条曾经滔滔不绝的易水，因为慷慨悲歌、侠肝义胆的荆轲而著名，可如今，日夜不息的河水早已消失殆尽，只剩下壮士的美名还在典籍里流传。我总固执地认为，一个地方的水与文化有关，水与文化必然有着深层的联系。河水干涸了，历史长河流传下来的文化仿佛也逐渐萎缩，甚至走向消失。这一带的每个村子，几乎都建有戏台，可如今，鲜闻哪个村子的戏台还在上演戏剧。这便是文化消失的一例。

因为易水断流，这个坐落于河边的究室村，也似乎少了些生气。我沿着不宽的街走进村子，在路人的指引下，去寻王家大院和那旧时的戏台。找到村里的老者，我问可有王家大院，回答说，本村大部分人都姓王，大院却没有了，家家户户现在都是独立的小院。小院一座挨着一座，但都是普通的农家小院，房子大都是那种屋顶用于晒粮、墙体多为青砖的普通民居。王家大院早已湮没到历史里去了。是啊，几百年过去了，灾荒、劫难、战争，都可能让一座大院瞬间灰飞烟灭。村里的戏台却还在，就在小学校旁边，但只有一座，并不是东西两座。戏台上堆着柴草，留有拴过牛的痕迹。我看那戏台的建筑风格，也不是几百年前的古建筑。或许最先的戏台就建在这个位置，《西厢记》的首演会不会就在这里呢？至少，这个戏台子上是演过《西厢记》的。在与村民的交谈中，我发现他们使用的个别词汇仍保持着《西厢记》的遗韵，比如《西厢记》中多次出现的"勾当"一词，当地的人仍在普遍使用。在此地，"勾当"是个中性词，比如问你是做什么工作的，就说"你做的是什么勾当"，而不是通常带有贬义的"见不得人的勾当"。

在村头碰到一位姓余的老大爷，我问王家祖坟可在？他说坟地倒在，可建筑全毁掉了。破"四旧"前，那里尚存有亭台楼阁，孩子们经常到那里玩耍。原来那里的碑雕刻得很精美，上面刻的字漂亮着哩。可惜全砸了扔了。我驱车前往王家墓地，确实只有一片土馒头。王实甫当年去世之后，该是埋进这片祖上的荫地。这样一位光宗耀祖的旷世奇才，肯定是要进宗祠得到供奉的。但一切有记载的东西都不见了，墓地四周只有一些高大的古松柏，它们一定是见证过很多往事的，但它们沉默着，把所见的一切都保守在冥冥之中。先前那些忠诚的守墓人，一定也已走向了自己的墓地。一群乌鸦静立于荒寂的坟头，这些黑色的先哲，在黄昏到来之前，预言着大地和村庄的苍凉。

在中国文学史上，《西厢记》第一次正面表达了"愿天下有情人终成眷属"的美好愿望，表达了反对封建礼教、封建婚姻制度、封建等级制度的进步主张,鼓舞着青年男女为争取爱情自由、婚姻自主而抗争。不妨再回头说一说《西厢记》。据元人钟嗣成《录鬼簿》记载,王实甫著有十四种杂剧,以《西厢记》为首。唐德宗贞元末年,诗人元稹写出了传奇小说《莺莺传》,讲的是张生与莺莺的故事,据说故事中的张生,就是诗人元稹自己。故事梗概是这样的,张生一天到蒲州普救寺游玩,恰遇崔氏孀妇携女也寄居此寺,时值当地军士四处扰民,崔氏因家财较多,颇为害怕。张生因与蒲州将领是至交,设法护卫,使崔家幸免于难。崔氏于是设宴酬谢,让女儿莺莺拜见张生,张生遂迷上莺莺,于是写了《春词》两首,让莺莺的婢女代为转交。莺莺亦回笺作答。此后二人经常"朝隐而出,暮隐而入",直到张生赴长安赶考,二人诀别。张生科举未中,留在长安,莺莺捎来玉环、青丝等物——"玉取其坚润不渝,环取其终始不绝",但张生却为自己抛弃莺莺造舆论,认为女色是祸水,自称"予德不足以胜妖孽,是用忍情"。一年后,莺莺嫁人,张生别娶。

　　由于元稹的《莺莺传》文辞华艳、哀婉动人,情节曲折有致,王实甫深为感动,便在此基础上进行天才的再创作,写出"天下夺魁"的名剧《西厢记》。在王实甫的笔下,张生和崔莺莺的爱情故事,已经不再停留在"才子佳人"的模式上,也没有把"夫贵妻荣"作为婚姻的理想,而是始终追求真挚的感情,将爱情置

于功名利禄之上。也有考据家称，《西厢记》是在金董解元《西厢记诸宫调》基础上创作而成的。但无论出处如何，《西厢记》的艺术成就是不容置疑的。郭沫若先生曾经这样赞美《西厢记》："文艺母亲的女孩儿里，要以《西厢》最完美，最绝世了。《西厢》是超过时空的艺术品，有永恒而且普遍的生命。"正是由于《西厢记》的艺术成就，后世改编的、续作的、仿造的，纷至沓来、历久不衰，《续西厢》《翻西厢》《锦西厢》《新西厢》《后西厢》《西厢印》《南西厢》……不一而足，令人眼花缭乱。对《西厢记》的研究也成为一门独立的学问，仅明、清两代对它做过评点或校注的，就有王伯良、李卓吾、王世贞、徐文长、汤显祖、凌濛初、汪然明、陈眉公、唐伯虎、焦漪园、毛西河、金圣叹等人，其中不乏文坛名家巨匠。在这样一股巨大的热潮席卷之下，《西厢记》迅速深入市井民间，成为封建时代渴望爱情的青年男女心中的火种，成为催发黑暗年代的青春的种子。《红楼梦》最动人的篇章之一，就是宝玉、黛玉合读《西厢记》："黛玉把花具放下，接书来瞧。从头看去，越看越爱，不顿饭时，已看了好几出了。但觉词句警人，余香满口。一面看了，只管出神，心内还默默记诵。"这就是《西厢记》，它的轰动效应在当时来讲，超过了现在任何一部走红的文学作品。

但王实甫却是寂寥的。

王实甫在这里只剩下一个符号了，他已了无痕迹。王实甫只活在他的《西厢记》里。天上飘起了细雨，轻轻洒向易水故道，洒向这片古老的大地。汽车驶过乡村土路，身后卷起漫天尘土。我想起《西厢记》里的一句唱词："雨儿零，风儿细，梦回时，多少伤心事。"

鸡鸣驿

　　鸡鸣驿是我国现存最大的古驿站，位于河北怀来县境内，距北京100多公里，被世界文化遗产基金会列入100处世界濒危遗产名单。驿站是古代传递文书的人中途换马和休息的地方，同时还兼有兵站的功能。

　　有两年时间，我在塞外上学，常坐着火车在北京和宣化之间往返，鸡鸣驿就坐落在这两点之间。在火车上远看鸡鸣驿，就是一座古代的城池，城外是厚厚的积沙。当时我想，那或许是一处影视拍摄基地吧，城里或许是一些仿古的建筑。我也曾把鸡鸣驿误为土木堡，因为土木堡在历史上有一场恶战。我总以为城池与战争相关。今天，我们的车到了鸡鸣驿城下，我才恍然，曾经目睹过无数次的这座城池，原来就是鸡鸣驿。

鸡鸣驿始建于元代，1219年成吉思汗率兵西征，在通入西城的大道上开辟驿路，设置驿站。到明永乐十八年（1420）鸡鸣驿扩建为定货府进京师的第一大站。

鸡鸣驿现存驿城近似正方形，城墙高11米，周长近2公里，城门额上隐约可见"鸡鸣山驿"四个模糊的大字。内城墙是夯实的夹杂着石子的黄土，用手轻轻抠一下，竟掉下一块土来，加之城墙外层的青砖已有不少坍毁之处，我担心它重蹈平遥古城垮塌的命运。没想到的是，鸡鸣驿城内还住着近500户人家，市井人声鼎沸，人间烟火旺盛，真是车来人往，鸡鸣狗叫。站在城楼上，搜寻城楼下芳草漫过的古驰道，俯瞰交错的井字大街，注目出入于原始民居里的土著鸡鸣驿人，还能隐约感受到城内当年的繁华。过去的岁月里，鸡鸣驿承担军驿、民驿两种功能，城内有马号、驿丞署、总兵府、校场、驿学、民居、商铺、寺庙和戏楼等，其特殊的战略位置使之独驿成城。直到1914年北洋政府撤消全国驿站、开办邮政局，鸡鸣驿才结束了作为驿站的功能。当年马蹄声声、尘土滚滚，南来北往的驿卒风风火火、昼夜穿行，是何等的壮观。

鸡鸣驿虽小，但五脏俱全，要真正深入鸡鸣驿的细部，须穿过南北、东西街衢，去一一领略那些古旧的庙宇、官署、仓廪和富宅大户，这至少需一整天的时间。我们参观了三个地方，先看了驿馆。这是一座明代建筑,位于城西北,三进院落,保存完整。房子的木隔扇做工考究,上面刻有琴、棋、书、画、荷、莲、蝙蝠、蝉等图案,很有情趣。驿馆是专供过往官员、驿卒就餐住宿的公馆,后面是存养驿马的地方。古代传信换马不换人,一封信必须由一人传至始终,虽原始,保密效果却很好。小小鸡鸣驿,竟有寺庙17座。我们参观了碧霞元君祠,碧霞元君又被人们称为送子娘娘。大殿内只有一张供桌,摆了些供品。正面墙上有碧霞元君模糊的画像,两侧的壁画很精美。据考证,这是天津杨柳青唯一在外面留下的作品,因为杨柳青一般是不出工的,可见当时东家出了大价钱。壁画画的是一些当时的传说和劝世励志的内容,每幅画一首"三句半"解说词,十分贴切。这是鸡鸣驿唯一幸存的壁画。保护这两壁壁画的,正是现在看护碧霞元君祠的沈老先生。破"四旧"的时候,老人怀着虔诚之心,悄悄在壁画上涂了一层白灰,再在白灰上敷上黄泥,从而隐藏了这些壁画,使其没有遭到被铲除的命运。后来,有关部门到处寻找壁画,老爷子才道出原委。文管所雇了8个细心的小姑娘抠了半个月,终于使这些壁画重见天日。老爷子穿着朴素,一脸沧桑。我顿时对他肃然起敬,他的行动无疑是伟大的壮举。

驿丞署坐落在城中心,是用来接待高级官员的。光绪二十六年八月(1900),八国联军入侵北京城,慈禧及光绪皇帝在御林军护卫下仓皇逃往西安，途中曾在鸡鸣驿的驿丞署住了一晚，其时，驿丞署已被当地有名的富户何家买下。是夜，慈禧太后和光绪皇帝住宿在院内，慈禧住在正庭北屋东间，光绪皇帝住在东厢房，随从几个官员住在西厢房，皇妃和慈禧的梳头丫鬟等住在后院。现在，这里除了房子还是旧物，其他摆设都和普通人家一样，仍住着一户姓何的人家，一点看不出这是皇家下榻过的地方。房子并不宽敞，胡同也很窄。有一个他们家拆下来的窗扇，雕工很好，随意放在一堆废砖上，我疑心不久会有文物贩子来收购。我向他家建议把此院开成一个饭庄，专营宫廷菜，做老佛爷的生意。主人说，没钱啊，再说平时也没有什么游人。

驿丞署对面有一座城内最高的建筑，古色古香，是明清时的戏楼，现在台口这面用砖砌了墙，戏楼改成了仓库。我扒着门缝看了看，黑咕隆咚的，不禁默然，心中闪过一丝戏曲咏叹的余音。

参观不收门票，游人可随便进出，管你是骑马还是开车，畅通无阻。北京电视台在这里拍戏，剧组的车乱停一气。这里民风淳朴，同时也见保护和开发意识不强。这里没有工业喧嚣，人们过着平静日子。周围土地沙化严重，孤城在荒芜的沙原中，透着十足的沧桑，怪不得颇受影视界的青睐，《血战台儿庄》《大决战》等几十部影视片先后在这里拍摄，果真如我先前猜测，鸡鸣驿成了"影视城"。

高里

我们的农家小院，在河北乡下一个叫平墅的村子里，村子在易水边上，邻村金台陈村乃战国末期燕昭王筑黄金台招贤纳士之地，黄金台遗址尚存，我曾专门登临怀古。这一带，几乎村村庄庄都有旧时风物和故事，有时我驾车经过，看到道路两旁高高的封土堆，便油然发思古之幽情。那些封土堆，或为帝王陵墓，或为古建高台。

平墅村隶属定兴县高里镇，前次回家，邻居大嫂送我一本《定兴之珠——高里乡》，读后我才知道，原来春秋战国时有名的人物高渐离，就出生在这里。

史载高渐离为定兴人，他的故宅位于东高里村。高渐离乃战国时著名乐士，相当于今天古琴演奏家李祥霆、钢琴演奏家郎朗这样的名人。高渐离性格刚毅,与家居此地不远的易县义士荆轲结为信义之交,两人常在燕国街头对饮,浇胸中怀才不遇之块垒。《战国策》载:"荆轲既至燕,爱燕之狗屠及善击筑者高渐离。荆轲嗜酒,日与狗屠及高渐离饮于燕市。酒酣以往,高渐离击筑,荆轲和而歌于市中,相乐也,已而相泣,旁若无人者。"高渐离实以宰狗为主业,击筑只是他的业余爱好。

筑是我国古代的一种击弦乐器,最初是五条弦,弦下边有柱,以竹尺击之,声音悲壮。演奏时,乐手左手按弦之一端,右手执竹尺击弦发音。战国至汉,筑是一种很流行的乐器。《汉书·高帝纪》对筑的形制这样描述:"状似琴而大,头安弦,以竹击之,故名曰筑。"筑自宋代以后便失传了,千百年来只见记载,不见实物。直到1993年,在西汉长沙王后"渔阳"墓中发现了这种乐器。学术界称此筑为"天下第一筑"。

公元前227年,燕太子丹派荆轲西刺秦王,高渐离随太子丹及宾客送荆轲到易水,渐离击筑,荆轲和而歌曰:"风萧萧兮易水寒,壮士兮一去不复还……"渐离与荆轲先为"变徵之声",此调悲凉凄婉,悲声四起;后"复为羽声",音调高亢,声音慷慨激昂。歌筑之声悲壮无比,众人怒发冲冠,荆轲绝尘而去。后,荆轲行刺未遂被杀。秦灭燕。高渐离逃匿到宋子县,在一家酒店里当酒保,相当于今天在湘鄂情大酒楼这样的饭店当服务生,工作清苦,每天工作十五六个小时,待遇也很低。每当有客人在包间击筑,渐离就在旁边徘徊不愿离去,常常把客人点的剁椒鱼头搞忘了,却还自顾评论客人的击筑水平。久而久之,饭店经理就对客人说:"我家酒保知音律。"于是客人们便请渐离来一段,果然筑声悠扬,举座叫好。渐离心想,当服务员,什么时候才是个尽头呢?于是跑回宿舍,取出自己的筑和原来穿的正装,长衫大袍,丝绸锦缎,捯饬一番,待众人再见到他时,个个大惊失色,纷纷站起来与渐离重新施礼。呵呵,又是握手又是递名片,互留电话号码加微信,还把他让到主宾位置上。酒过三巡,渐离应众人之邀,在包间里击筑而歌,歌筑之声幽怨哀伤,众人无不流涕而去。

一传十,十传百,县里的人于是争相请渐离前去做客演奏,他的档期常常排得满满的。天下没有不透风的墙,渐离身份终于被人识出。

秦王把高渐离捉拿到宫中,问道:"你是荆轲的朋友吗?荆轲已死,你为什么还活着?"高渐离平静地回答:"我活着是为了击筑,只要有筑可击,我就可以活得很好。"秦王说:"那好,我可以成全你的愿望。来人,把他的两眼熏瞎,再给他一张筑,让他去击。"

从此高渐离双目失明。他的双眼瞎了,但心里十分明亮,他决心寻找机会刺杀秦王。

　　秦王很喜欢听渐离击筑，但总让高渐离坐在台阶下面演奏，离自己远远的。时间一长，高渐离的演奏逐渐征服了秦王，秦王的警惕之心有所松懈，有时高渐离感到秦王就站在自己附近，甚至能听到秦王的呼吸声。高渐离压抑不住心中的兴奋，他暗想："时机快要成熟了，应该做好一切准备。"于是，他到处收集铅块。不久，他从宫中的武士手中收集到好几个大铅块，约有20斤重，小心翼翼地把这些铅块放在筑的空膛中。显然，若用这架筑砸向人的脑袋，乐器也就成了兵器。

　　一天，宫人传令："快准备好，大王今天要赏雪，让你速去击筑。"高渐离心中既紧张又兴奋，抱起塞了铅块的筑就随宫人前往。秦王坐在宽大的宝座上听高渐离击筑，一会儿，秦王问："高渐离，今天的筑声怎么没有平常响亮？"高渐离说："可能是地方太空旷，因而筑声就显得小了。"秦王慢慢走近高渐离，在他身边停了下来，说："还有什么新鲜的曲子，奏来听听。"高渐离故作镇静："昨夜为大王赶制了一首新曲，希望大王喜欢。"高渐离突然抓起筑向秦王狠命击去，秦王本能地向后一闪，沉重的筑砸落在地，并未命中秦王。已被熏瞎双眼的高渐离，毕竟不是《射雕英雄传》里的梅超风。

　　高渐离终被秦王所杀。这个典故在《史记·刺客列传》中有明确记载："稍益近之，高渐离乃以铅置筑中，复进得近，举筑

朴秦皇帝,不中。于是遂诛高渐离,终身不复近诸侯之人。"因为高渐离这一砸,秦王终身再不敢接近从前东方六国的人了。

作为一名刺客,高渐离实不专业,既没有演练,也没有预先进行刺杀效果评估。若他行刺成功,中国历史将因此而改写,其知名度也必将大大提高。他与荆轲是灵犀相通的朋友,他们之间既有当街饮酒放歌的快意豪情,更有"士为知己者死"的生死相随,替好友荆轲报仇,这是他人性的自然表露。《史记》众多刺客中,不为权贵去行刺的刺客,高渐离是唯一。但是我们不能说,道义上没有肩负刺秦使命的高渐离,其动机里没有为燕国复仇的家国情怀。毕竟,他是燕国人。

现在我似乎明白了,为何此地曰高里。

高里,燕赵慷慨悲歌之士——高渐离故里。

在郴州遇见他们

我在傍晚时分抵达郴州，这是一次说走就走的旅行，从长沙过湘江、蒸水，一路南来。高铁时代，城市与城市的距离仿若一盏茶的工夫。

一条缓缓流淌的小河穿郴州城而过，两岸傍河而建的房子，在璀璨灯火照耀下，颇有湘西凤凰古城吊脚楼的味道，而那楼宇翘檐又呈现徽州马头墙的风格，好一派江南风光。秋夜清凉，月色朦胧，两岸酒肆林立，三三两两的食客信步登楼，湘菜的浓郁气息氤氲弥漫，尚未举杯已有几分醉意。

河曰郴江河，夜幕下的河岸线十分舒缓，河边蹲坐三五个钓者，带夜光的浮漂在水中晃动。只见刚刚甩钩入河，闪着荧光的浮漂就动了起来，继而猛地一沉，钓鱼的人不慌不忙，扬竿与上钩的鱼儿周旋,不一会儿,一条半斤重的刁子鱼就握在了手里。鱼身闪耀着银光,远远看去,那白色的扇形背鳍还在使劲伸展,即使当个看客也能感受到鱼儿的鲜活和钓鱼人的畅快。

郴州友人盛情,点了不少当地美食,我坐在靠窗的位子上,边品尝盘中美味,边欣赏河边夜钓,不觉酒兴大增,习习凉风里竟有些飘飘然了。

恍惚之间,眼前的景致俨然成了唐朝的郴州,几位唐时故人正向我走来……

一

迎面来的这位,应该是柳河东柳宗元。

记得中学的语文课里,就有柳先生的《童区寄传》:

童寄者,郴州荛牧儿也。行牧且荛,二豪贼劫持,反接,布囊其口,去逾四十里之虚所卖之。寄伪儿啼,恐栗为儿恒状。贼易之,对饮酒醉。一人去为市;一人卧,植刃道上。童微伺其睡,以缚背刃,力上下,得绝;因取刃杀之。

逃未及远,市者还,得童大骇,将杀童。遽曰:"为两郎僮,孰若为一郎僮耶?彼不我恩也;郎诚见完与恩,无所不可。"市者良久计曰:"与其杀是僮,孰若卖之? 与其卖而分,孰若吾得专焉? 幸而杀彼,甚善!"即藏其尸,持童抵主人所,愈束缚牢甚。夜半,童自转,以缚即炉火烧绝之,虽疮手勿惮;复取刃杀市者。因大号,一虚皆惊。童曰:"我区氏儿也,不当为僮。贼二人得我,我幸皆杀之矣! 愿以闻于官。"

虚吏白州,州白大府。大府召视,儿幼愿耳。刺史颜证奇之,留为小吏,不肯。与衣裳,吏护还之乡。

乡之行劫缚者,侧目莫敢过其门,皆曰:"是儿少秦武阳二岁,而讨杀二豪,岂可近耶? "

用今天的话说,郴州儿童区寄使出了一记漂亮的"反杀"。他在山里正一边放牧一边打柴,两个强盗把他绑架了,捆到集市上去卖,但区寄凭着勇敢机智,手刃二盗,让十里八乡刮目相看。

友人初到郴州工作不久,我问此地民风何如,他哈哈一笑说,民风纯朴,却也义气彪悍。看来古风犹存。

柳宗元创作的这篇传记文学,寥寥数行,就刻画出一个机智勇敢的少年英雄。现在回想少时背读古文情景,脑际中对于区寄形象的勾勒渐渐复苏。

说起来，此时的柳宗元正逢人生不济。唐顺宗永贞元年（805），王叔文集团倡导的"永贞革新"失败，王叔文被贬为渝州司户，元和元年（806）被赐死，王叔文"朋友圈"里的韩泰、陈谏、柳宗元、刘禹锡、韩晔、凌准、程异及韦执谊等8人，先后被贬为边远八州司马。

司马光在《资治通鉴》中，专门对王叔文"永贞革新"的兴起与覆灭做了较大篇幅阐述。王叔文是位有理想、有抱负的改革家，执掌政权后，积极改革不少弊政，诸如：罢翰林医工、相工、占星、射覆等冗官42人，节省财政支出；停盐铁使月进钱，盐铁使自玄宗时开始设置，是主管国家财务的机关，德宗规定盐铁使每月要送钱给皇帝，这是既不合法又不合理的事，叔文当政后，即禁止官吏私人进奉，下令停止盐铁使每月进奉金钱；释放后宫宫女300人及教坊女妓600人，不但减少了宫中怨女，也诏告了皇帝不重声色的态度；京兆尹李实乃朝廷宗室，但贪污虐民、残害百姓，又自恃受宠于德宗，对那些正直的官员进行谗言加害，王叔文将李实贬为通州长史……

总之，王叔文掌权后推行仁政，做了很多大快人心的好事。然其失败的原因不在于推行新政本身，而是推行新政的行事方式。他的有些措施，唐宪宗继位后也是极力推进的，比如削弱藩镇、整饬吏治、加强财政等，还一度出现了所谓的"元和中兴"，但王叔文在推行新政过程中广交私友、培植亲信,触动了皇室、宦官、藩镇、重臣的利益,冲击了唐代中央集权体系的政治根基,其圈子被整饬拆分、稀释瓦解亦是必然。

柳宗元作为王叔文圈子里的铁杆粉丝,肯定首当其冲遭贬。永贞元年九月他先被贬为邵州刺史,十一月在赴任途中再加贬永州司马,他在永州一直生活到元和十年(815)。接着回京,但不久又被贬到柳州。岁月蹉跎,湖湘大地聊为所依。他毕竟是个文人,看到此方百姓疾苦,联想到自己的贬谪生涯,亲朋离散、精神苦痛,这篇《童区寄传》,表面是为穷孩子立传,实质是为底层人民呐喊。

邵州、永州、柳州、郴州,唐时故郡今犹在。未在郴州任过职的柳宗元先生,一定应惺惺相惜的朋友所邀,来此福地喝过几回闷酒,不然千年之后的我怎会在这里与先生神遇?

二

翌日晨,朋友请我们至郴州一僻静小巷吃当地有名的"杀猪粉",据说乃选用当日宰杀的新鲜猪肉烹煮而成,果然味极鲜美。

从小店鼓腹而出,但见路边有一棵几人才能合抱的大树,亭亭如盖,冠与楼齐,树前立有一石,上书"文星古樟"。

唐德宗贞元十九年(803),时任监察御史的韩愈因上表诉天旱人饥和官市之弊,请减免灾民赋税而获罪,被贬作连州阳山(今属广东清远)县令。公元805年,韩愈被赦北归,在郴州待命长达3个月,好在有刺史李伯康的热情款待,其间他在郴州手植此樟,人们传说韩文公乃文曲星下凡,故将这棵树誉为"文星古樟"。

这一年正赶上"永贞革新"失败,韩愈在郴州滞留,迟迟得不到朝廷新的任命就不足为奇了,首都乱成了一锅粥,长安到郴州又没有高铁,人们又没有手机,送信的人不走个三五月才怪,谁在乎他这个遭贬的区区县令?

晨雾缥缈间,我仿佛看到千年古樟下站着一位清癯的老人,手拄木杖,粗布长衫,须发尽白,这不正是韩文公吗?

据说,为帮韩愈解闷,李刺史特邀请他去郴州北湖参观当地的叉鱼活动。韩愈是北方人,看见如此新奇有趣的南方水上活动,不由得诗兴大发,写下了诗作《叉鱼招张功曹》:

叉鱼春岸阔,此兴在中宵。

大炬然如昼,长船缚似桥。

深窥沙可数,静搒水无摇。

刃下那能脱，波间或自跳。

中鳞怜锦碎，当目讶珠销。

迷火逃翻近，惊人去暂遥。

竞多心转细，得隽语时嚣。

潭罄知存寡，舷平觉获饶。

交头疑凑饵，骈首类同条。

濡沫情虽密，登门事已辽。

盈车欺故事，饲犬验今朝。

血浪凝犹沸，腥风远更飘。

盖江烟幂幂，拂棹影寥寥。

獭去愁无食，龙移惧见烧。

如棠名既误，钓渭日徒消。

文客惊先赋，篙工喜尽谣。

脍成思我友，观乐忆吾僚。

自可捐忧累，何须强问鸮？

　　这首诗写出了郴州人叉鱼之盛况，时值中宵，火光如昼，北
湖水涨浪阔，叉鱼人手疾如梭，鱼在火光与水波间跳动，叉鱼人
赛兴顿起，往来鱼儿与水影间，一旦叉得大鱼便号叫不止，这种
情景，也许能让退之先生暂时忘却官场的得失，不再执意庙堂

之高与江湖之远吧。心是一个人的翅膀，今人常言，心有多大，世界就有多大。其实很多时候，限制人心的，不是周遭的环境，也不是他人的言行，而是一个人自身，能不能看开、能不能忘却、能不能放下，如果自我囚禁于灰暗的记忆，即便给你整个天空，也找不到自由的感觉。韩愈，字退之，退一步就开阔了。因此，此时他虽行在贬谪之途，面对此情此景，也不禁发出"自可捐忧累，何须强问鸮"的感慨来。

其实，韩愈一生不在诗名官名，使其在中国文学史上留下大名的，是他倡导的古文运动。安史之乱后，唐朝国势衰落，藩镇割据、宦官弄权，其时韩愈和柳宗元提倡古文、反对骈文，在"复古"的口号下，开展了一场关于文风、文体、文学语言的文学革命，其功绩不亚于欧洲的文艺复兴。

他们崇尚先秦和汉朝质朴自由、以散行单句为主的散文，不受格式拘束，有利于反映现实生活、表达思想，而对六朝以来讲究排偶、辞藻、音律、典故的文体大加挞伐，批评那些形式僵化、内容空虚的文章，华而不实、不适于用。然，中唐古文运动，虽在当时文坛取得胜利，但骈文并未匿迹，晚唐以后仍继续流行，特别是五代到宋初，浮靡华丽的文风再度泛滥。

元和十四年（819），由于一件小事引来的祸端，韩愈被贬潮州。他因反对唐宪宗大肆兴建寺庙，仗着自己在唐朝文坛的地位,就给皇帝上了一封奏表,不想激怒了宪宗,一纸调令就让他再次南行,这时候他已近花甲之年。韩愈骑马从郴州的一个小山岭经过,此时好友李伯康已逝,韩愈追忆旧人,伤心不已,心神恍惚,而又马失前蹄,导致他从马上摔落。

失之东隅,收之桑榆。我时常想,一部中国古代文学史,恰如一部中国贬官史。若没有那些迁客骚人,哪有《离骚》《琵琶行》《枫桥夜泊》《闻王昌龄左迁龙标遥有此寄》《岳阳楼记》《念奴娇·赤壁怀古》这些闪耀千古的名篇?若没有那些宦海沉浮,哪有屈原、韩愈、柳宗元、欧阳修、苏轼、范仲淹这些文学大家横空出世?

他们往往在波诡云谲的政坛上命运多舛,成为献祭的羔羊,而不是高悬的神龛。他们正直耿介、清高傲岸、不屑谄佞,不肯与混浊世俗同流合污,其结果自然逃不出被贬和遭逐。还有,他们往往任侠使性、偏执顽固、意气用事,再加上多愁善感,"感时花溅泪,恨别鸟惊心",仕途当然变得坎坷崎岖、深不可测。正如韩愈在《送孟东野序》中说:"大凡物不得其平则鸣:草木之无声,风挠之鸣。水之无声,风荡之鸣。其跃也,或激之;其趋也,或梗之;其沸也,或炙之。金石之无声,或击之鸣。人之于言也亦然,有不得已者而后言。其歌也有思,其哭也有怀,凡出乎口而为声者,其皆有弗平者乎!"

三

吃罢"杀猪粉",拜过千年古樟,好友安排我们取道临武、宜章,前往莽山国家森林公园一游。车上高速,一路南驰,畅通的出行让我又想起唐朝那些贬谪迁客,他们山一程水一程,不知要在这条官道上行走多久。

由于郴州在唐时的区位和交通的特殊性,此地成了朝廷贬谪地,或被贬官员的必经之地。然这些失意人在被贬郴州之后开始转运得福,因此郴州也成了中国历史上著名的"贬官福留"之地。他们有的路过郴州直抒感慨,有的凭栏长亭惆怅送客,有的不胜唏嘘、你唱我和,有的瘦马老仆、策杖而行,那些渐行渐远的身影,为这块土地留下了诗篇和传说。

本是一次没有既定目的的旅行,却让千年之后的我在此感悟一番昔日贬官的愁绪,车窗外的山道上,我似乎看到另外一位唐朝大伽与我们同行……他叫刘禹锡。

盛唐诗星璀璨,中唐也诗人辈出。韩愈、柳宗元、白居易、元稹、张籍、刘禹锡、孟郊、贾岛,这些人个顶个诗坛圣手,但这些牛人里边最刺头儿、最口无遮拦、最不怕事的,就是刘禹锡。他出生的时候,据说是母亲梦见禹王,所以取名禹锡,果然他22

岁就中进士,32岁任监察御史,人生就像中了大彩票,踩上了五彩祥云。但是,后来他却从云端一路翻着跟斗跌了下去……

刘禹锡与柳宗元、韩愈一样,和郴州也有很多渊源。

"永贞革新"失败后,柳宗元被贬为永州司马,刘禹锡被贬为朗州(今武陵)司马。"禹锡在朗州十年,唯以文章吟咏,陶冶性情。蛮俗好巫,每淫祠鼓舞,必歌俚辞。禹锡或从事于其间,乃依骚人之作,为新辞以教巫祝。故武陵溪洞间夷歌,率多禹锡之辞也。"元和十年(815),朝廷召禹锡自武陵还,但他放浪习性不改,又写了一首《游玄都观咏看花君子诗》,触怒了圣上,再次被贬为播州(今遵义)刺史,看来他是真的消受不起长安的十二时辰。诏书下达后,御史中丞裴度怜惜刘禹锡,向皇上求情:"禹锡母八十余,不能往,当与其子死诀,恐伤陛下孝治,请稍内迁。"好友柳宗元也上书皇帝,希望能以自己的柳州刺史一职和刘禹锡交换,以便刘禹锡奉养老母。最终,唐宪宗以"不欲伤其亲"为由,改贬刘禹锡为连州刺史。

在南岭山脉九嶷山与骑田岭之间,2000余年的秦汉古道从临武穿境而过,它是湘南古邑临武去往粤北古邑连州的必经之途。刘禹锡骑着一匹老马,正在这条路上向连州踽踽独行……

在连州期间,禹锡与被贬的杨侍郎成为好友,写下了《和杨侍郎初至郴州纪事书情题郡斋八韵》《和郴州杨侍郎玩郡斋紫薇花十四韵》《和南海马大夫闻杨侍郎出守郴州因有寄上之作》等诗作，看来他与郴州这个被贬的杨侍郎也不是一般的交情。刘禹锡在广东连州5年，改善当地民生，百姓爱戴有加，他还研究医学，常与柳宗元通信，讨论文学、医学，柳宗元给他送来《治霍乱盐汤方》《治脚气方》《治疗疮方》3个药方，均有奇效。研究医药学的同时，他的思想也逐渐变得唯物主义，不信魑魅魍魉，在那个时代，这种思想已经十分超前了。

刘禹锡屡处逆境而不沮丧，频遇挫折而不萎靡，他坚信只有回不去的过往，没有到不了的明天，正如他在那首《秋词》里写的："自古逢秋悲寂寥，我言秋日胜春朝。"

谁说最好的季节已经过去？这才是"万类霜天竞自由"的时节。

此行郴州，无意间寻访了3位唐朝文学家的足迹，与他们神交，乃人生快事幸事也。说起来，柳宗元、韩愈、刘禹锡三人曾同时供职于御史台，亦是文友诗友酒友，韩愈和刘禹锡是唇枪舌剑的辩友，刘禹锡和柳宗元是能穿一条裤子的兄弟，柳宗元和韩愈是志同道合的文坛搭档，他们简直就是中唐的"铁三角"，没承想这三人都在贬谪的烟波江上与郴州结缘。

元和十四年（819），一生波折的柳宗元病逝于柳州，享年

47岁,刘禹锡用尽毕生心血整理了柳宗元的遗作,自己出钱刊印出版。韩愈怀着沉痛的心情为柳宗元撰写了《柳州罗池庙碑》,赞誉柳宗元在柳州为官期间的诸多功绩,并邀请著名书法家沈传师书丹。柳宗元去世5年后,韩愈也因病去世。刘禹锡写了一篇《祭韩吏部文》,其中回忆了当年跟韩愈以及柳宗元的友情,大意是说:韩愈擅长写文章,我擅长议论,我们两人一见面就争论不休,争得不可开交的时候,柳宗元就出来打圆场,这样的时光真令人怀念啊。

梦回唐朝,恍觉这世间,存在一种友情,叫作柳宗元、韩愈和刘禹锡。

山　行

长江上空的鹰

抗日战争时期,苏联飞行员格里戈里·阿里莫维奇·库里申科来华作战牺牲,一对普通中国母子为他守墓半个多世纪。

1955 年,苏联莫斯科机床机械学院迎来了中华人民共和国第一批留学生。一天,一位中国留学生向班长依娜·格里高利耶夫娜·库里申科问了一个问题:"在我们中国,人们一直缅怀着一位苏联飞行员,他的姓和你一样,不知你是不是他的亲属?"瞬间,依娜泪奔成雨,她不敢相信自己的耳朵。16 年了,她终于听到了有关自己父亲的消息。

时间上溯至 20 世纪 30 年代,回到战火纷飞的中国抗日战场,让我们一点点去找寻苏联空军志愿队大队长格里戈里·阿里莫维奇·库里申科的生命轨迹。美国飞虎队和克莱尔·李·陈纳德将军之名在中国早已家喻户晓,但很少有人知道,苏联人民最早为中国抗战提供了大量援助,苏联空军志愿队为中国人民抗日战争做出了卓越贡献。在汉口,苏联飞行员喜欢开着敞篷汽车在大街上溜达。一次,一群女大学生发现了他们,其中一个女生大声呼喊:"塔瓦里希!"(俄语"同志"的意思),苏联飞行员也大声回答"塔瓦里希!""塔瓦里希!"……这些有趣的故事,至今还浮现在经历过那场战争的老人们的记忆里。

抗战前夕,中国空军仅有从国外购买的各类作战飞机305架,且只有一半勉强能参加作战。加之缺乏有效的维修和保养,实际上能参加战斗的飞机少之又少。战争开始后,处于劣势的中国空军与侵华日军进行了残酷的"空中拼刺刀",中国空军表现得勇猛顽强。到1937年11月底,中国空军能用于作战的飞机仅剩下30架。武汉沦陷后,日军以汉口机场为基地,对长沙、贵阳、重庆、成都等城市进行惨绝人寰的"无区别轰炸",中国军队束手无策。面对日军的狂轰滥炸,蒋介石紧急致电中国驻苏联大使蒋廷黻,让他洽请苏联伸出援手。库里申科就是在1939年6月受苏联空军委派,率领轰炸机大队来到中国的。当时援华志愿人员的去向十分保密,库里申科在给妻子的家书中只能这样写道:"我调到东方的一个地区工作,这里人对我很好,我就像生活在家乡一样……"

1939 年 10 月 3 日,库里申科刚刚训练结束就接到任务,率机从成都飞临日军占领的汉口机场,对在武汉的日军进行轰炸,那天日海军航空队正在指挥所门前迎接木更津航空队的 6 架新型攻击机的到来。下午 1 点 30 分,当这批日机刚刚降落,苏联空军志愿队轰炸机突然出现在天空,炸弹铺天盖地倾泻而下,日海军鹿屋航空队副队长小川和木更津航空队副队长石河等几个军官当场丧命,曾指挥轰炸重庆的第一联合航空队司令官、臭名昭著的冢原二四三少将被炸飞了一只胳膊。10 月 14 日,库里申科和副大队长马卡洛夫又率领机群从太平寺机场起飞,炸毁汉口机场日机 60 架,毙伤 300 多人。就在苏联空军志愿队要返航时,20 多架日军战斗机迎面扑来,库里申科率队在武汉上空和日机开展了一场激烈的生死搏斗。敌机瞄准了库里申科这架领航机,集结 3 架飞机进行围攻,被库里申科击落 1 架,但他的左发动机被日机打坏,失去了作战能力。库里申科用单发动机冲出日机重围,向成都基地返回。

飞机飞过湖北宜昌,越过长江三峡,下午 2 点飞到四川万县上空时,机身失去平衡,再也不能继续飞行了,必须紧急着陆。库里申科驾驶飞机在万县长江南岸的陈家坝上空盘旋,但因陈家坝太小,重型轰炸机难以着陆。如若跳伞,飞机必将摔坏。为了飞机免遭损坏和万县附近居民的安全,库里申科急中生智将飞机降落在万县红沙碛附近的聚鱼沱江面。飞机尚未沉没时，他叮嘱同机的轰炸员和机枪手脱掉飞行服游向江边，并命令他们记住岸边特征标记，以便将来打捞。两位战友游到岸上脱离了险境，而库里申科大队长由于体力消耗太大无力游到岸边，被无情的浪头卷入江底。11月3日，库里申科的遗体才被打捞上来，当地人民将他安葬于万县太白岩下的太白书院旁，这一年他年仅36岁。

几个月后，库里申科的妻子接到一份军人阵亡通知书，上面写着："格里戈里·阿里莫维奇·库里申科同志在执行任务时牺牲。"至于牺牲的具体经过和葬身地点，家人全然不知。

万县人民给库里申科下葬时不知他是谁，只在墓上做了一个飞机的标志，表示他是飞行员，中华人民共和国成立后才确定了他的身份。万县人民不忘英雄，抗美援朝时万县曾捐献一架飞机赴朝作战，就命名为"库里申科号"。1958年7月7日，当地政府在西山公园内为库里申科重新修建了烈士墓，墓碑的正面和背面分别用中文和俄文写着"在抗日战争中为中国人民而英勇牺牲的苏联空军志愿队大队长格里戈里·阿里莫维奇·库里申科之墓"。①

---

① 墓碑所刻名为"格里戈利·阿基莫维奇·库里申科"，落款为"一九五八年七月七日立"，但在中华人民共和国民政部公布的第一批著名抗日英烈和英雄群体名录中（2014年8月29日公布），库里申科的全名为"格里戈里·阿里莫维奇·库里申科"，本文采取最新官方译法。——编者注。

那位苏联莫斯科机床机械学院的中国留学生名叫朱育理，他为依娜提供了父亲的消息后，依娜通过中国驻苏大使馆的帮助，很快知道了父亲的安葬地点。1958年国庆前夕，中国红十字会代表中国政府向库里申科的遗孀和女儿发出邀请，请她们到中国做客，参加北京"十一"国庆典礼，并到万县祭扫亲人墓地。

1989年4月，在纪念库里申科牺牲50周年之际，依娜及女儿受邀再次来到万县扫墓，已经年过半百的依娜按照苏联的习俗，将一块特意从苏联带来的大理石赠送给中国方面，愿中苏两国的友谊像大理石那样晶莹剔透、永放光彩。她回忆说，中国人民非常亲切地怀念她的父亲，精心地看护着他的墓，墓碑旁边总是摆满了鲜花。2009年9月14日，库里申科被评为100位为新中国成立作出突出贡献的英雄模范人物之一。

2014年7月29日，正值盛夏，酷热无比。我手捧一束洁白的菊花穿行在重庆万州的街道上，这座城市一如既往的喧嚣，车流汹涌，行人如织。我望着一栋一栋的现代化高楼，脑海里像黑白电影回放一般，逐渐浮现出20世纪30年代这座城市斑驳的影像：沿江一片一片破旧木楼，长江里帆影穿梭，天空，日军飞机发出刺耳的嚎叫盘旋而来，急促的防空警报不时拉响，到处都是躲避轰炸的人群,揪心的呼喊此起彼伏……

此行,我是专程来拜谒库里申科,也是来寻访为库里申科守墓的人。走进万州西山公园,我还能清晰地记起小时候来这里为库里申科扫墓的情景:一丝一丝的阳光,从浓密的树冠中漏下来,在我们胸前的红领巾上晃动,在展开的少先队队旗上晃动,也在烈士的墓碑上晃动。这片土地也是我的故乡。此地,与英雄库里申科的故乡乌克兰相距万里。

进驻太平寺机场后,库里申科一边对日作战,一边担负着培训中国飞行员的任务,为中国空军培训了很多人才。每天清早,英武的"达莎"飞机挺立在成都南郊太平寺机场上,加油车四处奔跑,飞机的发动机开始吼叫,库里申科一天的教练日程就正式开始了,他对中国飞行员要求非常严格,不仅耐心地讲解飞机的性能、特点、操作方法,还为受训学员系好安全带、关好座舱盖,并经常亲自带飞。为了纠正学员不正确的飞行动作,他常在空中反复演练做示范。有时为了纠正学员落速或进入机场角度方面的偏差,他往往连续带飞三四次,直到学员们掌握技术要领。他时常告诫学员要万分爱惜飞机,从苏联运飞机到中国十分不容易,损坏一架就少一架,即使损坏一个零件也要从万里之外运来补充。库里申科为人刚直不阿,战斗勇敢顽强,因而被中国学员称为"张飞"。库里申科,好一个作战不怕死的

"猛张飞"。巧合的是,在我的家乡云阳、离库里申科牺牲的聚鱼沱仅几十公里之遥的长江岸边,真有一座修建于1700多年前的张飞庙。"永怀壮士哀千古,长使英雄泪满襟"[1],这一片土地,自古就是英雄辈出的地方。库里申科对中国人民有着深厚的感情,他常常对成都的朋友们说:"我像体验我的祖国的灾难一样,体验着中国劳动人民正在遭受的灾难! 每当看到日本飞机炸毁的建筑和逃难的人群就难过,日本人为什么要来轰炸在大路两旁的田里安详劳作的中国农民呢? "

走进库里申科的陵园,我从他的故事里回到现实。守墓人魏映祥早已站在库里申科的墓前等着我。他肤色黝黑,背有些佝偻。我把一捧白菊轻轻地献在英雄的墓碑前,并向英雄深深三鞠躬。魏映祥带着我在墓园边走边介绍这些年为英雄守墓的经历。库里申科长眠于长江之畔的西山公园,而谭忠惠、魏映祥母子从1958年开始为他守墓了56年。年近90岁高龄的谭忠惠老人是第一代守墓人,她每天早上6点半就出门。从家到墓园不到10分钟路程,清晨的墓园很寂静,只有鸟儿的鸣叫和树叶飘落的声音。到陵园后,谭忠惠总是会先绕着这块1000多平方米的土地走一圈,然后拿起扫帚清扫,轻轻擦去墓碑上的灰

---

① 出自云阳烈士碑挽联。——编者注。

尘。打扫完毕,有人来参观、悼念,她还要接待和讲解。墓园里一草一木在谭忠惠眼中都有了灵性,当年才两三米高的香樟树,逐渐长到了三四十米高。1977年,谭忠惠老了,退休前她将守墓的使命交给了同在西山公园管理处上班的小儿子魏映祥。

"从小,我就常听妈妈讲库里申科的故事,库里申科是为中国人民牺牲的,我们一定要记恩,要管理好、维护好库里申科的墓,让后人来瞻仰这位烈士。"在魏映祥记忆中,母亲没有请假一天,也没缺席过一天,她从未说过辛苦,也从没在自己面前抱怨过什么。母亲虽然放下了守墓的工作,但从没放下守墓的心。魏映祥说:"那时候,她基本上每天都还会来墓园,扫一扫看一看。"

接过妈妈的接力棒,魏映祥这一守,又是30多年。他和母亲当年一样,早上出门时会带上工具,无论日晒还是雨淋,一去就是一天。结婚后,魏映祥的心思还扑在守墓上,老婆也很支持他,经常给他送饭。20世纪80年代末,他到成都学习园林知识,1993年他作为园林艺术家被选派到中华人民共和国常驻联合国代表团工作。回国之后,他一直担任着高级园林工程师。除日常对墓园的打扫、修缮外,魏映祥还参与了库里申科烈士墓园的升级改造。

如今,墓园的面积扩大了,地面也改成了大理石地砖,墓碑

由水泥变成了汉白玉，墓体也从混凝土改成了花岗岩。整洁、大方、肃穆的墓园，古木参天，鲜花环绕，永远是魏映祥心中最庄严的地方。一年又一年，无数的人来到墓园瞻仰，他听到过无数人讲述英雄的故事，又把英雄的故事讲给千千万万个人听。他说，即便将来自己退休了，为英雄守墓的工作也还会世世代代延续下去。

在苏联的人物档案里，关于库里申科只有寥寥数语："格里戈里·阿里莫维奇·库里申科，联共（布）党员，1903年生于基辅州科尔苏恩斯基区的切列平村，1929年应征入伍。1939年10月14日空战后坠入长江。葬于万县。"

切列平村，没有等回英雄的儿子。万州，这座小小的城市，和中国大地上无数个城市一样，记录着80多年前那场战争的点点滴滴。

长城屹立在太行

从北京出发，沿张石高速公路到达河北涞源县，这里是太行山脉的北端，千山万壑，群峰壁立。车子驶入蜿蜒崎岖的山间公路，走过著名的白石山风景区，开始绕着数不清的弯道盘旋，2个多小时后到达黄土岭。

阳光明亮，绿树成荫，宁静的小山村，透着原始的乡野气息，眼前的景物很难让人联想起从前那场战事。这里位于河北涞源县、易县交界处，是太行北部群山中的一个垭口。向北是一条2.5公里长的山谷，过管头村通往易县境内。

准确地说，黄土岭包括涞源县的黄土岭村与易县寨坨村一个叫教场的地方，这是侵华日军阿部规秀中将的绝望之地。公路边上有一条水沟，沟这边是黄土岭村，另一边是教场。实际上，阿部规秀是死在易县境内。

见到陈汉文老人时，他正要去地里锄草，81岁的他和老伴儿赵玉亭大妈还种着3亩（2000平方米）玉米。老人扛着锄头带我来到他的家。

石头垒成不高的院墙，看上去摇摇欲坠，院墙外一盘石磨显露着沧桑。从一扇半拱形石门走进去，进门三步远的地方是一座不到2米高的影壁，影壁的墙皮已经脱落，露出不规则的墙砖。很破很破的小院落，五间正房有两间已经无人居住，两旁的偏房只剩断壁残垣，院落的地面是坑坑洼洼的土石地面。院子中间的一根树桩上，悬挂着一面鲜红的五星红旗，显得格外醒目。这面国旗或许是在告诉人们这个院子非同一般的历史。

如今，孩子们已经在公路对面盖新房搬出去住了，只有两位老人还居住在这里，他俩住的那间房子就是70多年前阿部规秀被炮弹击中的地方。两位老人在房间里挂了一条红色横幅，上书"纪念抗日战争胜利六十九周年"。这里不是文物保护单位，是几代人的栖身之所，除了一些研究专家和一些军事发烧友偶尔会前来探访外，小院多数时间是寂静的，像一位隐者淡淡地收藏起曾经的往事。

导致阿部规秀送命的这一仗，源起就是他们对八路军发起的一次报复性攻击。1939年11月，日军调集重兵对晋察冀边区进行冬季大扫荡,八路军晋察冀军区第一军分区部队在涞源雁宿崖地域,包围并重创从涞源城出动扫荡的日军独立混成第二旅团第一大队500余人,仅大队长辻村宪吉大佐带少数人逃脱。

阿部规秀号称山地战专家,当月刚刚晋升中将,以"蒙疆驻屯军总司令"的身份兼任旅团长,但损兵折将的怒气冲散了他心头的荣升之喜,急于报复的他决定亲自领兵出马。这朵"名将之花"多么想在太行山绽放啊。他越是想绽放,八路军的"口袋阵"就布得越有把握。

阿部规秀的对手是晋察冀军区第一军分区的杨成武。11月1日凌晨,杨成武骑马离开军区驻地阜平,回分区驻地管头村。途中,他特意绕经银坊镇、雁宿崖、三岔口、插箭岭、黄土岭,详细查看每一处的地形地貌。对于一个成熟的指挥员来说,打仗不能是一次斗气,更不能心存侥幸,察看完地形的杨成武心中有数了。

独立混成第二旅团在日军中堪称精锐,但强烈的报复心让阿部规秀失去了对八路军的清醒认识,他又沿着辻村宪吉走过的老路,开始走向他的死亡之旅。出兵之前,阿部规秀给他女儿写了一封信:"爸爸从今天起去南方战斗!回来的日子是11月13、14日,虽然不是什么大战斗,但也将是一场相当大的战斗。我们打仗的时候是最悠闲而且最有趣的,支那已经逐渐衰落下去了,再使一把劲它就会投降……战争还要继续,我们必须战斗。那么再见。"这种过头的自信为他的灭亡埋下了伏笔。

阿部率领独立步兵第二、第四大队1500余人,分乘90多辆卡车,向雁宿崖、银坊镇方向前进,11月6日黄昏抵达黄土岭。就在这天晚上,八路军晋察冀军区第一、三军分区部队,游击第三支队和疾速赶来的第一二〇师特务团等部,在日军毫无察觉的情况下,连夜潜伏于黄土岭的群峰之间。

日军先头部队边侦察边东进。他们先行占领两侧高地,掩护主力缓慢通过;而后,再前出侦察,占领制高点进行掩护,反复交替前进。日军虽然高度警惕,但始终没有发现伏兵,就这样谨谨慎慎地钻进了数千名八路军布下的"口袋"。日军被团团围住,压缩在上庄子附近一条长二三里、宽仅百米的山谷里。双方展开激烈的山地争夺战。

下午4时许,第一军分区第一团团长陈正湘在望远镜里发现,在南山根的山梁上,有身穿黄呢大衣、腰挎战刀的日军指挥官和几个随员,正举着望远镜观察战况;在距山包100米左右的一个独立小院内,也有挎着战刀的日军指挥官进进出出。陈正湘判断,独立小院可能是日军的临时指挥部,南面小山包可能是日军的临时观察所。他当机立断,命令通讯主任跑步下山急调炮兵连。炮兵连连长杨九坪带着炮手火速上山,陈正湘将两个目标指给他们，要求他们务必用迫击炮将这两个目标摧毁。杨九坪在目测距离后说："直线距离约 800 米，在有效射程之内，保证打好。"随着几声炮响，小院子里腾起一股股烟尘，望远镜里再也看不见人影。

陈汉文老人详细地给我讲述着当年的情景，如同回放一部精彩的纪录片。老人说，鬼子怕死得很，来了以后，拿他家的羊毛毡浸了水，厚厚地挂在窗户上，可能是为了挡子弹。

"那时我才 6 岁，日本兵来了，把我们一家 18 口人赶到正屋，挤到大炕上，我们大气都不敢出。不久阿部规秀就带着几个人进了屋，他们把我家的长条桌摆在屋内当间，阿部规秀对着门坐在桌前。两个通信兵摆好一部电台，阿部规秀对着电台正叽里呱啦嚷着，忽然院子里轰地一响，就看到他一仰身从凳子上倒了下去。"

除阿部规秀外，屋里其他人毫发未损。

陈汉文说，他记得当时祖母紧紧抱着他，阿部规秀还曾到炕边小坐了一下，腰上那长长的军刀还把他碰了一下。

前后不到半小时，阿部规秀站着进来躺着出去了。如果屋子的门关着，他也许不会死；门即使开着，如果不正对门坐着，他也许不会死。这一天，正好是晋察冀军区成立两周年。

11 月 22 日，日本《朝日新闻》等媒体报道了阿部规秀的死亡。打死日军中将指挥官不仅在晋察冀军区是首次,在中国抗战史上也是首次。日军战史记载"在准备下达整理战线的命令时,突然飞来迫击炮弹……共军使用迫击炮,这是第一次"。八路军打炮居然像扔篮球一样,一下就打中了日军中将,这种高技术水准只能用"熠熠生辉"来形容。

陈汉文说,与阿部同归于尽的还有他家的一头驴。等惊魂未定的一家人跑到院子里时,日本人都走了,那头驴正站在院子里发抖,血从驴子的肚子上往下流。在浸水的羊毛毡上,也嵌着好几块八路军的迫击炮弹弹片,亮晶晶的。旁边的几位村民开玩笑说,政府现在应该赔给你们家一头驴。

他们家的房子没有大的损伤,大概跟八路军的炮弹有关系。当时八路军的迫击炮弹是自制的,采用白铁皮焊接制作,为了增加爆炸威力和破片,炮弹中间插有一根空心铁管,炮弹上则用锉刀锉出沟纹。这样的炮弹主要作用是杀伤人员,如果不是直接命中,对建筑物的破坏力倒不大。

为了给战争留下一份记忆,陈汉文老人至今没有拆除小院。在这片饱经战火的土地上,眼前这座不平凡的院落,是历史的见证。院内有棵山楂树,枝头上正挂满果实,和平天空下的果实。

山坡后面修建了一座"雁宿崖黄土岭战役胜利纪念碑",我登上碑亭,往山对面一看,忽然发现黄土岭村周围有废圮的城墙,蜿蜒至远方。村民告诉我,那就是古长城,万里长城。我心头不由一震。那一刻我想,中国人民一定会赢得胜利。长城,这条不屈的巨龙,中华民族的图腾,它一直屹立在此。

告别黄土岭,我又奔向东团堡。从北京出发前,我专门给邱燕明大校打了一个电话,我对他说:"明天我要去东团堡。"

邱燕明大校曾是中国驻朝鲜大使馆武官处的武官,2009年5月我随一个体育代表团出访朝鲜时,曾受到他的热情接待。那次我们交谈时,无意间听他谈起他父亲的故事。他说他父亲叫邱蔚,是个老红军老八路,在抗美援朝战争中担任过中国人民志愿军第67军军长。

前段时间查阅抗战史料,我发现当年指挥涞源东团堡作战的晋察冀军区第一军分区三团团长也叫邱蔚,那次战斗让日军独立混成第二旅士官教导大队170人全员"玉碎",蒋委员长还专门发来贺电。莫非,攻打东团堡的就是邱武官的父亲?于是我向他求证,他兴奋地说,打那一仗的正是他的父亲。可惜邱蔚将军不幸于1957年在青岛意外遇难,年仅44岁。

顺着涞源县城往东北方向,山路依然崎岖不平、尘土飞扬,又走了将近两个小时,到达东团堡,来到邱蔚将军曾经血战过的地方。如今这里住着300多户人家,是东团堡乡政府驻地,走进村子,超市、饭店、学校、农机站等一字排开。学校门口是发往涞源、保定、北京等地的长途汽车站。这里是革命老区,街道两旁的房屋很破旧,一眼看去,有一种毫不掩饰的贫困。

东团堡战斗是在百团大战第二作战阶段背景下发生的,1940年9月16日,八路军总部要求各作战部队在继续破袭敌寇交通的同时,摧毁深入我根据地内的一些敌据点。聂荣臻接到命令后,将任务下达给杨成武指挥的第一军分区。我问一些当地老乡,当年是哪支八路军部队在这里打的仗,他们都说,当年"邱支队"在这里打得十分英勇。"邱支队"就是邱蔚团长率领的第一军分区老三团,担负主攻东团堡的任务。

1938年11月,日军独立混成第二旅团从张家口出发来到东团堡,把这里作为士官教导大队的驻地。该士官教导大队编有96个小队长以上军官和1个士官教导中队,共计170多人,主要为涞源、宣化、张家口一线的日军据点训练小队长和军曹。这些鬼子训练有素、装备精良,是一群狂妄的法西斯分子。为了张扬武力,鬼子打靶时还组织当地的老百姓观看,一些老人回忆,这些小鬼子的枪法很准。

这里位于恒山、燕山、太行山三山交界处,是一个四面环山的小盆地,自古为兵家要塞,是张家口入关的交通要道,也是内长城外的一座小重镇。当年鬼子占据这里后,建了大碉堡、地堡、围墙、外壕,设置铁丝网、鹿寨,构成坚固的工事,并且与上庄、中庄、王喜洞、摩天岭等据点相呼应,此处不但是宣化至涞源公路上的日军后勤供应中继站,也是分割八路军晋察冀根据地的战略支点,八路军早就想拔掉这颗硬钉子。

电影《杨成武强攻东团堡》里面有一个场景,演的是1940年9月22日东团堡日军士官教导大队新任指挥官井出和前任指挥官甲田进行任务交接,鬼子们为甲田举行欢送宴会的情景。庭院里挂满日本的樱花灯和鲤鱼灯,东洋兵举杯畅饮。甲田用鲤鱼和樱花勉励部下:"愿各位像鲤鱼一样具有拼死回游和随时亡命的精神,像樱花一样让生命绽放出光芒!"然而,他们既没有"跳过",也没有"绽放",悉数在东团堡亡命了。两人还没办完交接,八路军就已经冲了进来。这个情节与真实的史实基本吻合,表现了日军的凶残和顽固。

东团堡战斗在22日晚上10时打响,杨成武在三甲村附近内长城的一个烽火台上下达了攻击命令,邱蔚把指挥所设在东团堡南面的红花峪村。24日夜,邱蔚下达了最后的攻击命令,主力部队向日军核心工事发动总攻。十二连负责进攻高达3丈的碉堡,他们架起梯子后,三班班长王国庆带着一捆手榴弹爬了上去,不幸被子弹击中牺牲,紧接着指导员黄禄也带着一捆手榴弹爬上去,摘下王国庆身上的手榴弹一起扔进碉堡,数十名日军升了天。日本守军最后收缩在东北角的一处碉堡内,并不断施放毒气。25日上午,张家口方向的飞机向固守的日军空投物资,但却落在了八路军的阵地上。最后,堡内还剩下20多个鬼子,他们知道大限已到,拼命酗酒,无奈地唱着日本国歌《君之代》。甲田击毙了受伤的士兵和14匹战马,指挥余下的鬼子放火烧武器、粮食。待八路军冲进堡内,鬼子已全部自焚死亡。聂荣臻将军曾说:"东团堡之战,是以顽强对顽强的典型战例。"在当时八路军武器装备和各种保障远远落后于日军的情势下,取得这样的"惨胜"实属不易。

东团堡战斗中,附近的民兵也参与进来帮助抢运伤员,他们把伤员运到乌龙沟,交由印度援华医疗队抢救。战役一打响,印度援华医疗队便在巴苏华和柯棣华的率领下,赶到乌龙沟设立了火线医疗站,负责抢救在东团堡战斗中负伤的八路军。我军大部分伤员都转移到了后方抢救,很多牺牲者都被埋在了别处,只有一部分烈士被老百姓安葬在东团堡西面的小河边上。1963年,由于小河发洪水,一部分烈士遗骨被洪水冲出,老区人民又将烈士们移葬在今天的东团堡烈士陵园。

我随乡政府一名工作人员来到东团堡烈士陵园拜谒,负责照看陵园的大妈为我们打开了大门。陵园在不久前刚刚进行了重修,肃穆整齐的大理石纪念碑上写着"抗日烈士纪念碑"七个大字。我走进纪念碑后面的墓园，是一片整齐的坟冢，一些无名的野花正绚丽盛开。我数了数，一共221个坟冢，但221个坟冢没留下一个名字，叫人无限惆怅。英雄无名，在此长眠，他们长眠在用自己的鲜血换来的土地上。

大妈告诉我，陵园后的土丘就是当年鬼子炮楼所在地，土丘上长满了荒草。陵园后面的平地里，一片绿色的玉米正生机盎然。

东团堡战斗胜利后，随军记者沙飞为当时胜利欢呼的战士们留下了一张珍贵的战地照片：八路军战士站在古长城上举枪欢呼。这张照片成为经典的抗战实录。当时，沙飞在三甲村附近的乌龙沟杨成武指挥所，当东团堡的胜利消息传来，同时攻下了三甲村的二团官兵在长城上举枪欢呼，沙飞于是拍下了这张著名的历史照片。

长城，伟大的长城。踏访这昔日战场，我总爱爬上那些被当地人称为"野长城"的箭楼和垛口，极目远眺山山岭岭。如今这一带的长城坍塌严重，满目断壁残垣、荒草萋萋，但远远望去，长城蜿蜒于山脊，仍如一条巨龙盘旋在崇山峻岭间。巨龙啊，无论怎样遍体鳞伤，坚爪依然深扎于这古老的山河。

在去涞源的高速公路上，我看到了"白求恩小庙"的路标，脑海里马上浮现出吴印咸拍的那张著名照片《白求恩大夫》。原来,白求恩也在涞源战斗过。

白求恩小庙在涞源县王安镇孙家庄,下高速后就没有了路标,我一路打听,走过一个个村庄和集镇,终于找到了孙家庄。村子边上有一条小河,一群大白鹅正在水中悠闲地游动。从河坝上走过去,爬上一个小山坡,就来到了小庙前。

对于拍摄《白求恩大夫》那张照片的经历,吴印咸生前有过这样的回忆:这张照片是他在战地拍的,当时战斗在河北涞源孙家庄附近进行,医疗站设在离火线不到四五公里的小庙,白求恩同志利用两个牲口驮子盖上一块门板搭成手术台,给伤员施行手术,他的摄影镜头很自然地把白求恩同志的形象拍了下来。史料记载,这张照片拍摄的确切时间是 1939 年 10 月 28 日,这个时间正处于晋察冀军区第一军分区偷袭摩天岭的时间节点上。夕阳之下,光线开始暗下去,枪炮声越来越近,激烈的战况和从容的手术场面形成强烈的冲突。在那架德国产的"伊可弗莱斯"120 双镜头照相机的镜头下,一张兼具历史价值和艺术价值的经典照片诞生了。摄影大师的得意之作,也成了白求恩坚持工作的最后影像。

就是在这一天,白求恩在小庙里给伤员做手术时割破左手中指。本来,白求恩即将启程回国,为八路军筹措药品和经费,临回国之前,他帮助晋察冀军区组成了医疗巡视团,到各军分区去巡视。巡视团到第一军分区后，正赶上摩天岭战斗打响，白求恩执意要求到战斗最激烈的前方部队救治伤员。伤员不断从前线运来，他们连续工作了 30 多个小时。敌人的包围圈已经逼近孙家庄，炮弹震得小庙房土乱飞，直到撤离前的最后一刻，白求恩还在全神贯注地为一名腹部受重伤的战士做缝合手术。

相比吴印咸那张照片，如今的小庙已破得不成样子，屋顶上长满野草，唯一让人心安的是，70 多年过去了，它依然挺立在这里。小庙内的壁画还隐约可见，但由于保护得不好，墙壁上到处是被人乱涂乱画的痕迹。庙正中墙上贴着一幅观音画像，村民烧过香的香灰撒落一地，原来这里是一座观音庙。观世音菩萨是慈悲和智慧的象征，传说当众生遇到困难和苦痛，如能至诚称念观世音菩萨，就会得到菩萨的救护。1939 年 10 月的那一段日子，借着观世音菩萨的这一方宝地，白求恩这位"洋菩萨"在这个仅几平方米的小庙里，不知抢救了多少八路军战士的生命。

今天，小庙前的坝子中安放着一尊汉白玉白求恩雕像，碑座上一侧是聂荣臻的题词"大众的科学家和政治家"，另一侧是吕正操的题词"人类解放战线上最勇敢的战士"。我在小庙前久久徘徊，如今宁静的小村庄早已难寻战争时期的模样。

一位大姐走了过来，我和她攀谈起来。她叫赵晓燕，就是这个村子的人。我问她是否知道白求恩大夫的故事，她滔滔不绝地给我讲了起来。她说她的二爷爷和二奶奶当年参加了支前的队伍，两位老人那时亲眼见过白求恩大夫，二爷爷为八路军抬担架，二奶奶还给白求恩当过护士。如今两位老人都已过世，他们就埋在小庙对面的山上，至今还天天遥望着白求恩大夫。我无法去核实赵大姐讲述的故事的真实性，但我愿意相信，她说的都是真的。在这样的小山村，经历过那段历史的老人，如今已经没有多少了。

我们不妨来还原一下白求恩最后的日子。

9月25日，白求恩与医疗巡视团从唐县花盆村出发，先到第三军分区的于家寨二所，4天后又到二团卫生队各营卫生所，接着又到二十四团、骑兵营、一支队、老姑休养所。每到一地白求恩总要召集卫生干部，讲解战伤的各种知识，提出改进工作的意见，给当地的群众看病。

10月5日，导演袁牧之、摄影师吴印咸等来到巡视团驻地老姑休养所，随团拍摄白求恩的讲课、诊疗、手术等活动。

10月9日，白求恩到达完县神南村，对骑兵营的卫生工作进行检查指导。

10月10日，白求恩到达完县冀中军区留在冀西的后方医院。除了给伤员诊疗做手术外，白求恩还亲自指导工作人员自制各种医疗器材。

10月15日，白求恩到达第一军分区的坎下、独乐、松山、管头，检查一团、三团、独立支队等的卫生工作。杨成武在第一军分区司令部接待了白求恩和巡视团的同志们，介绍了第一军分区的战斗情况。当得知敌人在战场上施放毒气时，白求恩指导大家用纱布和石灰制作防毒口罩。

10月20日，本应是白求恩预定回国的日子，但他说："反扫荡战役就要开始了，我一定要参加完这次战役再启程。"

10月27日，巡视团一行出发赶往前线，在距涞源县王安镇5里的孙家庄村北头山坡上的一座小庙里设立了救护站。

10月28日，白求恩下午6时许做手术时左手中指被伤员的骨头茬刺破。

11月1日，医疗队准备出发，手术器械已经打包上了驮，又发现一个颈部感染丹毒的伤员，白求恩坚持做完这个手术，因为匆忙没有戴手套而引发伤口感染。

11月2日，赶到史家庄后方医院，白求恩感冒了。他仍然检查伤员并做手术。

11月3日，白求恩左手中指发炎。

11月4日，白求恩留在史家庄后方医院治疗。

11月5日，白求恩病情加重，肿胀的中指被切开放出脓来。

11 月 6 日,白求恩高烧 39.6 摄氏度,仍争着同医疗队一起上前线。路上呕吐不止。

11 月 7 日,黄土岭战斗打响,白求恩强烈要求上前线,没有骑马,夜宿太平地。

11 月 8 日,行军 35 公里,医疗队赶到离前线只有 5 公里的王家台三团卫生队,白求恩病情加重,肘关节下发生转移性囊肿。但他仍要求遇到头部、胸部、腹部有伤口的伤员一定要首先抬给他看,即使睡着了也要叫醒他。

11 月 9 日,白求恩肘部囊肿被切开,输血。

11 月 10 日,白求恩腋下淋巴结肿大剧痛,体温更高,呕吐次数更多。聂荣臻派人送来急信,要部队不惜一切代价挽救白求恩的生命。三团团长纪亭榭(其时邱蔚是副团长)护送白求恩下午 3 时到达黄石口村。这时白求恩体温超过 40 摄氏度。

11 月 11 日,白求恩病情继续恶化,他感觉到了生命的危机,给聂荣臻写信。

11 月 12 日,清晨 5 时 20 分,白求恩生命停止。

白求恩给聂荣臻司令员的信如下:

亲爱的聂司令员:

我今天感觉非常不好——也许我会和你永别了!

请你给蒂姆·布克写一封信——地址是加拿大多伦多城威灵顿街第十号门牌。用同样的内容写给国际援华委员会和加拿大民主和平联盟会。告诉他们我在这里十分快乐,我唯一的希望就是能够多有贡献。

⋯⋯⋯⋯⋯⋯

请求国际援华委员会给我的离婚妻(蒙特利尔的弗朗西丝·坎贝尔夫人)拨一笔生活的款子,或是分期给也可以。在那里我(对她)所负的责任很重,决不可为了没有钱而把她遗弃了。向她说明,我是十分抱歉的!但同时也告诉她,我曾经是很快乐的……

两张行军床,你和聂夫人留下吧,两双英国皮鞋也给你穿。

骑马的马靴和马裤给冀中区的吕司令。贺龙将军也要给他一些纪念品……

医学书籍和小闹钟给卫生学校。

给我的小鬼和马夫每人一床毯子,并另送小鬼一双日本皮鞋。照相机给沙飞,贮水池等给摄影队。

每年要买 250 磅奎宁和 300 磅铁剂,专为治疗疟疾患者和极大数目的贫血病患者。千万不要再到保定、平津一带去购买药品,因那边的价格要比沪、港贵两倍。

请转告加拿大和美国(人民),我十分快乐。最近两年

是我平生最愉快、最有意义的时日……

　　我不能再写下去了。

　　让我把千百倍的谢忱送给你和其余千百万亲爱的同志们！

　　读到此处，眼泪不能自已。这才是一个把自己完全"裸捐"的人。

　　"虽然白求恩起初是作为一名胸外科医生蜚声海内外，但他也是一个画家、诗人、军人、批评家、教师、演说家、发明家、医学著作家兼理论家。"这是 1952 年出版的《手术刀就是武器：白求恩传》前言中的一句话。可以想见，白求恩是一个多么才华横溢的人，多么富有现代意识的人。但 70 多年前，他却甘心来到苦难中国的偏僻之地。纵是在今天，孙家庄这个华北的小山村，依然是贫穷落后的，更遑论当年的环境和条件了。

　　1890 年出生的白求恩，在加拿大安大略省北部的一个伐木小镇长大。他的童年非常快乐，常常和弟弟一起在森林里抓蝴蝶，在湖上玩骑圆木的冒险游戏。他 20 多岁时当过伐木工人，还兼工人的文化老师。之后他在多伦多大学医学院学习。30 岁前，他到欧洲参加了第一次世界大战，在战役中负伤。1936 年，46 岁的他获悉自己为帮助蒙特利尔市贫民而组织的团体不被当局所接受,便毅然到西班牙参加了反法西斯的战斗。

在晋察冀,白求恩把军区后方医院建设为模范医院,组织制作各种医疗器材,给医务人员传授知识,编写医疗图解手册。在他倡议下,军区成立了胸外科医院,开设了卫生材料厂,创办了卫生学校。为了适应战争环境,方便战地救治,他组织了流动医院,并指导制作了著名的"药驮子",这种"药驮子"能够装下足以做 100 次手术、换 500 次药和配制 500 个处方所用的全部医疗器械和药品。他还发明制作了一种换药篮,被称为"白求恩换药篮",解决了药品不足的问题。他指导编写了《游击战中师野战医院的组织和技术》《战地救护须知》《战伤治疗技术》《模范医院组织法》等多种战地医疗教材。他还将自己的 X 光机、显微镜、一套手术器械和一批药品捐赠给军区卫生学校。

"一个高尚的人,一个纯粹的人,一个有道德的人,一个脱离了低级趣味的人,一个有益于人民的人。"毛泽东对白求恩的这几句评语,一绝千古。

离开小庙的时候,我随口问赵晓燕大姐:"你们这里有长城吗?"她指了指不远处的山峰:"有,就在前边的浮图峪。"

白求恩,就是嵌入中国人民血肉长城里的一块砖。

举起诗的枪刺

我要去拜谒一位诗人。诗人已经牺牲了 70 年。他倒在了抗日战争胜利的前夕。先来读他的一首诗:"三月的风,吹着杏花。/杏花,一瓣瓣地,一瓣瓣地,在飘,在飘呀。/姑娘,坐在井边,转动了辘轳,/用眼睛,向哥哥说话……哥哥,哪儿去呀?/哥哥笑了一笑,背着土枪,跑向响炮的地方去了。/杏花,飘在姑娘的脸上。/姑娘,鼓着小嘴巴,在想:/这一声,该是哥哥放的吧?"这首名为《姑娘》的诗,为我们回放了一个清新而乡土的爱情故事。唯美的画面,仿佛在时空中永恒。在烽火四起的年代,这样的抒情文字,犹如一朵亮丽的精神之花,完成了爱情与革命的合一,为诗歌涂上了少有的浪漫色调。

诗人是一位 20 多岁的青年,他心中荡漾的该是一种怎样的春心呢？别急，让我慢慢走近他。2015年4月5日，清明，又是一个杏花飘落的时节。这天好大的风，大地在风的呼啸中沉入久远的哀思。

从都市出发，进入旷野乡村。几经打听，终于找到了诗人的墓地。这是一个叫三义公墓的陵园，在河北省涿州市。此时是下午4点多钟，大风卷起花雨飞扬。陵园的大门已经关闭。我问门外卖祭品和鲜花的大姐，是否知道陈辉的墓在哪里。大姐告诉我，进园后看到墓碑最高的那个就是。她说，每年这时候孩子们几乎天天来这里扫墓。

我从尚开着的小门进入陵园，风竟然停了，园内寂静无声，整齐的墓冢一排排涌入眼睛。园内左侧，松柏掩映下，一块刻着"陈辉同志烈士之墓"8个大字的墓碑在夕阳的金辉中静立着。我为他献上一束黄菊花，久久伫立着，万千思绪飞滚。我以诗人和军人的名义，在此凭吊一位不朽的革命诗人、真正的战士。

陈辉原名吴盛辉，1920年出生在湖南省常德县双桥坪乡的一个商人家庭，从小父亲早逝，饱尝生活艰苦。陈辉7岁时入学，先后在自强小学、湖南省立三中初中部、省立常德中学高中部学习。他学习用功，成绩优异，特别爱好文学，课余阅读了大量中外文学名著。1935年冬，北京爆发的一二·九学生爱国运动大大激发了陈辉的爱国热忱。他善诗能文，开始向报刊投寄文章。第二年春,他在撰写的题为《向前》的文章中写道:"作为青年学生的首要任务,是应当唤起人们挺胸向前,救亡图存。"他还用笔名"成辉",发表了一些新体诗。

1938年1月,中共湖南省工委派帅孟奇到常德恢复发展党的组织,领导建立了中共常德特别支部。不久,经周文雄、向光源介绍,陈辉加入了中国共产党。入党后,他积极发动组织青年学生进行抗日救亡斗争。一天凌晨,他带着大姐为他筹措的20块银圆,将党组织写给武汉八路军办事处的介绍信缝在衣角里,启程出发了。他涉过重重险阻,从沅水河畔来到了向往已久的革命圣地延安。陈辉进入延安抗大五大队和晋察冀抗大二分校学习两年毕业后,被分配到晋察冀通讯社当记者。这期间,他为《晋察冀日报》写了大量揭露日寇侵华罪行、鼓舞军民奋起抗战的消息、通讯和特写。他目睹人民遭日寇烧杀的情景,满腔怒火燃烧,发誓要"举起诗的枪刺",同敌人拼死搏斗。在前线,他写下一篇又一篇八路军英勇杀敌的报道,创作出100多首感人肺腑的新诗,发表在《诗建设》《群众文化》《子弟兵》等刊物上。那时,他与田间、邵子南、魏巍等同志都是晋察冀诗会的会员。耳闻炮轰枪鸣、叟哭婴啼,眼见断壁残垣、尸横处处,他心如刀剜,再也不满足于用笔痛击敌人,决心到最前线去,同日寇面对面拼杀。他接连递交了两份请战书,领导考虑他是"笔杆子",

又不习惯北方战争环境,开始没有同意。他再三请战,上级才批准他到涞涿五区去先后担任青救会主任、区委书记、武工队政委。那个地区斗争极为残酷,可谓九死一生。陈辉去之前,接连有 5 任区委书记牺牲,但他毫不畏惧,甘愿做第 6 个。

在战友的眼里,陈辉个子瘦小,脸庞黝黑,有着一双睿智而深邃的眼睛。他经常穿着那件又旧又破的大棉袄,腰里系着麻绳,头上扣着毡帽子,脚穿露着脚趾的布鞋,乍看就像当地的小羊倌。在战场上,陈辉的机智和勇敢令鬼子闻风丧胆。他深入几十个村庄,发动青年千余名,组成若干个"青年抗日救国先锋队",白天从事农业生产,夜间进行军事操练,并带领群众挖掘地道,抗粮抗夫,处决汉奸走狗,搞得日伪军惶恐不安。1941 年夏,他在县委领导下,举办了两期青年干部训练班,为发展抗日青年工作培养了一批骨干。

1943 年冬天,区里决定召开上层人士参加的绅士会。会期临近,身在涿州城里的两个重要人物还未通知到,陈辉决定自己去县城一趟,区长陈琳直摇头:"这太危险!"陈辉谢绝劝阻,穿上日本鬼子的军装,跨上战马,带上通讯员,巧妙地骗过城门口警戒的日伪军,闯进城里通知两位绅士如期到会。他在城里逗留期间,还写下了署名"神八路"的《双塔诗》贴在城头:"双塔昂首迎我来,浮云漫漫映日开。千年古色凝如铁,一身诗意铸琼台。涿郡胜状留人叹,张侯豪志潜胸怀。今朝仰拜晴斓面,明日红旗荡尘埃。"诗人情怀,锋芒毕现。当地老百姓称他是"双手能写梅花篆字的神八路"。

1944年夏天,陈辉带武工队跨越到平汉路东敌人的心脏地区开展工作,10天中连续5次被敌包围。一天深夜,陈辉指挥突围后,发现丢了一名战士,他冒着枪林弹雨两次进村救出这名战士。陈辉胳膊挂花,鲜血染红了小褂,他忍痛主持开会,研究为什么10天5次被围,经过分析找到了原因,原来敌人以千元大洋悬赏陈辉的人头。有个绰号叫"花姑娘"的特务,把武工队的行踪报告了敌人。当天夜里,陈辉带三名战士,闯进她家,把这个败类拖出来处死在村外树林里。

他和队长陈琳带领武工队,配合八路军主力部队摧毁敌人据点,先后拔掉孙庄、横歧和常村3处敌军炮楼,消灭敌军70余名,缴获一批枪支弹药,使得城里的日伪军不敢轻易踏进拒马河西岸。尽管日军出动大批人马,到处搜索,清查户口,结果连武工队的影子也没有发现。离拒马河下游四五公里的宁岗,驻有一支300多人的伪军队伍,头目是当地大恶霸曾汉章。陈辉决意用"引蛇出洞"战术除掉他。寒冬的一个夜晚,陈辉和陈琳带5名神枪手,埋伏在宁岗镇外,而后通过内部关系诱骗曾汉章带一个中队到镇上客栈捉拿"二陈"。曾汉章被骗到客栈,陈辉和陈琳从大门两侧跃出,左右开弓,将曾汉章和几个敌人撂倒,然后越窗撤走了。武工队夜闯宁岗处决大汉奸曾汉章,如神话在晋察冀边区流传。

1944 年冬,县委集中全县军政干部进山整训,各区只留下少数干部坚守工作岗位。11 月 11 日,数百名日伪军乘虚而入,将四区区长陈琳和几十名武装人员围困在马踏营河套。经过一天的激战,陈琳等 30 多名干部战士英勇牺牲。陈辉得知这一消息,立即从山区赶到马踏营,望着烈士的遗体,悲愤地写下壮烈的《祭诗》:"英雄非无泪,不洒敌人前。男儿七尺躯,愿为祖国捐。英雄抛碧血,化为红杜鹃。丈夫一死耳,羞杀狗汉奸。"陈辉向县委请缨,要求率武工队到平汉铁路以东的敌占区去,开辟新的敌后抗日根据地。县委了解陈辉的倔强性格,批准由他带领一个小分队深入敌后,他们的任务是把铁路线以东的群众发动和组织起来,开展锄奸活动,搅乱敌人的阵脚。一天晚上,陈辉带着一支 30 多人的武工队,踩着残雪,穿过平汉铁路,来到日本特务中队和伪军王凤岗的"联防地带"。他和通讯员来到范庄、韩村一带布置工作,准备反攻敌人,不料被叛徒告密。

1945 年 2 月 8 日凌晨,陈辉和通讯员王厚祥住的韩村堡垒户王德成家的小院,被 100 多日伪军包围。陈辉当时住在西屋,正赶上生病,上吐下泻,没有及时转移。王德成的妈妈为陈辉做了碗面条,陈辉刚端起热气腾腾的饭碗,无耻的叛徒领着特务魏庆林、张杰英破门而入,枪口对着陈辉:"你跑不了啦!"沉着机智的陈辉趁着放饭碗的刹那间,顺手抓起身边的手枪,"啪"一声,打中魏庆林的手腕,两个特务慌忙退出院子。这时敌人已把小院包围得水泄不通,陈辉和小王坚守在屋里抵抗。陈辉最后从门里往外冲的时候,被堵在门外的特务环腰抱住,陈辉拉响了最后一颗手榴弹。"一个战士,把子弹打完了,就把血灌进枪膛里","枪断了,用刺刀手榴弹,手榴弹爆炸了,用手、牙齿……敌人不能活捉我,当他们捉住我的时候,也正是我把生命最后交给土地的时候。"这是陈辉曾经说过的话,他实现了自己的诺言。年仅24岁。

陈辉牺牲后,灭绝人性的日伪军并未就此罢休。敌人把陈辉从韩村抬到伪警察署驻地松林店,残忍地把他的头颅用铡刀铡下,挂在炮楼外边的树上示众,把他的身躯喂了狼狗。附近的群众看到贴心的武工队政委受到这样的奇耻大辱,无不义愤填膺、怒火万丈。几天后,一个大雪的深夜,韩村的共产党员李宗尧,冒死把陈辉的头从树上摘下来,秘密埋在一个地方。革命胜利后,松林店等村农民代表会,把他的头颅安葬在松林店镇楼桑庙村三义宫。1992年,涿州市政府建立德育教育基地,将陈辉墓移至三义公墓安葬。

在艰难的战斗环境中,陈辉练就了一种特殊的本领:他在大棉袄上特制了一个长兜子,兜里常放着许多纸,当审讯敌人或和别人谈话时,他手插进兜子,把纸展平,暗地里做着记录,使别人毫无觉察。当然,这个兜子里装得最多的,是他的诗稿。

陈辉用了四五年的时间,在残酷斗争的间隙,写下了 1 万多行诗。这些诗,曾写在敌后乡村的墙壁上,写在街头、广场,曾作为传单,由他亲手刻版油印出来,散发到前线,还巧妙地通过送食品的人把油印诗带进炮楼,引起了鬼子一片惊慌……

在他的诗稿空隙中间,有一段话:"上七首诗,是在八区写的,马上就油印了。第二天,口底战斗的时候,我把他(它)散在唐县城三里外的村里。我要让他(它)像几粒种子,种到城里去。"新中国成立后,著名诗人萧三主编的《革命烈士诗抄》选入他的 3 首诗,作家魏巍主编的《晋察冀诗抄》选入他的十几首诗,诗人田间于 1958 年出版了他的诗集《十月的歌》并作序,这本诗集受到读者广泛赞扬,并翻译成日文在日本出版。

《十月的歌》将陈辉"含着泪战斗,笑着脸响枪"的战斗生活,一页一页展现在读者面前。他的呼吸是祖国的呼吸、平原的呼吸,他的信念是这片土地的信念、村庄的信念。平原老爹的皮袄替他挡过风寒,平原大娘的荆芥汤为他驱过病魔,张家大嫂为他洗过衣裳,李家妹子为他备过干粮……他是他们的儿子,是他们的兄弟。房东大娘的窗台旁,拒马河边的青石上,月华如水的山涧里,一望无际的青纱帐……到处是他凝思默想的身影,是他以诗为枪的战场。打鬼子、护粮食、惩汉奸、拿据点,刀光血影里,他把诗刺进敌人的心脏,刺进战争的最深处。他痴迷、他沉醉,他激情澎湃、他斗志昂扬。他有太多的挚爱,也有太多的哀伤。他的生命短暂而壮烈,他的精神深邃而悠远。他的诗,没有精雕细琢的华美,他用最纯净、最朴素的语言,倾诉着对祖国、对土地、对父老乡亲、对战友兄弟最深沉丰富的爱。他用泪、用血、用生命把诗写进了民族的记忆。著名作家魏巍称陈辉"是一个英雄的诗人,诗人中的英雄"。他说:"陈辉的诗,使人感到他是一个浑身渗透着忠诚、热情的年轻战士,他的诗流露出一片孩子式的纯真。"是的,勇敢的诗人,他把牺牲看成了美丽生命的延续:"我的晋察冀呀,/也许吧,/我的歌声明天不幸停止,/我的生命/被敌人撕碎,/然而/我的血肉呵,它将/化作芬芳的花朵,/开在你的路上。/那花儿呀——/红的是忠贞,/黄的是纯洁,/白的是爱情,/绿的是幸福,/紫的是顽强。"

日本九州大学教授上尾龙介把陈辉的诗集《十月的歌》译成日文,传到国外。上尾龙介对陈辉的战斗生涯和创作做了比较详细的介绍和分析,因他自己也曾上过战场。1985年,上尾到涿州追寻陈辉的足迹,采访过一些跟陈辉打过交道的人,并撰写文章歌颂他作为一个诗人、作为一名抗日战士的英雄事迹。陈辉有一首短诗《一个日本兵》扣动了日本人的心弦，引起了广泛共鸣。很多日本人认为，这首诗只有经过战火洗礼的人才能创作出来。"一个日本兵，/死在晋察冀的土地上。/他的眼角，凝结着紫色的血液，/凝结着泪水，/凝结着悲伤。/他的手，无力地/按捺着，/被正义的枪弹，/射穿了的/年轻的胸膛。/两个农民，背着锄头，/走过来，/把他埋在北中国的山冈上。/让异邦的黄土，/慰吻着他那农民的黄色的脸庞。/中国的雪啊，飘落在他的墓上。/在这寂寞的夜晚，/在他那辽远的故乡，/有一个年老的妇人，/垂着稀疏的白发，/在怀念着她这个/远方战野上的儿郎……"陈辉这首诗抒发了对发动这场侵略战争的日本军国主义者的控诉，这场战争带来的灾难不仅是中国人民的，也是日本人民的。很多日本读者认为陈辉诗歌里充满着超越敌我的温暖，他们认为这首诗的主调并不是出于对日本兵的憎恨，而是对被大日本帝国逼着去当侵略军士兵而死去的日本青年表达了一种静静的哀悼之情，他的想象力和崇高品质值得赞赏。只有超越仇恨，走向跨民族的悲悯和爱，"二战"这样的悲剧才可能不再重演。否则，我们会陷入冤冤相报的怪圈。陈辉超越国境、超越敌我之间的憎恨，对丧命于战场上的日本士兵表示哀悼，并遥想远在日本的死者的母亲，使很多日本人深受感动,促使他们这些加害者的后代进行深刻反省。

当我准备离开陵园时,过来一位守墓的老人,我和他攀谈起来。老人叫苗江,今年60岁了,他说他上小学的时候就年年去楼桑庙村给陈辉扫墓,陈辉墓迁到这里后,他来这里工作,在这里为他守墓十几年了。老人说,陈辉是抗大毕业的,作战十分勇敢。现在,陈辉的战友陈琳的墓也迁到这里来了,一个是武工队长,一个是政委,他们并肩长眠在这里。为了求得民族的解放,两个年轻的革命者仅20多岁就牺牲了。当年,陈辉为悼念陈琳而写下的《祭诗》,被人们刻在了他自己的墓碑上。

陵园外,大风又起,风萧萧兮。英雄骨葬大风,他安然地沉睡于用生命和诗歌战斗的这片土地。

他们的劳工岁月

一

时值五月,河北献县大陈庄李运德老人的小院充满着无限生机。院子里的菜地绿意盎然,四周开满了鲜艳的月季和石榴花。和我一起前去拜访老人的孙靖律师是个摄影爱好者,她不停地对着那些花儿"咔嚓"着。作为志愿者,孙靖一直致力于为"二战"中受日本残害的中国劳工、"慰安妇"、细菌战受害者讨还公道。我们这次献县三人行,还有一位朱春立大姐,她是原中国驻日本大使馆的外交官,退休后在故宫博物院做研究工作,她也是一位资深的志愿者。

李运德老人今年90岁,仍然思维敏捷、表达清楚,老人有

5个儿子、2个女儿，全家50多口人，如今是大陈庄最大的家族，孩子们办的企业在当地远近闻名。

孙靖和朱春立长期为"中国被掳往日本劳工联谊会"义务做事，此行，她们是就劳工与日本三菱公司有关谢罪、赔偿案来与健在的劳工和劳工遗属们进行情况沟通与交流。如今像李运德老人这样还健在的劳工已经很少了。

今天，李大爷的晚年生活十分幸福，但在内心深处，还有一个疙瘩死死缠着他的魂，久久无法解开……

1944年5月3日那天，日军包围了大陈庄，他们见到身强力壮的男子就抓起来，把人全部集中到村子边上的河滩上，然后用枪逼着这群人上了汽车，16岁的李运德也被抓了。汽车开到交河县日本监狱，这些摸不着头脑的无辜者被关了进去，光大陈庄就被押来了17个人，关了两间屋子。几天后，日本人又押着他们到了天津塘沽，以4个人为一排被赶到一艘大船上，押送的日本人手里拿着上了刺刀的大枪。

人们大概明白了，穷兵黩武的日本，此时国内已经严重缺乏劳力，这些人是要被掳去日本做苦工。为了防止这些人跑掉，日本人统一给他们换上了黑色的衣服。船是货船，里面装着煤，煤上面是席子，大家就躺在席子上。船开了，一船人都哭着跪了下来，给家乡的二老磕头，这一去不知还能不能活着回来。船走了十几天,吃的都是棒子面窝窝头。途中死了一些中国人,日本人就直接把他们扔到了大海里。船上的翻译官对大家说:"日本太君说了,把你们送到日本国去做活,做两年就回来。"

就这样,李运德来到了日本长崎的高岛煤矿做工,12个人分一个班,由一个日本寮长管着,每天做工12个小时。日本人根本不让劳工吃饱,怕吃饱了闹事。每天早上每人吃两块比火柴盒大不了多少的小糕,日本人再发给他们两个略大一点的卷子(黑面做的,像国内的花卷)充作午饭,卷子不能提前吃,谁提前吃了不但要挨打,晚上还要被掐饭(不给饭吃),挨饿。每天吹3遍号,第一遍是早晨5点起床,第二遍号是吃饭,再一吹就上煤窑了。日本人禁止劳工们在屋子之间随便串,实际上大家每天干完活从井下上来,连走路的力气都没有了,更没有精力四处串,回来都是在睡觉的地方躺着。

一天,有个工友肚子疼,在煤窑里疼得直打滚,那样子快要死了,大家就去把日本人找来,当日本人来的时候,他疼痛的症状有所减轻,就让他继续干活,只是干得少一些,结果晚上回来打饭的时候,一点饭也不给他吃,大伙只好一人给了他一点。日本人认为一告病号就是装病,就要掐饭。有一次干活出来的时候,遇到了塌方,劳工们倒没害怕,管他们的日本头儿却哭了,说塌了出不去,没有空气了,死了死了。他这一哭,大家才开始害怕,有的也跟着哭了起来。后来,外面的人挖了一个窟窿,大家才爬出去。

煤窑上有一个三个菱形的标志,多年后,李运德在汽车上又看到了这个标志。

大约过了一年半这种牛马不如的生活,美军的飞机过来把煤窑和发电的地方炸坏了,劳工们没法下井了。有一天,李运德他们听到了一声巨大的爆炸声,他们哪里知道,那是美国人在长崎投下的那颗叫"胖子"的原子弹。

日本投降了,但日本人没有把这个消息告诉劳工。没有活做,就集合劳工们看电影。大家跟寮长说吃不饱,这时给他们吃的东西稍多了一些,蒸的卷子比原来厚了一点。劳工们哪里知道,他们这是享受了战胜国的待遇。后来,有个叫三田的副寮长送他们去佐世保市,到了那里他们才知道日本已经投降了。看到这一群衣不蔽体的劳工,来自其他地方的劳工说,你们这个样子怎么回国,管他们要新衣服。他们于是通过翻译找日本人要衣服,结果衣服很快就送到了。

不久,他们坐船回到了中国。到了天津,政府在北洋大学设立了劳工接待站。瘦得只剩下几根骨头的李运德回到家里,只有孤苦伶仃的妈妈还活着,母子俩抱头痛哭。经历了在日本当劳工九死一生的命运,年纪轻轻的李运德懂得了活着的意义。

1946 年他秘密加入了共产党，1947 年在家乡参加了解放军，担负保卫区公所的任务。1949 年新中国成立了，他退伍回家开始务农，1954 年李运德当上了村里的支部书记，一直干了 17 年。后来，献县这一带的劳工们自发成立了一个协会，逢乡村赶集的时候，大家还聚在一起聊一聊过去的事，最多时他们聚集了 140 多人。他们还自编了歌曲来痛诉日本军国主义的行径，歌曲《劳工叹五更》采用河北民歌调式，李运德老人深情地唱起来：

一更鼓儿嘣

可怜的中国人被日本抓劳工

死活说不清

抓到了日本国做了苦劳工

事事都服从

人生的自由全都没保证

不许你说来不许你动

谁要是违背了坚决不宽容

二更鼓儿敲

可怜的劳工们一早下煤窑

吃饭不管饱

给得也很少，六口七口就吃完了

全都下煤窑

干活的任务可不小

谁要是干活少一点

挨打和受气没法瞧

三更鼓儿难

可怜的劳工们有病不给看

有了病还掐饭

除非是重病才能上医院

重病也不给认真看

过了五天和七天

你这个病就是好不了呀

你这个小命就上西天

四更鼓儿短

可怜的劳工们全盼这二年

企盼把家还

盟军的飞机来轰炸

炸毁了煤窑和发电

没有电什么也不能干

听说小日本这下亡了国

受苦的劳工们要吃又要穿

你要是不给，我们就造你的反

小日本一看事不好

只好让我们回国上了船

五更鼓儿全

可怜的劳工们上了货轮船

这才把祖国还

来到了塘沽下了货轮船

一家子老少这才得团圆

老人们谢地又谢天

多亏了八路军打败了小日本

我们才回还

感谢共产党解放了咱

　　李运德老人说，能活着回国已是幸运，现在向日本讨还公道，也是对惨死在日本的劳工的安慰。当时一个片区有 150 多人,现在只剩下两个人还活着,即使最后只剩一个,也要把向日本诉讼这个事情办下去。李运德还在等待日本人的谢罪。

二

听说我们来了,一大早,张桂英的大女婿开着一辆轿车,把她送到了李运德老人家里,来和我们见面。一谈起过去的事情,张桂英就忍不住悲痛流泪。

1943年5月,张桂英4岁。在献县的日军监狱,她最后一次见到了父亲张培林。那时,她父亲是八路军五部侦察员,在执行任务时被捕了。村里的抗日政府把消息告诉了她母亲,于是母亲带着哥哥和她去监狱探视。父亲是个1米9的大个子,身体很粗壮,脸上有伤,她只记得母亲在不停地哭。之后她的父亲就失踪了。

那时她家还有爷爷奶奶,一共6口人,靠卖炸馃子生活。父亲失踪以后,爷爷也被抓走,放回来时被打得遍体鳞伤,几天后就病死了,不久终日以泪洗面的妈妈也病死了。再后来,奶奶眼睛哭瞎了,有一天不知吃了什么东西,突然肚子疼,也死了。这个家庭就剩下她和8岁的哥哥,两个孤儿开始流浪讨饭。冬天下着雪,雪没到大腿,天很冷,腿冻得疼,两个孩子没地方住,只好钻到人家看场的小房里,把柴火盖在身上。有一天,他们看到一栋大房子,看样子很富,饭还没要到,跑出来一条狗,把她的腿咬了一口,现在还有疤。

1949年,政府派人把张桂英兄妹找了回去,由政府照顾,还出钱供他们上学,每个月5块钱。1950年,他们被定为烈士家属,这时他们才知道爸爸死了,但没有人告诉他们爸爸是怎么死的。张桂英长大以后还当了村里的赤脚医生,后来结婚生子,她生育了5个孩子,孙子辈的孩子们全部都是大学生。哥哥因为小时候讨饭在外面冻坏了身体,没有生育能力,现在也80多岁了。看一看张桂英苦命的过去和幸福的今天,作为中国人,我们真切地体会到了什么是一个国家的道路自信、理论自信和制度自信。

1998年,张桂英突然收到一封从日本寄来的信,信封上的地址写着"中国河北献县十五级乡张大岛村"(实际是张大马村),寄信人叫平野伸人。信中说,她的父亲曾在日本长崎县三菱矿业公司端岛矿业所干过活,然后因为在矿上伤人致死,1944年9月被长崎县刑务所判了8年刑,1944年12月10日死去。

这简直像一部离奇的小说故事,55年的时光,父亲所经历的那些事竟然在另一个不为人知的世界里沉淀着。张桂英心里五味杂陈,她渴望去触摸父亲身上那久远的温度,她的心里仿佛苏醒了一座沉睡的火山。

过了一段日子,当地有一位叫郑欣的历史调研员(也是一位志愿者,已病故),带了两个日本人来找她,一个是《朝日新闻》的记者木村英昭,还有一个是翻译老田裕美。木村给了张桂英一本书,书的作者正是平野伸人。书是用日文写的,那本书里写到了她的父亲,上面对她父亲的死,有3种不同的说法。这本书后来被郑欣要走了,随着郑欣的去世,书也不知所终。但有心的张桂英从那本书上抄到了一些父亲工友的名字。

木村还告诉张桂英,说她父亲的骨灰盒找到了,在天津。于是,1999年6月,她和哥哥在郑欣、木村英昭和老田裕美的带领下,到了天津在日殉难烈士·劳工纪念馆。工作人员将张培林的骨灰盒取了出来,上面写着"献县张大马村张陪林"(实际应为张培林),有一层布包着,布面已经旧了,打开布有个木箱子,里面放着一个小罐子,上面有盖,罐子里就是她父亲的骨灰。兄妹俩祭拜了自己的父亲,撕心裂肺地痛哭。从1943年日军监狱一别,谁会想到半个多世纪后,他们与自己的父亲这样相见。他们想把父亲的骨灰拿回去和母亲的骨灰葬在一起,但纪念馆的负责人没有同意,现在骨灰还在天津。后来,他们寻找父亲骨灰的照片登在了1999年10月9日的《朝日新闻》上。

张桂英从平野伸人那本书上找到了李庆云、赵连印、李志成等 11 个幸存者。她发动孩子们不断打听寻找,要找到当年和父亲一起做工的工友,想亲耳听一听父亲是怎么死的。功夫不负有心人,后来他们找到了住在东光县县城的李庆云老人。她让儿子开着车,迫不及待地到了李庆云家。李庆云也没想到张培林还有后人,老人把她父亲的情况详详细细说了一遍。他说,她父亲个子很高,身材魁梧,劳工们每天要干活 15 个小时以上,每顿才吃两个小馒头,有时日本监工还借故不给饭吃,实在忍无可忍,张培林就联合劳工们罢工,日本监工小田岛种吉见状,抄起沉重的钻头朝张培林砸去,张培林夺过钻头,反把小田岛种吉打伤了,然后就被警察抓走了,最后惨死狱中。张培林最终没有逃出日本人的魔掌。

三

刘占一是河北省阜城县建桥乡建北村人,1944 年 4 月 20 日那天,村长派 18 岁的刘占一到县城去给日军清理马粪。他正在清理马粪时赶上日军抓人,结果把他也抓了进去,被送到长崎的崎户岛当劳工。在日本的矿上,有点事就挨打,挖煤不够量更得挨打。有一天他得了重感冒,不能上班,中队长看他是真的病了,就让他干点轻活,结果被寮长看见,二话没说就扇了他两嘴巴。有一次在井下快下班时,一个叫西村的日本人问带工的带了几个亡国奴,刘占一听到这话禁不住嘟囔了一句"说不定将来谁是亡国奴呢",日本人虽不懂他的话,但从他的表情上看出来了,过来就打了他两嘴巴,到了井上面西村把他推到地上继续殴打,直到很多中国人下班过来,西村看到中国人越聚越多,才不再打了。

1999 年,美国加利福尼亚州通过了州参议员海登提交的SB1245 号提案,根据这项提案,在德国和其轴心国(包括日本)战争犯罪下的受害者,可以向与加州有生意往来的公司要求赔偿,有效期到 2010 年 12 月。正是因为有了这项法案,在一些华侨的资助下,2003 年 5 月,孙靖和郑欣带着李运德、李桃景、刘占一、张桂英他们到了美国洛杉矶,正式在加利福尼亚州高等法院,向日本三井和三菱公司提出诉讼,要求日本公司进行损害赔偿和惩罚赔偿。美国和英国最有影响力的媒体迅速报道了此案,当时英国广播公司报道称:"中国公民向美国法庭提出尝试性的上诉,要求日本公司赔偿二战时期中国劳工的损失。被推上洛杉矶法庭的是日本的三菱公司和三井公司。起诉书指责两家公司绑架了成千上万的中国劳工,并且把他们像赶牲口一样赶到火车和货船上,然后送到日本本土当苦役。"但后来美国迫于日本的压力，取消了这项法案，因为失去依据，案子不了了之，但4位劳工及遗属的证词已经写入美国法院的档案。4位穿着朴素的中国农民，曾在美利坚的土地上，向日本军国主义发出正义的诉讼和追问。如今，李桃景和刘占一已经去世，他们都是普通的中国人，他们身后那些故事，是中国历史的断面。

　　不久，朱春立老师打来电话告诉我，她通过东京的律师森田泰山先生找到了日本左翼人士平野伸人先生，平野先生从日本寄来了有关张培林的资料。6月5日，朱春立老师坐地铁从北京东四来到我上班的游坛寺附近，亲手把平野先生寄来的《在军舰岛上静静地听——被强行掳至端岛的朝鲜人、中国人实录》（军舰岛，战时称端岛，现已成无人岛）这本资料交给了我，并站在马路边逐字逐句为我翻译了有关内容。令人感动。

　　《在军舰岛上静静地听——被强行掳至端岛的朝鲜人、中国人实录》这本书中记载，日本昭和十九年（1944）7月这一个月当中，端岛三菱矿业所有4名中国劳工相继死去，死亡原因不详。中国劳工群体极可能出现强烈不满和骚动，并组织了反抗罢工行为。8月6日，包括张培林在内的两名中国劳工被日本监工小田岛种吉殴打。9月20日，张培林将40岁的小田岛种吉伤害致死。5天后，张培林被关进监狱。长崎刑务所资料显示，张培林于12月10日因肺结核病死狱中。但入狱短短75天就因肺结核病死,是极不正常的。

张培林的遗体被送往长崎大学医学部用作人体解剖,长崎刑务所存有长崎大学医院开出的证明。遗体解剖后进行了火化,骨灰转入泉福寺安置。长崎原子弹爆炸后,骨灰不知所终。至于张培林的骨灰后来如何回到祖国并存放在天津在日殉难烈士·劳工纪念馆这一段史实,目前尚无资料可查。《朝日新闻》的记者木村英昭如何发现张培林的骨灰存放在天津的,目前也未找到资料。

八路军张培林的一生,还有很多待解之谜。愿他安息。

狱中,她写下托孤遗书

故事从一封遗书讲起。

这是一封十分特别的遗书。一张淡黄色的毛边纸,纵 14.5 厘米,横 13 厘米,只有一个巴掌大小,信上的字迹娟秀,却挤挤挨挨、涂涂画画,随着时间流逝,字迹已经有些漫漶了。

"假若不幸的话,云儿就送你了,盼教以踏着父母之足迹,以建设新中国为志,为共产主义革命事业奋斗到底。"信写得字字戳心、句句催泪,而字里行间又流露着极高的境界和无限的信心。何等豪气干云的人,才能写出这样光明无私的托孤遗书!

如今, 这件一级革命文物保存在重庆——中国三峡博物馆。

2020 年 8 月 12 日,我来到这里。隔着玻璃罩,我静静地站在这封遗书前,逐行逐字细细读着。我读了很久,一遍又一遍。

这封遗书贮存着这座城市甚至这个国家过去与未来的红色密码,像一条绵绵不绝的河流,一直在流淌。我不远千里、翻山越岭而来,只为打捞那些血泪纠缠、硝烟弥漫的往事,并向人们一一讲述。

遗书写于农历己丑年八月二十七日,即 1949 年 10 月 18 日,写信人署名为竹姐。此时中华人民共和国已经成立,但山城重庆还没解放,竹姐被关押在重庆歌乐山渣滓洞监狱一间昏暗潮湿的女囚室里。

竹姐就是小说《红岩》中知名度最高的烈士"江姐",真名江竹筠。1947 年 11 月,江竹筠与遗书中"孩子的爸爸"彭咏梧(原名彭庆邦)一起去下川东组织武装起义。1948 年 1 月,彭咏梧在起义中牺牲。不久,继续坚持战斗的江竹筠因叛徒出卖被捕。狱中,江竹筠受尽酷刑折磨,但始终坚贞不屈、视死如归,严守党的机密。

中国人民解放军胜利进军的消息不断传来,狱中的江竹筠隐约感到敌人会在失败前丧心病狂地进行大屠杀。骨肉亲情,母子连心,此时她心中最割舍不下的是年仅 3 岁的儿子彭云,即遗书中的"云儿"。

女牢里,有个叫曾紫霞的女孩和江竹筠关在一起。因为叛徒冉益智的出卖,时任中共重庆沙磁区学运特支书记的刘国志和未婚妻曾紫霞一起被捕。冉益智把注意力集中在刘国志身上,没有向敌人招供曾紫霞是共产党员。刘国志的家人一直在大力营救他们,特务头子徐远举虽然不同意释放刘国志,却同意释放他的未婚妻曾紫霞。这个消息被江竹筠她们策反的看守黄茂才提前透露给了曾紫霞。曾紫霞知道江竹筠牵挂自己的孩子,就对她说:"江姐,你写封信我带出去吧,等我打听到了云儿的情况,再通过黄茂才传进来。"

农历八月二十六日夜里,趁看守不注意,江竹筠将吃饭时偷偷藏起的筷子一头磨尖为笔,又从棉被里扯出一些棉花,浸在油灯里烧成灰,再调上一点清水,制成了墨水。她在一张毛边纸上开始给谭竹安写信,她清楚,这封信可能是她的绝笔。简陋的笔、纸、墨,书写起来很不流畅,她有满腔的话要说,但情长纸短,只能字斟句酌。在牢房里,还要时刻避开看守的监视,江竹筠只能把自己蒙在被子里,就着透进来的一点光,信写得很慢很慢。

"友人告知我你的近况,我感到非常难受……孩子给你的负担的确是太重了,尤其是现在的物价情况下,以你仅有的收入,不知把你拖成什么个样子。除了伤心以外,就只有恨了……"竹筠的恨,是对国民党当局的恨,恨丈夫被杀害,恨自己身陷囹圄圈,恨不能照顾亲生骨肉……然而,虽然有对反动当局满腔的恨,她却对自己的行为欣然无憾。

"我有必胜和必活的信心,自入狱日起我就下了两年坐牢的决心,现在时局变化的情况,年底有出牢的可能。"她当然满怀着出狱的希望,盼望着胜利的日子,但对敌人有可能"作破坏到底的孤注一掷",她也作了充分的思想准备,铁窗之下,镣铐在身,生命随时可能被夺走。

"孩子们决不要娇养,粗服淡饭足矣。"苦寒砺真才,这样殷殷的嘱托,是朴素的共产党人在长期的革命斗争中悟出来的,是在那样的环境里总结出来的,饱含着一个母亲对孩子深深的慈爱。

断断续续写到第二天,才把这封信写完,江竹筠又犹豫了,到底让不让紫霞带出这封信呢? 她对紫霞说:"我看还是算了吧,特务是要检查的,万一搜到了啷个办? 你能出去已是万幸,要是不让你出牢了就不值得了。"紫霞却早有主意,她把一只棉衣袖子撕开,将这封信用棉花裹好塞进去,再用针线细细缝好,果然一点也看不出来。

曾紫霞出狱了,信被完好无损地带了出去。

时光回溯,1941 年的一个秋日,重庆朝天门码头,一身粗布衣衫打扮的地下党云阳县委书记彭庆邦从轮船上走下来,26

岁的他从此改名为彭咏梧。川东特委此次调彭咏梧从云阳来重庆，是让他担任正在重建的重庆市委第一委员，全面负责市委工作。特委负责人王致中向他介绍了遭到严重破坏的重庆地下党组织现状，语气凝重地说："白色恐怖的局势对我们非常不利，你有经验，所以特委把你调来，相信你能克服困难。"

当天，王致中把彭咏梧介绍给了在国民党中央信托局任人事处副处长的中共地下党员何文遽："老彭现在是重庆市委第一委员，特委决定由你任第二委员，协助老彭工作，请你负责给他安置一个合适的社会职业。"

经过何文遽多方运作，几个月后彭咏梧考入中信局，成了有头有脸的中级职员。然而，因为他还是单身职员，依然住在中信局的集体宿舍，很不利于隐蔽。

亟需给彭咏梧安排一个可以自由活动的住处和一位可靠的助手，这个助手最好是位稳重的年轻女同志，与彭咏梧假扮夫妻，组成一个"家"。市委研究后，选中了江竹筠。江竹筠是新市区区委委员，温文尔雅、稳重干练，不仅把新市区的女党员联系得很成功，而且把沙坪坝一带高校的地下党工作领导得很有成效。

彭咏梧搬到了新家，当天他就把"太太"江竹筠接来了。那天晚上，中信局的同事们得到消息，蜂拥而至，嚷着要一睹彭太太的芳容。热闹过后，客人们走了，两个人像电视剧《潜伏》里的余则成和翠萍那样，为谁睡卧室、谁睡客厅争执了很久。这个"新婚"之夜，两个人干脆不睡，谈论起时局以及如何共同生活、工作。刚开始与彭咏梧一起生活时，竹筠很不习惯，邻居称呼她"彭太太"，她总以为不是叫她，但很快她就大方地和人们呼应起来。只是到了晚上，两人各自忙完工作学习，分床而居。

1944年春节前，江竹筠与同是地下党的女同学何理立约在一起，去新华日报社营业部买刚到的苏联小说《虹》。从营业部出来，她们突然发现有特务跟踪，江竹筠低声对何理立说："自然点，装作没事，往人多的商店里钻。"两人好不容易甩掉了这个"尾巴"。小心翼翼回到家，江竹筠将此事报告了彭咏梧。彭咏梧大吃一惊，认为她们有很大的暴露危险，断然决定让她们立即撤往成都隐蔽。

江竹筠到成都后，组织上想办法给她弄了一个名叫"江志炜"的高中文凭，她经过认真复习备考，顺利考上了四川大学农学院植物病虫害专业，这是很好的隐蔽方式。川东地下党组织出于安全考虑，决定不转江竹筠的组织关系，指示她可以用普通学生的身份，做一些群众性的学生工作。在这种情况下，江竹筠参加了川大的中国青年民主救亡协会，在川大学运中扮演一个隐蔽的幕后策划者和推动者。这时，她突然得到一个秘密通知,组织上批准她与彭咏梧正式结婚。组织上这样决定,是因为江竹筠与彭咏梧这对假夫妻扮得太真,现在难以向周围的人道明真相,重庆的地下工作需要彭咏梧继续战斗下去,他们就必须把"夫妻"关系继续巩固下去,最好的办法当然是正式结婚。暑假回到重庆,竹筠见到了分别一年多的彭咏梧。

抗战胜利了,竹筠在重庆亲历了人民庆祝胜利的狂欢盛况。她带着胜利的喜悦和新婚的甜蜜,回到了四川大学。正当她以饱满的热忱投入学运时,却发现自己怀孕了。

2020 年 8 月 19 日,我到四川大学采访,正是江竹筠烈士百年诞辰的前一天。川大在原女生院建起了一座江姐纪念馆。江竹筠在川大两年,一直在这个女生院度过。院子里有一棵亭亭如盖的皂荚树,树龄有 110 年了。树旁的宿舍墙上,是一组浮雕壁画,壁画展现的是江竹筠和同学们用捡来的皂荚洗衣、洗头以及在树下染布的情景,是那个年代最朴实、最有人间烟火味的校园生活画面。

在四川大学江姐纪念馆,我看到了一张泛黄的、编号为36986 的住院病人记录单。

这是一张 74 年前华西协和大学医院的住院单。其中,中文记录的内容为:彭江志炜,女,24 岁,已婚,省籍四川,诞生地点重庆,现住址为望江楼川大女生院;科别为产科;入院日期

1946 年 4 月 18 日,出院日期 1946 年 5 月 10 日。英文记录的内容为:诊断 contracted pelvis(骨盆狭窄),手术 classical cesarean section & ligation of tube（古典式剖宫产和输卵管结扎）。记录者的习惯和娴熟的英文书写,透出浓重的教会医院文化背景。

这份住院单传达的信息, 让我们穿越岁月和历史的尘埃, 触碰到了一份感动和崇敬。我们仿佛看见黑白光影中,江竹筠在医院生产的那些日子,我们甚至听得到医院外川味浓郁的叫卖和成都老街区的嘈杂,1946 年春天那明晃晃的阳光,仿佛正洒在我们脸上……

1946 年春天,江竹筠要生孩子了,同班的女同学黄芬、黄芳和董绛云找了一辆黄包车,把她送到华西协和大学医院。由于骨盆狭窄,江竹筠难产了,医生诊断须做剖宫产手术。

谁也没想到,临做手术时,竹筠却恳求医生:"大夫,请一并给我做了绝育手术吧！"医生大吃一惊:"这怎么成！你这是头胎,哪有生头胎就做绝育的？"陪护的黄芬她们也纳闷:"都说生得越多越好,越有福气,你怎么生一个就不想要了？"竹筠笑了笑:"生一个就够了,免得生多了拖累。"

医生只好在剖宫产的同时给江竹筠做了绝育手术。孩子平安降生,是一个胖胖的男孩。江竹筠幸福地笑了。

作为一个母亲,谁不想多要几个孩子？但面对斗争越来越残酷的现实,地下革命工作者随时都面临着牺牲的危险,这些竹筠是有准备的。她深知,儿女一多,就是更多的拖累。在那样的年代,人们思想还不开放,江竹筠内心的纠结和挣扎可想而知,但她能有那样的抉择,甘为革命做出舍弃,又怎能不让人心怀敬佩?

谭竹安是彭咏梧原配夫人谭正伦的弟弟,谭正伦就是遗书中的"幺姐"。

彭咏梧与谭正伦育有一子,叫彭炳忠。后来,彭咏梧离开老家云阳辗转下川东和重庆参加党的地下工作,与妻儿分隔两地。由于地下工作需要,组织上要求彭咏梧断绝与老家的一切联系,更不能与家里通信联络,他们夫妻因此失去了音信。为了让彭咏梧掩护身份开展地下革命工作,组织上安排他和江竹筠假扮夫妻,后来又根据工作需要正式批准他们结婚,婚后他们有了云儿。

谭竹安当时在重庆的国立中央工业专科职业学校读书,他毕业后应聘进入大公报社工作,负责管理报社的文件资料。当时,由于重庆《大公报》影响较大,坚持抗日立场,很多进步人士都在这家报纸工作,谭竹安想方设法进了这家报社,他从小受姐夫彭庆邦进步思想的影响,对革命者有一种崇拜心理,同时他心中还有个小算盘,就是想通过身边人去寻找姐夫。于是,进报社后他找准机会就与报社内外的进步人士广泛接触，还加入了中国职业青年社，这是我党的一个外围组织。

不久，谭竹安果真打听到了姐夫的下落，不过他听说姐夫已改名叫彭咏梧，并且另外有了家室。

谭竹安一直没有把这件事告诉么姐，怕她承受不了这样沉重的打击。

他想，只有找到姐夫，当面锣对面鼓，也许才能真正掌握实情。功夫不负有心人，他终于找到了姐夫彭庆邦，事情还得从一次巧遇说起。

那是1946年12月的一天晚上，谭竹安到重庆一家影院看电影，电影结束时，熙熙攘攘的观众群中闪过一个熟悉的身影，那一瞬间，他感觉这人好像是自己的姐夫，他禁不住喊了一声："邦哥！"

那人一回头，果然是彭庆邦。两人都激动不已。但那天人多事杂，不是谈话的时候，他们约定周六细谈。

周六晚上，一家偏僻的茶馆内，彭咏梧向谭竹安详细问了老家的情况，竹安告诉他，么姐还在老家经营纺纱作坊，小外甥炳忠已经上小学了。

彭咏梧向谭竹安做了解释，说出了自己与家里失去联系的原因。他不能擅自与家人联系，这是组织规定，况且在重庆他时时处于危险中。

彭咏梧当年接受组织安排,从云阳秘密去重庆工作,是谭正伦依依不舍从云阳送走的。彭咏梧当时是地下党云阳县委书记,谭正伦以妻子的名义在云阳木古坝一带为丈夫做掩护工作,她知道丈夫此去是党的决定,既然他这么长时间不同家里联系,也一定是组织的安排。这些事,谭竹安心里自然也明白些。

谭竹安又问姐夫,是不是与另一个女人结了婚。

考虑到谭竹安已是我党外围组织进步青年,彭咏梧就讲了他与江竹筠结婚生子的来龙去脉。彭咏梧请谭竹安向他姐姐转达歉意,自己实在是身不由己。谭竹安嘴里虽有些理解姐夫,但内心仍替姐姐打抱不平。

与谭竹安这次见面,彭咏梧对原配夫人和孩子的负疚感陡然加重。虽然彭咏梧极力掩饰,但细心的江竹筠还是发现了异常,便问他:"四哥,你最近好像有么子心事?"彭咏梧只好把偶遇谭竹安的事和盘托出。

江竹筠决定寻找机会与谭竹安接触接触,争取得到他和谭正伦的谅解,也为彭咏梧卸下心里的负担。

地下革命工作者,他们往往一边在危险的境地周旋,在不同的人群中出生入死,一边又要承担各种压力,关于家庭、道义、伦理,以及保密、误解、沉默……他们总是行走在生活的暗影里。

当时,江竹筠在重庆青年会工作。一天,大公报社来了一位办事的青年,正好由江竹筠接待,当这位青年报出自己的名字叫谭竹安时,江竹筠心里一阵翻腾,她忽然想到,也许这是向竹安澄清误解的好机会。人生很多事情,只有勇敢去面对,才是解决之途。

谭竹安当然不知道江竹筠的身份,更不会想到这位态度和蔼的女士就是彭咏梧的新妻。

待正常的工作办毕,江竹筠热情地邀请谭竹安坐下来喝杯茶,还和他聊起了家常,谭竹安觉得江竹筠像个贴心的大姐,谈着谈着,就把一些心里话向江竹筠"倒"了出来。他说,他知道共产党人是为大众谋福利的,都是好人,不过有些人的做法也让人心寒,比如他的姐夫彭庆邦,上学都是靠他姐姐供出来的,但到大城市后就把家里人忘得一干二净,甚至做了陈世美,还美其名曰是地下工作的需要。

江竹筠一直默默听着谭竹安的倾诉。听罢,她轻轻地说:"我就是江竹筠。"

谭竹安愣了。

"竹安,你是不是特别恨我?"

接下来,江竹筠把他与彭咏梧从假扮夫妻到遵照组织决定结婚的事，前前后后讲了一遍。

她谈起自己在婚姻中的感受："我们假扮夫妻两年多，没有做过逾越道德、对不起你姐姐的事，如果不是组织上根据党的工作需要，让我们正式结婚……这就是革命，不知哪天，我们都不得不面临生死危险。"

她说，他们夫妻俩其实一直生活在炼狱中，忍受着煎熬。地下工作太复杂了，如果与之前的家人联系，万一暴露了身份，小则个人被捕牺牲，大则影响整个重庆地下党。

她希望竹安能理解他们这样一种从同志到战友、从战友到夫妻的情感。

听了江竹筠一席话，谭竹安陷入了沉思，他没想到江竹筠如此亲切，又如此直率。

慢慢地，谭竹安看到在重庆从事地下工作的艰难和危险，也逐渐明白幺姐即使来重庆，也难以胜任掩护姐夫的繁重工作。他想，姐夫这样做肯定是不得已而为之。

一天上午，谭竹安正在大公报社资料室整理资料，一个面色苍白的姑娘突然推门进来，问明谭竹安的身份后，她说："我叫曾紫霞，刚从渣滓洞监狱出来，江姐给你写了一封信……"

谭竹安从曾紫霞手里接过江竹筠的信，一边读一边流泪。

谭竹安抬起泪眼,问曾紫霞:"她在牢里还好吗?""她在牢里很好。特务没有再对她用刑。我们还策反了一个看守呢,所以能通过一些渠道沟通牢里牢外的消息。"竹安很谨慎,但看曾紫霞这么坦率,江姐信中又说"来人是我很好的朋友",就向曾紫霞介绍了自己抚养云儿的情况。

渣滓洞监狱里,特务们对江竹筠严刑拷打,甚至把竹签子钉进她的手指甲里,她也始终没有屈服。她一直满怀着胜利的希望,暗中组织难友们进行读书学习、做针线活和唱歌跳舞等活动,形成了超乎寻常的凝聚力。特殊的秘密活动让江竹筠练成了特殊的记忆力,她凭记忆默写出毛泽东的《新民主主义论》、刘少奇的《论共产党员的修养》和《中国土地法大纲》全文,帮助女难友们提高理论水平和政治素养。正如她在遗书中写的那样:"我们在牢里也不白坐,我们一直是不断地在学习……"她还带着大家利用放风的机会,对贫苦出身的看守黄茂才进行策反教育……

在重庆红岩革命历史博物馆的档案室,工作人员为我打开了江竹筠烈士的档案,在这本红色档案里,有一份看守黄茂才的证明材料:

在看守所时,女室的江竹筠、李青林等积极领导女室活动。我记得楼下五室新四军战士死了，他们积极要求办追悼会，并且每个人头上都戴白花纪念死者。又在1948年旧历年时，他们在办快乐会时，就唱共产党解放区歌曲，同时他们与男室在过节时互赠礼物，就是以镰刀斧头和平鸽子这些符号来送礼。

黄茂才

1966.9.21

重庆即将解放，敌人的大屠杀开始了。1949年11月14日，国民党反动派在重庆歌乐山电台岚垭将年仅29岁的江竹筠杀害。

谭竹安得知彭咏梧和江竹筠都已牺牲的噩耗时，悲痛欲绝，他默默发誓："邦哥，竹姐，我一定把孩子抚养成才，让你们安心瞑目！"

在艰难的岁月里，谭正伦、谭竹安和亲友们齐心协力，把彭云抚养长大。

1962年11月20日，重庆市博物馆举办烈属座谈会。会上提出搜集整理烈士遗物的意见，参加会议的谭竹安站了起来，他告诉大家，他手上有一封江竹筠牺牲前给他写的亲笔信。会后，谭竹安将这封托孤遗书捐赠给了重庆市博物馆。这封"红色遗书"感动了千千万万人，也成为教育后人的生动教材。

海 上

出征

我蹲下身子和 8 岁的女儿告别，她轻轻在我脸上吻了一下："爸爸保重！"那天是 2009 年 7 月 5 日，持续高温的北京忽然风雨大作，下了一场透雨。我作为中国海军第三批赴亚丁湾、索马里海域执行护航任务的新闻事务官，即将随舰艇编队远航。

这是我第一次出海远航，时间 5 个月。这是一次实战任务——标准的说法，这是一场非战争军事行动，一场不平常的行动。从军快 20 年了，从后勤部队到军事院校，再到总部机关工作，我连一次稍具规模的军演都还没参加过。惭愧。这一回，渴盼的机会终于到来。《论语》云："知者不惑，仁者不忧，勇者不惧。"这个时代不是激情万丈的时代，也不是纯真如水的时代,想做到不惑不忧真的很难,特别是我这种理想主义色彩很浓的人。

我将戎装出征,到惊涛骇浪中去续写光荣与梦想。我暗自迎接这许久不曾有过的骄傲和自豪。

世界不平静。亚丁湾,这个位于阿拉伯半岛与非洲大陆东海岸的海湾,是国际能源运输和环球贸易的黄金水道。近年来,索马里海盗在这个海域频频作案,活动日益猖獗,严重危及过往船只和人员安全。在世界风云的网页上,亚丁湾的点击率陡然上升,黄金水道变得岌岌可危,牵动着整个世界的神经。

在一个战争远未停息的海洋时代,维护和平、促进发展需要的是力量的支撑,而不是空洞的口号。批判的武器不能代替武器的批判,仅靠呼吁不能遏制索马里海盗的胡作非为。联合国安理会授权有关国家到亚丁湾、索马里海域维护安全。

作为负责任的大国,中国决定派出海军远洋亮剑,到亚丁湾、索马里海域护航。这是我们的使命担当。著名中国问题专家、曾多年担任美中关系全国委员会会长的戴维·蓝普顿(David M.Lampton)在他的著作《中国力量的三面》(*The Three Faces of Chinese Power*)中说:"中国从一个沉浸于旧日屈辱且极易激怒的国家,一个对于任何承担领袖角色的暗示都十分敏感的国家,转而成为一个自信的国家。这个新的更加自信的中国希望被人视为一支负责任的全球力量,一个有时甚至能为世界贡献富有影响力的观点的国家。"谁能说戴维·蓝普顿先生的分析没有道理呢?当今中国与世界的关系正发生着历史性的变化,中国的国家利益与世界各国的共同利益密不可分。新世纪新阶段,中国军队的职能任务正在大大拓展,既要应对传统安全威胁,又要应对非传统安全威胁;既要维护国家生存利益,又要维护国家发展利益。护航亚丁湾,肩负的既是祖国人民的厚望,也是国际社会的期待。这是中国海军走向远洋的绝好契机。

历史将永远记住那一刻:2008 年 12 月 26 日 13 时 45 分,由"武汉"号和"海口"号导弹驱逐舰、"微山湖"号综合补给舰、两架舰载直升机和部分特战队员共 800 余名官兵组成的我海军护航编队,从海南三亚某军港码头起航,赴亚丁湾、索马里海域执行护航任务。任务很明确:保护中国航经亚丁湾、索马里海域船舶和人员的安全,保护世界粮食计划署等国际组织运送人道主义物资船舶的安全。这是我国首次使用军事力量赴海外维护国家战略利益,是我军首次组织海上作战力量赴海外履行国际人道主义义务。

在中国海军到来之前,已有十几个国家数十艘舰艇游弋在亚丁湾、索马里海域,特别是美、英、法、德等国派出的护航编队,堪称豪华阵容。和平年代,从未有如此众多的军事力量聚集在这个海域。战舰云集的亚丁湾，俨然是各国海军的练兵场。波涛汹涌的背后，是一场无形的博弈。

当一批批商船从遭受海盗袭击的梦魇中醒来，他们发现，随着中国军舰的到来，这片海域增加了一支勇猛顽强的突击力量。事实证明，中国海军护航编队军事素质绝对一流，为过往船只提供了最为可靠的安全保障。"Chinese warship！"（中国军舰）成为亚丁湾海域呼叫频率极高的名字。往往在我护航编队临出发时，还有外籍商船申请加入，护航中途也时有商船要求加入编队。亚丁湾海面上，中国海军护航的舰船大编队常常前后绵延数海里，气势恢宏，蔚为壮观。

东临碣石，以观沧海。第三批护航编队由东海舰队刚刚参加了海上阅兵庆典的两艘导弹护卫舰"舟山"号、"徐州"号，以及"千岛湖"号综合补给舰三艘舰艇组成，即将于 2009 年 7 月 16 日从舟山解缆出发。舟山军港的码头上，三艘银灰色的战舰熠熠闪光，整装待发。"舟山"号和"徐州"号是我国最新型的导弹护卫舰，装备性能已达到世界先进水平，具有反潜、抗击大中型水面舰艇、协同编队防空并为登陆作战提供火力支援、执行海上巡逻、警戒护航等能力，在青岛多国海军检阅活动中一亮相就备受关注。"千岛湖"舰是我国自行设计制造的第二代远洋综合补给舰，在历次演习、远航训练等重大任务中均表现出色。

我被安排到了"千岛湖"舰。登上"千岛湖"舰舷梯的那一刻，我感觉军港的海风惬意极了。甲板上的卫兵向我致以持枪礼。

出海前的最后一夜，在祖国的大地上再多徘徊一会儿吧。顺着码头，我独自静静走着，三三两两的水兵从码头超市购物出来，手里拎着大大小小的物品，脚下生风。即将远航的人，都该有几分兴奋和激动吧。不知不觉我来到了足球场，天已尽黑，灯光微弱，但见一群水兵还酣畅淋漓地满场疯跑，嗷嗷叫喊。下午，我就看到几个小伙子从舰上拿着足球往岸上走，没想到这么晚了，他们还踢得如此带劲。也难怪，大海上可找不到这样大的足球场。

思绪又回到脚下的这块土地——浙江舟山定海，一块有风骨的土地。这里东濒大海，西控甬江，南引闽粤，北通江淮，向为军事要地。这是近代中国占领与反占领、掠夺与反掠夺、奴化与反奴化斗争持续了100多年的地方，这里埋藏着悲怆，铭刻着一段悲情的历史。鸦片战争中，定海成为抗英主战场。1841年9月，定海三总兵葛云飞、郑国鸿、王锡朋率守城的5800多名将士与船坚炮利的侵略者奋力拼战，千百壮士捐躯，血流成河，铮铮气节震慑中外。曾经参加了定海保卫战的魏源，在鸦片战争后愤而著书，写下了浩浩百卷本《海国图志》，但却没有唤醒中国的绅士们，清统治集团仍在昏聩和麻木中固守着狭隘观念,面对海洋无所作为,终于在生死存亡的甲午海战中坠入万劫不复的深渊。当翻过那不堪回首的沉重一页,经过 100 多年目光的泅渡,我们回望这片土地,发现中华民族对海洋的情绪竟是如此复杂。世界上很少有哪个国家像我们中国这样,一汪碧水之上承载着一个民族兴衰荣辱的近代史。俱往矣。崛起不是威胁,强军并非黩武。今天的中国海军,就要从这里出发,走向无比辽阔的世界海域。

2009 年 7 月 16 日,彩旗和鲜花织出这个特别的日子,泊在岸边的所有战舰悬挂着代满旗,岸上的人群盛装列队。海军首长和国家外交部、交通运输部领导专程前来送别,向 800 位护航将士致以深深的祝愿。三艘即将出征的战舰上,身着洁白军服的官兵在甲板上分区列队,以最隆重的站泊仪式,向首长和亲人致敬,向军港告别。我第一次身穿笔挺洁白的海军服,庄严地站在这威武雄壮的队列里,涨潮的双眼里舞动着炫目的光斑和无数挥动的手臂。

"编队起航——"随着指挥员一声令下,军乐队奏响《人民海军向前进》的雄壮旋律,三艘舰艇缓缓驶离码头,翻滚的浪花划出一条条悠长的弧线。岸上的人群越来越模糊,"呜——"汽笛一声长鸣,激动的热泪终于止不住从我脸颊滚落下来。

潮湿的海风,带着腥咸的海味扑面而来。舰艏腾起一层白

雾,在阳光照耀下形成道道绚丽的彩虹。我久久立于甲板,目睹编队在这彩虹里前行。面对一碧万顷的大海,遥想当年郑和的船队,思接千古,心游万仞,我不禁轻轻吟诵起苏东坡的名句来:"纵一苇之所如,凌万顷之茫然。浩浩乎如冯虚御风,而不知其所止;飘飘乎如遗世独立,羽化而登仙。"

国际上习惯把近岸防御型海军称为"黄水"海军,把近海游弋的海军称为"绿水"海军,而把具有远洋作战能力的海军称为"蓝水"海军。30年前,浩渺的世界大洋上看不到新中国海军的片帆只影;30年来,以驱逐舰为代表的人民海军现代化战舰,频频犁开滔滔碧波,驶向远洋,航迹不断从"黄水"向"蓝水"挺进。海水已经完全变蓝了。暗色的蓝,蓝得浓重。我知道,海上生活真正开始了。

按航海的专业说法,我们抵达预定海域前的航行,均称为"航渡"。现在,我才深深体会到一个"渡"字有多么漫长和浩渺。手机信号完全中断了,网络信号也消失了。为解决护航官兵在茫茫大洋上看不到电视的问题,出海前海军装备部门专门为我们安装了C波段卫星电视接收系统,虽然信号时断时续,但中央广播电视总台国际频道尚可收看。傍晚果然看到了我们出发的消息。除了舰上的军事通信方式,现在电视就是我们接收外来信息的唯一渠道。

天黑下来了,编队实行灯火管制,在暗夜里前行。有脚步声从舱室门前经过,我打开门,是一位刚刚从驾驶室值更下来的军官。

我问他:"现在到哪儿了?"

他说:"正经过台湾海峡呢。"

台湾海峡——每一个从这里经过的军人,心情都是复杂的。祖国统一,成为中华民族的一个心结。在中国数千年的历史长河中,无论哪个政治势力,他们在势力鼎盛时期,无不把统一中国作为最高政治目标。也许此时,对面的海上侦察哨正在暗夜里紧盯着我们呢。0 点 10 分,军舰开始左右大幅度晃动起来,桌上的水杯、茶叶筒、烟缸、电视遥控器等物品开始做相对运动,在桌面上时而滑过去,时而滑过来。外面的风浪肯定更大了,是心酸的海峡在无声地抗争吗?亚历山大·基兰说过:"世界上,最宏大的是海,最有耐心的也是海。"如今,中国的耐心正面临着空前严峻的挑战:核心利益因台湾问题面临巨大冲击,海洋权益因岛礁主权纷争蒙受损害,当面海区受到大国战略封堵,远洋战略通道犹存潜在威胁,海外利益拓展尚有种种不确定因素。走一回台湾海峡,并不轻松。

起航后的第二天傍晚,舰员们都走出舱室,三三两两来到甲板上散步。这时大家发现在舰艇航行的正前方,有一片缥缈的灰雾。舰员们说,那是雨幕,前方在下雨。待细看,果然发现缕缕雨丝仿佛就挂在眼前。雨幕的那一面,太阳还没落下去,红彤彤的晚霞穿透过来,呈现出奇异的柔光。说时迟那时快,舰艇钻进了雨幕中,哗哗的雨滴倾盆而下。雨停了,待我们从舱室出来,银灰的舰艇清新无比,雨水把舰体上那层油腻腻的盐霜冲刷得干干净净。

忽然听到有鸟儿的鸣叫,抬头一看,嗬,一群海鸥正跟着我们的战舰上下翻飞。它们飞得那么轻盈舒展,那么从容浪漫,一会儿凌空滑翔,一会儿扇动几下羽翼,一会儿又直向海面俯冲下去,轻轻叼起一只细小的鱼虾来。没想到这场及时雨,还为我们邀来了海鸥。

第三天,舰队早已进入南中国海,这群海鸥依然以18节的经济航速紧跟着我们。它们如此不知疲惫,难道真要伴随我们去远航?黑暗的夜里,被流星和闪电照亮的瞬间,天空中一定留下了它们振翅的身影和轻微的喘息,还有肩上那稍纵即逝的尘埃。

随舰的摄影家们取出相机,对着海鸥一顿狂拍。我也频频按动着快门。舟山基地宣传处干事徐樊对我说:"小心头上有鸟粪。"他话还没说完,却见一点白色的粪便从天而降,掉到了他的相机上,叫人哭笑不得。那海鸥却幸灾乐祸地嘎嘎大笑着飞走了。

又一个早晨，我走出舱门，却不见海鸥踪影。几名战士正在清扫，他们各自提着一桶清水，在用抹布清理甲板上那些鸟粪。

我问："海鸥呢？"

一名战士说："回去了。"

"回哪儿去了？"

"回海边呗，除非它们在舰上做窝。"

漂泊

"漂泊"是个专用术语,就是舰艇关停发动机,在海面上停泊的意思。与在码头上锚泊不同,漂泊意味着要随波逐流。

现在,"千岛湖"舰就漂泊着,以北纬 13°40′、东经 49°42′为基点,泊在海上。这里是中国海军护航任务指挥所划定的补给待机区,随时准备为两艘护卫舰进行补给。若不执行伴随护航任务,"千岛湖"舰基本上就在这个区域待命,并担负着为过往商船进行区域护航的任务。这个区域在亚丁湾"国际推荐航道"边上,往来的船只若遇危险,我们将及时出发营救。

所谓"国际推荐航道",是一条相对安全的航道,这条航道两边零星漂着各国的护航战舰。日本护航编队的 P–3C 反潜巡逻机每天在这个海域巡航,时常从我们上空飞过。有几天,德国军舰"不来梅"号就漂在离我们两海里的地方。他们的直升机总是每天上午起飞,到海面例行巡逻一番,有时还飞到我们的上空逡巡,飞转的螺旋桨把我们舷边的海水吹起片片水花。有天上午,德军直升机在我们上空悬停了片刻,我举着相机拍他们,那个飞行员朝我挥了挥手,还伸出一个大拇指。这家伙在上面肯定把我们观察得一清二楚。德国人向来处事严谨,此时倒不失轻松幽默。

静止从来都是相对的。即使漂泊,在风力和洋流推动下,舰艇每天仍要移动六七十海里。一觉醒来,我们已经跨越无数海底的崇山峻岭。从浪花间漂过,也是从荆棘中走过。有天我们停机漂泊时,一个黑色的球状物体从远处向我们慢慢漂来,观察员发现后及时报告,疑心那是水雷,舰上马上放下小艇让战士们前去察看,结果是当地渔民废弃的一个渔网浮子,上面还挂着破烂的渔网,让大家虚惊一场。

傍晚来临,我们在甲板上散步,看似沿着同一路线行走,实则每一圈都踩在不同的坐标上。这就是海上生活的魅力,永远不在原地。哲学教授克里斯托夫·拉穆尔(Christophe Lamoure)说:"在行走中,人们成为哲学家。"世界上最好的运动就是徒步,行走和思想、思忖和踱步、赋诗和疾走,就像亲戚般相似,需要我们有颗易感之心。

出海以来就没有周末的概念了，每天都是一样的日子，航行或者漂泊。有时我站在舷边，向四周久久眺望。晴天，大海蔚蓝，蓝得耀眼；阴天，四面铅灰，灰得深沉。在人类目力所及的宇宙中，地球是唯一呈蔚蓝色的星球，其表面积的71%被海洋覆盖，军旅诗人朱增泉写过一首《地球是一只泪眼》：

地球是漂在水里吗

为什么每一块大陆的周围

全都是汪洋大海？

哦——地球满腹忧烦

她睁圆了望不断天涯的

泪眼

何时能哭干，这么多

苦涩的

海水？

诗句充满着对人类、对海洋、对世界的终极关怀，对人类的出路和苦难发出了深刻的拷问，引发我们不尽的思索。地球是一只泪眼，海洋就是一个巨大的泪腺，涌动着人类亘古的七情六欲、酸甜苦辣。

即将进入 9 月，随着西南季风慢慢减小，亚丁湾的风浪也开始逐渐平静。风平浪静的时候，海面就像是一块蓝色的绸缎，仿佛有人在水面下轻轻抖动这块蓝缎子，浅浅的波纹静静地晃荡着。待到风生水起，这块蓝绸就裂开无数白色的口子，再出色的缝纫师，也无法把它补好熨平。

有个中尉感慨地说："站在甲板上，面朝大海，没有春暖花开，除了海还是海，看到鸟都很激动。"这个纬度上，白天阳光直射强烈。8 月 26 日中午 12 时，气象部门测出甲板最高温度为 86.2 摄氏度。这样的温度，放枚鸡蛋在那里，估计一会儿就烤熟了。有天我正在甲板上散步，一只很小的"麻雀"扑腾着一头栽落到我面前，哎呀，一定是只累坏或渴坏了的小鸟，我急忙接了点淡水在手心喂它喝，它挣扎着啄食了几下，把头一歪，眼睛却渐渐暗下去，再也不动弹。我只好双手捧起它，送它魂归大海。又有一天，我发现一只美丽的鸟东倒西歪地在甲板上踟躇，它极像一只啄食小鱼的翠鸟，长长的喙，绿色发亮的羽毛，又是一个疲惫的远行者。这些鸟，在躲避大自然的种种危险之外，学会了在人类文明中见缝插针地歇脚。我要救它。我把它养在一个塑料垃圾筐里，给它倒上一小杯淡水，撒上一些从炊事班要来的小米，把筐子放在一个背阴的地方。舰上的人都来观看这只鸟,不少人还捧着它照相,而它只是静静地站着,偶尔扇动一下翅膀。两天后,它终于飞走了。看见的人告诉我,它先飞上筐沿,然后一振翅,就重新回到了蓝天。我如释重负。我们不能让这些千百年来为我们带来春日希望的鸟,默默承受绝望。

午后时分,一些鱼喜欢在我们舷边游荡。是那种一两米长的大鱼,尾鳍是蓝色的,身上发着荧光,大家都叫不出名字来。它们从舰艏游到舰艉,再由舰艉游到舰艏,引领舰上的人跟着它们在甲板上做逆时针运动。舰艇漂到哪里,哪里就有这种大鱼的身影,有时我们航行几十海里,一停下来,舷边又是这样的鱼。我怀疑鱼们一直在跟踪。海上没有标志物,鱼们更没有携带全球定位系统(GPS),它们自有它们的跟踪办法。一天到晚来来回回游泳的鱼,它们一生的使命就是在海洋里漂泊。

季风是勤劳的。每天,它们都要把非洲撒哈拉沙漠和阿拉伯半岛鲁卜哈利沙漠的黄沙免费搬运到我们舰上,乐此不疲。早晨起来,我沿着甲板散步,从左舷到舰艉,从右舷到舰艏,发现整个舰体都覆盖着细细一层黄色的沙尘。清除这些黄沙是一项重体力运动,负责清扫的战士们用淡化水擦拭、冲洗,最后竟在甲板上冲积成厚厚的一片沙漠来。

一片沙漠,涉水而来。生活在撒哈拉沙漠南部的图阿雷格人是最善于利用沙子的民族,他们筛出干净细腻的沙子铺成沙床,每天就在上面睡觉。由于沙漠里水奇缺,他们在野外劳动时,都是以沙代水清洗手脚。撒哈拉大沙漠的沙子非常纯净,没有泥土和其他杂质,去污能力很强,即使双手沾满油污,只要用沙子反复擦洗,效果比水还佳。图阿雷格人还会巧妙地做出一种沙烤大饼来,据说味道很不错。甚至,他们还用滚烫的沙子治病,用沙子储藏食物。现在非洲大陆仿佛触手可及,可惜我们却无缘踏上这片大陆。非洲一直诱惑着我,这里坐落着美丽的乞力马扎罗雪山,海明威在小说《乞力马扎罗山的雪》的题记里说:"乞力马扎罗山是一座海拔 19710 英尺的高山,山巅终年积雪。在西高峰的近旁,有一具已经风干冻僵的豹子……"

不禁想起也多风沙的北京来。北京这座城市,最能充分诠释漂泊的意义。每一个从外地到北京寻梦的人,都品尝过漂泊的滋味。北京的魅力在于,它能够给你很多种可能,能够让你永远心怀梦想,并心甘情愿在这里一直漂泊下去。每个人都有编织梦想的权利,哪里都有含泪奔跑的人,"北漂"一族因此应时而生。北大教授李零说:"任何怀抱理想,在现实世界找不到精神家园的人,都是丧家狗。"丧家狗就是无家可归的狗,现在人们称之为流浪狗。北漂的人也许是在流浪,但他们却始终抱定心中的理想,坚守着精神的家园。刚来北京这个熟悉又陌生的城市时,很多人缺乏认同感。当一个人不认同自己生活的地方时,难免有漂浮不定的感觉,这是很多寄居者的普遍心态。也许一个人的一生曾有过很多寄居一隅的经历,可是最终我们会在一个地方长久住下,不再漂泊,原因可能是在这个地方找到一个重要的人,或者说,找到了希望。不知不觉,生活,就在这里扎了根。短暂的岁月,一些无法割舍的记忆,便产生了无穷的意义。从最初的陌生到后来的熟悉,从以前的格格不入到现在的恋恋不舍,北京,为我的年轻时代镀上了漂泊的七色光。每当我远行归来,进入这座城市熟悉的肌理,竟在它的喧嚣嘈杂当中复归安静与平和。我慢慢原谅了这座城市先前给我的自大、偏见、虚荣、拥挤等不良印象,逐渐体味到它宽容、大气、内敛、深沉的都城气质。

8、9 月份,北京天气依旧闷热,午夜时分若是有雨下过,空气一下就变得清新起来。这时开着车子出来,不用担心堵车,可以在环路上尽情奔驰,让湿润的风吹拂一路,车轮从雨后的路面跑过,发出嚓嚓嚓有节奏的声响。远离陆地久了,感到这样普通的陆地生活也是一种奢侈。从来没有像现在这样渴望脚触大地,想念那些普通的街道,6 月覆盖 5 月,10 月覆盖 9 月,梧桐树在风中撩起百褶裙,街边的一块石头抱着青苔入眠。

有一天,"千岛湖"舰在距曼德海峡不远的海面上临时漂泊,手机有了微弱的信号,我收到一条短信:"各位朋友,我这就到澳大利亚生宝宝了，将历时 3 个月的艰辛蜕变，回来以后大家再聚哈。"短信是北京细管胡同 44 号私家厨房的老板娘黄榛发来的，这个成都女娃子，多年前也曾是一介"北漂"，如今在北京经营自己的私厨，老公在澳大利亚壮大着他们的环保事业。现在，她又要赶着漂到大洋的那边去哺育下一代了。

　　　我的左舷是太阳

　　　我的右舷是月亮

　　这是数年前我在一首诗中写下的句子，当时心血来潮，恍恍惚惚写了出来，没想到多年后这一幕在亚丁湾上与我不期而遇。太阳还没落下去，一轮明晃晃的圆月已迫不及待地从东边升起来，准备接替太阳值更。那一刻，舰艇正好漂泊在太阳和月亮的中间，而我正在甲板上漫步。天地有大美而不言，四时有明法而不议，万物有成理而不说。我像一个参禅悟道的行者瞬间入定。也许命运早为我安排了这次远行，也许我注定要漂泊去远方。只要我们对时间、空间的某种存在怀有真挚的眷恋，心灵就可以在瞬间抵达。

　　升起来的，是亚丁湾的月，是非洲大陆和阿拉伯的月，也是李白和苏东坡吟咏过的月。有位战士给母亲打电话："妈妈，您要是想我,就看看天上的月亮吧,儿子就站在那月亮下面。"谁说我们的战士不懂抒情?

甲板上,舰员三三两两在散步,轻轻细语。这时到舰艉去,那里是最安静的地方。海风轻轻地从耳边拂过,月光平静地洒满甲板,锚链和缆绳纹丝不动。就在这月色里站着,什么也不想。慢慢地,会感觉正从一首诗歌身边路过,身体里汹涌着血液的涛声。

黑暗中,坐在舰炮旁值更的战士动了一下身子,他手里的对讲机传出呼叫声。才发现,这里其实也有警惕的神经。

有月的夜晚,失眠尤其会不由分说地纠缠上来。出海的人,都不可救药地遭遇过失眠。渴望沉睡,从凌晨3点盼到凌晨4点,从凌晨4点盼到凌晨5点,然而两眼依然明亮。干脆起来看书吧,弗兰兹·卡夫卡说过:"一本书,必须是凿破我们心中冰封的海洋的一把利斧。"也不知是几点,我拧开床头灯,拿起一本书,是塞林格的《麦田里的守望者》,硬着头皮看了几章。评论家说,作者描写了青年人心中的苦闷和压力,展现了主人公霍尔顿·考尔菲德心中那沉重的困惑。也许各自生活的社会环境不同吧,我感受不到主人公那玩世不恭的所谓苦闷,即使我在他这个年龄也产生过严重的心理问题。这样满纸粗话的作品,居然被奉为经典,我不禁想起马克·吐温的另一句话来:

"所谓经典,就是人人都希望自己读过但又不想去读的东西。"

不如起床,来到舱外,月亮还没下更,两名负责警戒瞭望的战士在甲板上来回走动。

明月苦涩,海将苏醒。想起那天在新加坡海峡,我还给两个高中同学打过电话,十几年都没见过他们了,不知从哪里得到了他们的号码,那一刻就冲动地把电话打了过去。隔得那么远。我说要去很远的地方执行一项特殊任务。他们先是很配合地在电话里"哇"了一下,既而是惊奇和担忧,嘱咐我一定要平安回来,回来履行十几年前要再相见的承诺。春节时中学同学聚会,我写了一首歌:

> 走进那校园,一梦二十年,
> 你的匆忙脚步已越来越远。
> 往日的身影,如今已消散,
> 操场边的那棵老槐树越来越孤单。
> 回来吧,回到我们身边,
> 看看你那熟悉的容颜,
> 还有没有苦涩浪漫。
>
> 梦中的校园,青春的画卷,

你的豪放宣言还回响在耳边。

岁月是碗酒，苦乐一瞬间，

人生中的那些作业本永远写不完。

回来吧，回到我们身边，

问问那时的小秘密，

还有多少在流传。

　　青年作曲家马来西为这首《青春校园》谱了曲，不哀伤，却怀旧，听得很多同学热泪盈盈。泪光中，我看到细细的皱纹已经爬上了彼此的额头。这首歌更像是一曲挽歌，唱给我们那阳光明亮、轻风吹拂的学生时代。哦，我们美好的 20 世纪的学生时代。一切都充满诗意，无比纯净，无比美好。想起日暮的校园，天空倾斜无边的蔚蓝，旷野上的油菜花铺陈一片虚幻的金黄，一只只红蜻蜓从头顶飞过，暗红的背影牵动多少少年的心思。

　　我为什么要热爱远方？多少年了，我没有如此平静地转身，没有拥有这么长的夜。大约有些事物一定会无疾而终的，再一个十年，又一个十年，我们的华年将在风声雨声中黯淡，那些写在纸页上的诗篇将更加孤独。我曾过分迷恋的天空、山冈、原野、花朵、溪流……这些以前不忍说出的喜爱，现在都淡淡地说了出来。我是多么幸运，能够长时间安静地置身水的世界，从容地思考哲学的命题。对一条鱼谈论大海,对一只海鸥谈论天空,对一朵透明的水母谈论斑斓的色彩,问一滴水珠距离泪水究竟有多远,问一片树叶距离秋天究竟有多远。

大海上,究竟有多少失眠的灯盏?

有个星期六晚餐的时候,老轨请我晚间去他住舱坐坐。老轨的住舱是套间。舰上的惯例,不管来多大的首长,舰长和老轨的住舱一般都是固定不变的。

晚上 9 点我到了老轨的住舱,他准备了啤酒,"千岛湖"啤酒。他说,舰艇漂泊下来,主机休息了,他们也相对轻松一些,小酌一下。于是我们俩坐着喝酒、聊天。印度洋上喝酒,话题宽泛无边。我们已经是朋友了。

"我们长年在舰上,风里来浪里去,与外界交往也很少,没想这次能认识你这位北京总部来的朋友。"

"我也很幸运啊,第一次出海,就跟着你们一起执行这样难得的任务。多年后回想起来,还会自豪一阵子。"

"别说 8 个月,再待上 8 个月也值。今年春节回家时,家乡的人听说我要来护航,羡慕得不得了,真的很自豪。"

"负责装备保障的罗师傅说了一句话挺逗的,他说:'你不要天天在那里算时间,就把自己当成是被判了有期徒刑 8 个月。'"

"哈哈哈……"

从军校毕业到现在 10 多年了,老轨一直在舰艇上工作。他谈到他可爱的女儿,还有他的老婆。老轨女儿 3 岁了,今年上幼儿园中班,他每次从舰上打电话回去,女儿都要听他报告工作。老轨的老婆原先是个越剧演员,现在不唱了,专门在家当全职太太。爱屋及乌,他最喜欢听的就是越剧。我看他的电脑里存了好多越剧选段,桌子上也摆着一些越剧光盘。

酒精的作用上来了,他红彤彤的脸庞写着满足。

老轨说,出发前,老婆交给他一个优盘,嘱咐他远航寂寞时打开看看。征得他的同意,我荣幸地欣赏了优盘的内容,是他们宝贝女儿做游戏的两段视频,和一封他老婆写的信:

志其:

好想跟你一起走,亚丁湾的天一定很蓝,希望那里的水把你养得壮壮的,我和宝贝女儿会好好在我们温馨的小家等你凯旋。你不用替我们担心,照顾好自己才是最要紧的,我保证你明年回来看到的还是那个风采照人的漂亮老婆和活泼健康的女儿。希望你每星期都要给我打电话,让我知道你过得怎样。很想把下半年要说的话都写上,可惜我的写作能力不是太好……

我爱你！

你的爱妻：涛

2009 年 7 月 5 日

一封情书。如今还费尽心思写情书的人已经不多了。老轨说，以前他们谈恋爱时，他写给她的那些情书，妻子现在还细心地珍藏着。多么温柔体贴、善解人意的妻子啊。我对老轨说："你真的应该满足。"

我问他喝完的酒瓶怎么处理，他说带到码头上去，千万不能扔到海里，那样会被人误以为是中国海军扔的漂流瓶。"漂流瓶"当然是笑谈，其实是为避免暴露舰艇行动和对海洋环境造成污染。我曾在一个朋友写的书里看到，世界上最早的漂流瓶是哥伦布扔的一只木桶。那是 1493 年，哥伦布的船队在海上遭遇了大风暴，他把航海日志中最重要的部分装进了一只木桶，扔进海里，祈求西班牙国王能得到他的消息。300 多年后的某一天，有人在直布罗陀海峡捡到了这只漂泊了很久的木桶。

我们的左舷就是阿拉伯半岛，一次名副其实的"天方夜谭"。

楼道里响起了轻轻的脚步声，大约有值夜更的人员回舱室来，还有人在轻声哼着中国人民解放军海军东海舰队组织创作的《护航之歌》:"我们横跨印度洋,来到亚丁湾上……"

夜深了。

就这样面朝大海。

但愿我们头颅安睡的地方,都是阳光下的安全通道。

舌尖上的亚丁湾

在海上，吃好也是战斗力。

出发前，"千岛湖"舰的冰库里，储备了可供800人食用10个月的猪肉。其他食品在海外补给点可以临时补给，但猪肉在亚丁湾地区是补给不到的。还有我们中国人喜欢的一些特色食品调味品，在亚丁湾也是补给不到的，如腐乳、料酒、五香粉、豆瓣酱、火锅底料、酱菜、剁辣椒……

为调和众口，编队后勤部门已经把这些不一而足、风味各异的食品准备得相当充足。

能不能及时摄入新鲜、有营养的食品，直接关系护航人员的身体健康，食品保鲜无疑是远海保障的一个重大课题。起航前，"千岛湖"舰便请专家结合食品保存要求，重新调整了适合远海长时间贮存食品的空间结构,对臭氧发生器和加湿降湿设备进行了改装,并采取多种方式进行了水果、蔬菜保鲜试验,取得了一定的效果。不仅如此,他们还协同后方供应站确立种植采购点,对水果、蔬菜采摘时的日光强度、采摘前的含水量、包装品种类以及转送方式进行了具体指导和要求,这一系列行之有效的手段,使护航编队新鲜蔬菜的损耗率大为降低。

但即使如此,普通的绿叶蔬菜也难以保存半月以上。我们帮厨择菜时,往往抬出一筐青椒或豆角,把腐烂变黑的去掉之后,只能择出小小的一盆。望着原本质量上佳的蔬菜白白倒掉,我们也只能望洋而叹。每月一次的帮厨任务,是我们这些随舰人员最乐意去做的事。几个人抬着盛汤的大桶,端着盛菜的铁盘,来回穿梭于时而摇晃的餐厅和湿滑的伙房,虽忙碌却心情畅快。虽然择菜洗菜、刷碗洗盘子、打扫餐厅等是件挺累人的事,但一想到自己的劳动可以给全舰人员带来口腹之足,大家都争着抢着去干活。帮厨的时候,是笑声歌声最响亮的时候。

这时候,大家也会开起玩笑来。

"刷盘子这么麻烦,干脆抓俩海盗来给我们刷。"

"最好抓俩女的,顺带把衣服也给咱们洗了。"

哈哈哈。

"千岛湖"舰救护所里有一张《护航膳食营养结构图》,随舰的海军某医院主任黄斌说:"这可以说是一份科技图谱,是由国内多家医院营养膳食专家制定的护航专用食谱,什么时候吃什么、护航各阶段补什么等,完全是按现代医学与日常营养学制定的。"护航以来,官兵的确没有因饮食结构而引发疾病。

《护航膳食营养结构图》只是主副食的原材料配置,真正要让战友们有充足的体力、足够的营养和畅快的心情执行护航任务,还要靠炊事班的战士把这些食材做成可口、卫生的饭菜。"千岛湖"舰炊事班全体同志克服高温、晕船等身体不适,认真制作一日三餐,尽量做到荤素搭配、卫生可口、营养均衡。炊事班除日常烧菜做饭外,还担负食品库房维护管理的任务。各类补给物资数量大、种类多、保存要求高,炊事班的战士们每天都要穿上棉袄进库房巡查,详细记录物资保存情况,严格控制温湿度,尽量延长物品保质期。为了让战友们尽可能多吃到蔬菜,炊事班的兄弟们煞费苦心,他们将绿叶菜、黄瓜等不易保存的蔬菜尽量入库低温保存,土豆、地瓜、包菜等易保存的,则存放到舰上通风效果较好的通道或舱室。冷库里,他们常常穿着厚厚的棉衣、棉裤搬运冻品,从冷库出来时,每个人的头发、眉毛上都凝了一层白霜,走出冷库门的第一个动作就是哈气,暖暖被冻了许久的双手。真是冰火两重天。

在亚丁湾的所有护航编队中,只有中国护航编队的食品做起来最为烦琐,这是由中国传统饮食习惯决定的。其他国家的军舰饮食基本都是西餐做法,把储存的半成品烤一烤、热一热,再加上一些饮料,各人领一份,一顿饭基本就解决了。但中国人的饮食习惯是以炒菜为主,每天餐桌上的菜90%是炒菜,制作的程序和岸上无异。

说起饮食的差异,还有一件趣事。编队在也门补给时,其中要补入800公斤鸡蛋,但在验货时却让后勤人员傻眼了,原来那里的鸡蛋都是打开后去掉蛋壳、呈液体状装成整桶的罐头鸡蛋。按我军要求,官兵每天早上要吃上一只煮鸡蛋,炊事班的战士本事再大,用这样的原材料也做不出煮鸡蛋来。后来只有费尽周折同他们商量换货。

在军舰上,即使是伙房也不能出现明火,炊事班用的都是蒸汽锅。虽不见火苗,但效果和用明火炒菜是一样的,每一道菜都十分诱人。我担心自己的烹调手艺生了,一次帮厨时,还"独立自主"炒了一个土豆丝,同志们尝了以后都说味道不错。

每天早上4点40分,炊事班的值班战士就要起来做早餐,发面、煮稀饭,5点20分开始蒸包子馒头,待包子馒头进了笼屉,就动手开始炒菜了。菜是头天晚上切好的,要不然早上根本来不及。早餐喝的的品种很多,有大米粥、八宝粥,还有牛奶、豆浆。主食安排是每周吃一次包子或花卷,平时主要是馒头。每天早上,待舰艇值班员通过广播宣布一天的作息时间时,丰盛的早餐已经做得差不多了,热气腾腾、香气四溢的餐厅宣告舰员们一天的生活开始了。

印度洋的白天,烈日当空,热浪袭人。上午 10 点左右,炊事兵们就开始紧张忙碌地准备午餐了。尽管厨房内有两台大功率风扇不停地高速运转,但在热气的炙烤下,炊事兵们还是一个个汗流浃背。

炊事班每天还要为值班人员准备夜餐,有时是牛肉面,有时是米粥。有天晚上,我想去餐厅体验一下夜餐的味道,沾沾值班人员的光。那天夜餐做的是皮蛋瘦肉粥,一进餐厅,我就闻到一股浓浓的香味,两只大桶放在餐厅正中的桌子上,几个刚值完班的战士在那里边聊边吃。大米粥熬得稠稠的,瘦肉和皮蛋的块都切得很大。我盛上一碗,伴着糯香的大米味,撷起皮蛋和瘦肉放到嘴里,居然有一种特别舒服的咬劲,味道浓香绵长。转眼,一碗粥就下了肚。说实在的,我再也没有吃到过那么美味的皮蛋瘦肉粥。当时忘了问,不知那粥出自哪位厨师之手,也许是特殊的环境和条件所致吧,他不可能把食材切得有多精细,但正是这无意为之,造就了可口的美食。我们平常吃的皮蛋瘦肉粥,用的都是小锅慢火,做得也很考究,但无论如何是吃不出亚丁湾那豪放劲头的。

舰艇海上航行,如果长时间吃不到新鲜蔬菜,人的体质就会下降,容易诱发各种疾病。编队利用每次靠港休整补给,会及时补充新鲜蔬菜。不仅如此,针对蔬菜不易储存保鲜的情况,上级还专门给每艘舰艇配发了豆芽机、豆浆机,使护航官兵能够在长达 10 个月的远海航行途中自己发豆芽、磨豆浆、做豆腐,改善饭菜质量。

　　炊事班班长李辉,是河南杞县人,他曾被评为"十佳护航尖兵"。为保证大家吃饱吃好,他刻苦钻研烹饪技术,认真研究制作豆浆、豆腐和豆芽菜等豆制品的方法,这些事在陆地上并不太难,但在海上却非易事。一开始,李辉也摸不着门径,慢慢地,他总结出发豆芽的关键是要控制好温度,还要用陈醋消毒,同时做好通风工作。做豆腐时石膏、内脂等添加剂必须适量、适时,放多了做出来的豆腐容易老,放少了又太嫩,放早了口感发涩,放晚了又会发酸。我曾问李辉:"大家都说用海水点豆腐很有名,是真的吗?"李辉说:"那都是大家瞎传的,海水点的豆腐事实上不如石膏点的豆腐。"李辉烧的豆腐菜也很美味,有幸能吃上这位特级厨师烹调的家常豆腐、麻婆豆腐、豆腐汤等传统菜肴,我们也算是口福不浅。为让战友们吃得更健康,李辉带着兄弟们一起钻研营养学,结合护航任务特点创新菜式,照着菜谱变着花样帮战友调剂口味。亚丁湾上长期高温高湿,炊事班就每天熬制绿豆汤给大家消暑。

我曾和二级士官边承壶长聊过几次。他给我讲述过自己做饭的感受。

每次轮到他值班做早饭时，他总喜欢打开厨房的舷窗，一是他喜欢亮堂，再就是打开舷窗后一眼就能看到大海。早晨，舰艇常常是安静的，他忙碌之余抬头看看大海，心胸就会觉得很开阔。海风吹进来，把伙房的油烟也吹淡了一些。伙房里毕竟油烟大，有时做一天饭下来，自己就不想吃东西了，早被油烟熏饱了。但即使这样，看到战友们吃得高兴他就很满足。当然，舰员们对伙食有时可能也有意见，边承壶认为，大家天天在这里吃饭，有点意见很正常，有意见才会有进步。他说，有时仅仅费事多那么一道工序，菜的质量就不一样。比如，一个简单的炒肉片，他总是要把肉先在油里过一下，这样口感就会嫩一些。每天做完饭后，他总是把厨房收拾得干干净净。

我用舌头总结了边承壶的厨艺，他烧得最好的几个菜是：干烧鲳鱼、回锅肉、红烧牛尾。我建议他回国退伍后，可以开个饭店，专营"海军亚丁湾护航菜"。说到什么事最让他开心，他说，就是给家里打电话时，儿子在那头叫他爸爸，那是最令他高兴的事。他的儿子刚刚3岁，别人问他爸爸干什么去了，儿子就举起手做成射击的样子，说："我爸爸砰砰砰去了。"

同志们一致反映,护航伙食保障总体是很给力的,每天都有不错的荤菜,就是素菜少。不说别的,看看第一次停靠亚丁湾时,编队后勤部门为官兵采购的六类副食品,就知道护航官兵的伙食如何:肉类有牛肉、牛排、羊肉、无骨鸡肉、带骨整鸡、鸡腿、牛肉肠、鸡肉肠,鱼虾类有大虾、石斑鱼、红鲷鱼、金枪鱼、墨鱼、海蟹、章鱼,蔬菜类有黄瓜、胡萝卜、西红柿、四季豆、尖辣椒、青椒、红椒、西葫芦、土豆、生菜、菠菜、卷心菜、红皮洋葱、大蒜头、南瓜、花菜、白萝卜、蒜苗、欧芹,水果干果类有西瓜、葡萄、苹果、桃子、杏、橙子、香蕉、木瓜、无核提子干、无花果干、葡萄干,饮料类主要是各种果汁,另外还有一类是鸡蛋。单说采购的那种非洲大虾,味道就美极了,那大虾拿到北京估计要卖挺贵。靠港补给的时候,舰员们也可以自己去超市买各种水果,我的好友熊贵帆总喜欢买上几箱埃及橙子,那橙子比我们重庆的橙子还甜,不服不行。

过节了,舰上给官兵发放了小吃,可谓品类繁多:杏仁、核桃、花生、开心果、山楂片、香蕉片、青豆、碧根果、乌梅,各式瓜子,各式饼干、巧克力,还有各种水果,饮品有牛奶、橙汁、八宝粥,有营养品,另外还有啤酒和红酒。

亚丁湾上,包包子也成了一件乐事。一听到广播里包包子的通知,大家就迅速集合到士兵餐厅。操弄枪炮和机械设备的手,竟然能包出十八道褶来。大家还给包子起了名字,有的比照"狗不理"包子叫起了"海盗不理"包子,希望海盗不再袭扰过往商船,还有的干脆就叫"亚丁湾"包子,透着十足的豪迈。

一天,我在特战队员舱室聊天,来自湖南的战士苏红杨送我一小瓶剁青椒。好长时间不见这美味了。打开瓶盖,一股浓浓的辣香味就扑鼻而来。用小匙取一点放进嘴里,丝丝咸辣悠长的味道顿时溢满整个身体,用牙轻轻咀嚼,湖南剁椒特有的爽脆感令人欲罢不能。这等美味,在亚丁湾是多么难得呀。苏红杨说,这是他珍藏的最后一瓶。用这样的剁椒做鱼,味道极为鲜美。守着偌大的海洋,鲜美的鱼自然会有的。

舰艇漂泊的时候,经指挥员批准,舰员们可以钓钓鱼。

舰上有一名随舰军医徐良志,他业余时间除了喜欢把拍到的视频用软件编辑成短片外,另一个爱好就是钓鱼。他说,每当钓起一条鱼,自己就有一分成就感,远航带来的压力也就释放了。有个早晨,我们刚起床,见徐军医已钓回了满满一桶鱼。我还曾亲眼看到一条 1 尺(1 尺约 0.33 米)多长的剥皮鱼被他钓上来时,鱼钩不是在那鱼的嘴里,而是钩在了鱼的肚子上,让人忍俊不禁。

亚丁湾鱼类资源丰富,同志们钓上来的鱼也是五花八门。偶尔还能钓到蓝鳍的金枪鱼,据说十分名贵。亚丁湾的鱼很傻,有的不用饵都咬钩。钓鲨鱼的时候,食指粗的鱼钩常常被鲨鱼用牙齿像切西瓜一样咬出一个断面。在亚丁湾,同志们吃得最多的鲜鱼是鱿鱼,因为鱿鱼喜欢光亮,晚上用大灯照耀水面,将一种特殊的发光的钓钩甩下去,鱿鱼们就会争先恐后往钩上撞,有时一晚上就能钓到上百斤。

钓上来的鱼,大家都会交到炊事班去,由炊事班负责烹制这些各式各样的鲜鱼。将一袋重庆火锅底料加入葱姜蒜炒香后,加水和黄酒,再放入收拾干净的鲜鱼,15分钟后,一锅绝美的亚丁湾鱼鲜就出锅了。那味道,绝对让人垂涎三尺。战士们偶尔还会钓到小虎鲨,炊事班通常会做成鲨鱼羹给大家伙加加餐,那样做成的鲨鱼肉很白很细腻,入口即化,一个字:靓。

南海舰队业余演出队创作过一首好听的歌,叫《鱼宴》,淋漓尽致地表达了护航水兵的快乐心境。

海上的日子快乐无比

垂钓比赛让人着迷

水兵刚把寂寞甩进大海

大海就毫不吝啬送来惊喜

你看那一条条不同国籍的鱼

在甲板上跳起水族的霹雳

你看那一条条大洋风味的鱼

就躺在中国的油盐酱醋里

今天晚上假如回到岸上去

水兵们打一个饱嗝

亚丁湾的鲜味儿

会让全世界所有的猫咪

都失去睡意

没有人吃鱼能吃得如此辽阔

没有人吃鱼能吃得如此惬意

大海热情水兵就别客气

举起筷子把四大洋轻轻地搛起

让我们记住"千岛湖"舰炊事班全体同志的名字吧:班长李辉,副班长陈光、袁波,士官边承壶、陈绍生、陈贤赟,上等兵张奔、韩绿文、韩智伟。是他们一日三餐不停地劳作,养育了我们的胃,丰富了我们的舌尖。

舌尖上的亚丁湾,是海的味道、风的味道、阳光的味道、时间的味道,也是远航的味道、战斗的味道。这些味道,已经在护航的日子里和家园、故乡、亲人、思念、奉献等朴素的情感和伟大的境界糅合在一起,虽然少了一些家乡那青翠欲滴的扑鼻之气,却在穿行波涛的每一个齿间,留下了回味无穷的滋味。

我的兄弟我的舰

"千岛湖"舰开通了一部长途电话,安装在大会议室里,每名官兵都领到了充值电话卡,休息的时候大家可以给家里打打电话,但规定每人不能超过 10 分钟。200 多人就一部电话,同时还要考虑国内亲友的作息时间,所以打电话的时间真是太紧张。因为信号极为不稳定,而且通话有延迟,这边在问第二个问题了,那边第一个问题还没回过来,通常是说一句话后,停顿一会儿,等听完对方的回话后,再说下面的话。即使这样,会议室依然排着长队,由此可见人是多么需要沟通啊。满屋子坐着人,若是给恋人通话,真是"爱要怎么说出口"。热恋中的人最乐意天天花几个小时去排队打电话,有的人索性拿着书过来边看边等,女同志把手上正绣着的十字绣也拿过来边绣边等。有的人甚至把毛巾被和枕头抱过去,睡在拼起来的凳子上,跟买房排号一样。谈话内容也不保密了,都袒露在同志们的耳朵里。有一天,战士李高涛兴奋地捏着话筒:"前面说的话没听清楚没关系,反正最重要的话我已经听到了,你说同意嫁给我了!"同志们都为他鼓起掌来。当然,大部分同志都是自觉的,基本能做到打电话不超时,可有的人打着打着就打过了头,后面等的同志差不多能用目光杀死他。毕竟,电话那边是遥距万里的故乡;毕竟,那一头也许正连接着虚无缥缈的爱情。会议室在舰艇的四楼,一遇大风浪,有的同志边吐边打电话,叫人心疼。

有天我看书写作到了凌晨3点,北京时间正好是早上8点多钟,反正睡不着,我就跑到会议室去给家里打个电话。舰上大部分人此时还在梦乡。舱段班班长李文正好在那里打着电话。这部电话估计是世界上最勤快的一部电话了。李文见我进来,就匆匆把电话挂断了,走了出去,说,丁干事你打吧。我见会议室没有别人了,就抓住这个时机有一搭没一搭地和妻子聊了快半小时。等我打完电话出门时,却见李文还蹲在门外。我问他为何还在这里,他说他刚下更,等我打完后他想再打一会儿,和自己的未婚妻多唠唠,他护航回去就要和对象结婚了。我说,你怎么不早说,我也没有什么重要紧急的事,害得你在门外等这么久。心里一阵自责。

多好的战士,他在门外静静蹲了半小时。

从此,我就很注意观察他,也常在他值更的时候去和他聊天,慢慢地,我们就熟络起来。有天中午开饭时,后区 1 甲板内通道海水管出现沙眼漏水,影响了舰员们正常行走,李文在巡检时第一时间发现了这个情况,他迅速安排班里的战士去准备抢修工具,自己则不顾一切用手堵住出水口。海水顺着李文的胳膊一直流到脚底,把他全身都淋透了,但他顾不了这么多,只想尽快把管路修好,任海水在身上流淌。经过 1 个多小时的抢修,管路修好了,李文用手抹了抹脸上的海水和汗水,嘿嘿地乐了。海水盐度高,管路长期经受海水的腐蚀,出现渗漏是常有的事,但不管哪里的管路漏水,舱段班班长李文都能够及时赶到现场,在最短的时间内排除故障。

"千岛湖"舰第一次停靠也门补给时,由于油水补给工作十分重要,作为舱段班班长,为了油水补给顺利进行,李文主动要求留下来坚守岗位,把外出机会让给了战友们,那次全舰就他一个人没有外出,只到了这个国家的码头上。

李文家在山东农村,他说:"丁干事,我结婚给你发请帖,你来不来?"我说:"一定来,你说话要算数。"我们在亚丁湾分别时,我把电话留给了他,希望他以后还和我联系。

液货班班长兼补给技师陈年生是江西赣州人,执行任务以来,他凭借顽强的意志、过硬的技术和卓越的胆识,带领全班出色完成了各项补给任务。8月3日,为确保第二批护航编队指挥舰"深圳"舰正常航渡回国,"千岛湖"舰奉命在五级海况下为其实施航行中横向油水补给。领受任务后,整个补给部门都感到压力很大,在如此复杂海况下实施航行横向补给对他们来说是第一次。面对困难,陈年生主动请缨担当此次补给操纵手。他带领本班人员仔细检试补给装备,反复熟悉操作规程和各项应急处理措施,深入分析大风浪情况下架索、放管、对接过程中的装备运行规律和操作技巧,进一步细化完善操作过程和要求。在两个小时的补给过程中,他始终坚守岗位,挺立于操纵台旁,仔细观察每一盏指示灯、每一台绞车、每一段油管和每一根牵索的变化情况,及时有效地处理了末端油管摇摆、牵索受压补偿较慢和泵舱高压较低等问题,顺利完成了大风浪航行补给。

每当舰艇要进行靠帮补给前,补给部门的全体人员都顶着烈日暴晒,埋头在甲板上吊碰垫,拉链条、缆绳、钢缆,还有将各种绳索卸扣连接起来等大量工作。以前舰上吊碰垫使用的是又粗又长的大链条,既笨重,安全系数又不高,每根链条需要6个人拉住,这样吊放一个碰垫需要至少15个人,不仅效率低,如果遇上海况不好,对人员的安全也有很大威胁。好几次整个部门的人都是凌晨 5 点多就起床准备，打着手电在舱面准备碰垫。帆缆一班班长张岳飞经过仔细琢磨，终于解决了这个困扰大家许久的难题。他用锦纶绳代替链条，既安全又快捷。而后他又想出一个妙招，在吊装前后段的小碰垫时，用电动卷缆筒取代人力葫芦（人力葫芦是一种比较常用的起重工具，又称起重葫芦、吊葫芦等），用一根长绳子取代钢缆，用一个滑轮代替葫芦。领导很快采纳了他的建议，这样不仅提高了工作速度，人员也轻松安全，经他这样一改进，以前要花 1 个多小时的工作，现在二三十分钟就足矣，大大提高了舰艇的机动性。

操舵班班长朱文亮当兵 16 年了，对部队有着特殊的感情，今年（2009 年）就要复员离开部队，这次护航可能是他最后一次远航。他说，当兵十几年随部队在南沙守过礁，过过没有水没有菜没有电话与世隔绝的日子，如今随现代化综合补给舰远洋护航，生活条件、舰艇性能、保障能力都今非昔比，他个人也取得了大专文凭，本科在读，人也变得成熟，敢于应对挑战了。这次护航配备到舰上的高速快艇，官兵缺乏全效能使用的经历，朱文亮驾驶快艇载着同志们完成首次驱赶海盗任务后，快艇却熄不了火，只好临时联系厂家请求技术支援，急得大家手忙脚乱。"处女航"的尴尬深深触动了他，激励他更加发奋学习新装备、掌握新技术、提高新本领，在后来的护航中创造了使用小艇救护商船伤员、大风浪运送物资的新纪录。

电工班班长、五级士官方彬是江西上饶人,在舰上基本属于资格最老的士官了。方彬沉默寡言,一看就那种朴实可靠的老兵。方彬说,技术兵在岸上时谁的本事有多大仿佛看不出来,但一出海就是动真格的了,关键时候必须顶上去。如果装备出了问题,通过自己的双手解决了,觉得好几天都很轻松,如果解决不了,那简直是寝食难安。方彬曾在导弹护卫舰上工作过,那时他们的舰长是明星舰长柏耀平。有一次刮大风,一艘巴西船在东海遇险,柏耀平受命率领他们前去营救,军舰顶着大风,舰体倾斜了三四十度,这时候舰上的一台电机出了故障。危急之际,方彬沉着应战,不到半小时就把电机修好了,原来是绕组线圈出了毛病。方彬只是初中毕业,之所以电机修理技能如此高超,还是靠的苦功夫学习。他说学技术时一天到晚背电路图,慢慢用死记硬背的办法把电机的构造摸熟了。参加技术比武,方彬次次都是第一。这个乡村木匠的儿子,用辛苦劳动赢得了荣光。

和战士们交朋友,要像毛主席说的那样:"给他们一些时间摸索你的心,逐渐地让他们能够了解你的真意,把你当做好朋友看,然后才能调查出真情况来。"我拍出的照片,经常被战士们拿着优盘来拷走,过不了多久,照片就会像网络病毒一样,在舰上的笔记本电脑里四处传播,他们说,丁干事,你拍得真艺术。现在战士们的工资待遇也高了,"千岛湖"舰90%以上的战士都有自己的笔记本电脑,他们在舱室里装上无线路由器,休息时几个舱室的人就可以一起打游戏休闲。

机电部门舱段班战士竺凯和邓朝胜睡上下铺,他们一个是浙江人,一个是湖南人,但这两人却有一个传奇,他俩竟是同年同月同日生,现在又同班同床同机组,应该算是一个小概率事件。小邓是湖南涉外经济学院大专毕业生,在舰上的主要任务是整理垃圾。小竺虽然学历没有小邓高,但兵龄要老一点,对部队的情况也比小邓熟一些。小竺爱说笑,小邓多沉默。有一天,小竺看到小邓的身份证上出生日期竟然和他一样:1987年6月1日。从此,哥俩的关系越发亲近了。小竺是个钓鱼高手,有一次他不知通过什么办法,弄起来一条花纹美丽的海蛇,把我吓了一大跳。

小邓的岗位在飞行甲板下层的带缆平台,他每天的任务是对全舰收集上来的生活垃圾进行分类、整理、打包、搬运、储存、焚烧。军舰就是一个"流动的城市",舰上生活着几百号人,平均每天要产生100多公斤生活垃圾。每天小邓要对各部门收集上来的垃圾进行分类,纸箱、塑料瓶、易拉罐是"可回收垃圾",把纸箱压扁后整齐码好,塑料瓶、易拉罐压扁后分类储

存。果皮、手纸、方便面盒等为"不可回收垃圾",用垃圾处理装置进行脱水、挤压后,制成类似"压缩饼干"的固体垃圾。原本100多公斤的垃圾,经过滤水、搅拌、冲洗、烘干、压缩等多道工序,最终仅剩不到10公斤,这些再用专用焚烧炉进行焚烧处理。处理垃圾又脏又累,干几天不难,几个月下来天天干这个活却绝非易事,小邓从无怨言,这个不苟言笑的大学生士兵让人充满敬意。

枪炮部门上等兵李高涛在亚丁湾见到了自己的哥哥李成,这事一直在舰上风传。李成随第四批护航编队来到了亚丁湾,哥儿俩相见了,在两艘军舰的舷边对话。

"我看你结实多了。"

"是啊,没事就好好锻炼身体。"

"还抽烟吗?我已经戒了。"

"没事的时候抽一根,有时也很无聊。"

"你转士官恐怕就要这里转了吧?"

"嗯,差不多吧。"

"我要上更了,下次靠帮补给再见吧。"

"哥,你多保重!"

哥儿俩同时参加护航,这种情况又是一个小概率事件。望着哥哥的背影,李高涛的眼睛湿了,毕竟,在这么遥远的地方见到了自己的亲人。

我第一次到舰上的理发室去理发时,让理发员帮我理了和他一样的发型:光头。在舰上,这是最流行的发式,好处多多:一是节约洗发水,二是简化了梳头程序,三是保证了大家发型一致。据我粗略观察,舰上70%的官兵都保留了这种发型。实践证明,在大洋上远航,这种发型最受欢迎,我们笑称这是"护航头"。有时,同舱室的战友新剃了光头,每个人都要走上去,轻轻地在那光头上印下一个吻。看到这一幕,我的眼泪禁不住流了出来,钢铁的战士其实多么柔情。

给我理发的是主机兵杨栋明,是一名去年刚上舰的新同志,他利用业余时间学会了理发,现在已经成为舰上的一名专业理发师了。只要战友需要理发,他一定随叫随到,有时晚上他已洗漱就寝了,但只要战友们叫他,他就会马上穿好衣服起来服务。一年多时间里,他免费为官兵理发1100余人次,得到了大家的一致好评。还有一名理发员叫强小海,也是一名新同志,手艺也不错,我问他:"你晚上要值班,白天还要帮大家理发,累不累?"他笑着回答道:"这也是我的工作啊,在舰上每个人除了岗位工作,好多人都要兼职做一些服务工作。"

信号兵朱锡波,是一个把痛苦化作履职尽责动力的优秀士官。这位小伙子到亚丁湾2个多月时,父亲突发急病撒手人寰。

母亲为让他安心护航,一直没有把这不幸消息告诉他。后来舰上领导得知这个消息,大家经过研究后,认为还是应该告诉他本人。舰领导和他谈过后,朱锡波表现得极为平静。舰领导让随舰的心理专家郭勇大夫对他进行心理疏导,郭勇大夫和他谈过后,感觉他很坚强,完全不需要心理疏导。郭勇大夫说,对于丧失了亲人的人,哀伤是一件自然而然的事,哀伤会使人暂时处于心理上的极度软弱状态,情绪变得低落,有的人也许对人生和世界的看法会变得偏激,行为也许会变得紊乱和失控,但朱锡波这孩子很正常。那些天,朱锡波一直沉默着,战友们也是偶尔和他握握手,或者拥抱他一下,给他无言的安慰和交流。听到噩耗的那一晚,他的眼泪一定让亚丁湾的海水更咸了。也许,他会跪在甲板上,让印度洋的波涛把哀思和痛楚带回遥远的家乡。鉴于他的特殊情况,舰上决定让他随第三批护航人员返回国内,没想到朱锡波却婉拒了领导的安排。他写了一封感人肺腑的请战书:"我属于父母,更属于祖国和人民,为了国家和人民的利益,请给我继续战斗的机会,完成好护航任务才是我对父亲最好的祭奠。"

有一天我去报房拷"报纸",舰上只能看前一天的报纸内容,是由北京每天将《解放军报》《中国青年报》的电子版打包后通过卫星传到舰上,我们再用硬盘去舰上的报房拷下来看。

虽然麻烦一点,但能看到头一天的报纸已经很不错了。报房战士徐市乐喜欢和我聊天,我们从海盗的袭扰,谈到他分手的女友,也说到战友朱锡波的事情,徐市乐幽幽地说了八个字:"避无可避,无须再避。"他请我帮他把这 8 个字用毛笔写下来,贴到自己的桌子前面。我说,你这几个字从何而来?他说是他自己总结的,他说鲁迅先生说过,"伟大的心胸,应该表现出这样的气概——用笑脸来迎接悲惨的命运,用百倍的勇气来应付一切的不幸"。我说:"徐市乐你小子是个战士哲学家。"

一瓶海水和一条鱼

我现在仍保留着一瓶亚丁湾的海水，还有一条亚丁湾的鱼，都是战士大壮送给我的，在我离开亚丁湾的前夜。

海水其实是一种非常复杂的液体，海水中各种元素都以一定的形态存在。海水中有含量极为丰富的钠，但其化学行为非常简单，它几乎全部以 Na^+ 离子的形式存在，怪不得海水那么咸。海水中的有机物质包括氨基酸、腐殖质、叶绿素等。

海水，它如此丰富。

而我拥有的，是一瓶清澈的海水，它来自亚丁湾，连接着整个蓝色的海洋，它蕴含着护航生活的记忆密码。每当看到这瓶海水，我的眼前就开始由透明的无色逐渐变蓝，由浅入深，直至我的耳边有风声掠过，有海鸥鸣叫，有哗哗的波浪拍击船舷。紧接着,急促的铃声响起,有力的脚步声越来越近,各种口令一声一声往下传递……我的思绪又回到了 10 年前(2009 年)随海军舰艇编队在亚丁湾护航的日子。

每天,亚丁湾都在上演这样的大戏,我们既是观众,也是演员。感谢大壮,他送给我的,其实是记忆的留声机。

那条鱼是一条剥皮鱼标本。舰上有很多能工巧匠,战士们做出来的海鱼标本很漂亮。大壮说,他从老班长那里刚刚学会做标本,做了 3 条,送给我的这一条做得最好。

做剥皮鱼标本,要从鱼的肚子处将鱼小心剪开,仔细地把鱼肉及内脏去掉,然后在鱼皮里填进软布,放在背阴处阴干;待鱼皮干到五六成,将软布取出,填充进棉花等,再用白细线将开口处缝合好;等到鱼皮全干以后,刷上一遍清漆,这样一条剥皮鱼标本就做好了。做一条剥皮鱼标本,要让鱼的外形保持完整,包括牙齿也要一颗不缺,这的确是个手艺活,耗时耗精力。在远航的舰上,制作标本是一项特色文化活动。听说,舰上准备在合适的时候搞一个鱼类标本展览。由于工作时不小心,大壮的作训裤被铁丝划了一个大口子,他自己不会缝,是睡他上铺的舱段分队长帮他缝好的。大壮连自己裤子都缝不好,却把剥皮鱼标本缝得细密整齐。

认识大壮很偶然。一天,我的住舱卫生间水管坏了,给舱段

班打电话请他们来修理，他们派大壮过来，很快帮我修好了。于是我邀请他在我住舱小坐，我们慢慢聊了起来。这一聊，就聊成了朋友。

后来，我看到大壮在他的记事本上这样写道："今天去帮丁干事房间修水管，随后获得了和他交流的机会，知道了他是总政文化体育局的，和他的谈话让我对人生又有了一些新的认识。我能感受到一种父亲对孩子般的指导，这也可能是我幸运的原因，每到一个地方总能找到一个引导我的人。这一次的交流更加让我们接近。我喜欢这种感觉，也享受这份感觉。"

这段话，让我心存感动，为一名战士给予的信任。

每天频繁的值班令他感到一些不适，24小时轮流值班带来最大的问题就是睡眠不足。好在他坚持下来了。大壮喜欢书，有空他就开始读书，他最喜欢看人物传记和财富故事，因此出海时他带了满满一箱书。《富兰克林》是大壮在护航期间看的第一本书，他从书中感受了一次顺畅的心灵之旅。主人公在不短也不长的生命路上，引领读者去向善，爱一切可爱之人。大壮把富兰克林一生恪守的13种德行都认认真真记在了小本本上。他把拿破仑·希尔写的《成功规律》连看3遍才放下，还记了20多页读书笔记。能读到这么好的书，他为自己感到幸运。

我从大壮那里学到了不少知识。有一天他问我："如果真的发生战斗或不测,有战友在大海牺牲了要举行海葬,你们总政对海葬仪式是怎么规定的呢?"这还真是一个沉重而严肃的问题,我也不太了解,海军好像有专门规定。

大壮说:"美国海军对海葬是有明确规定的。"他拿出自己的摘抄本,上面有这样的内容:海葬对于每一个参加过美国海军的士兵来说都是很高的荣誉。上至海军上将,下至在海军服务过的军犬都有权享受这一崇高的荣誉。哀伤与荣誉同在。仪式都是在海军舰艇上举行,由海军仪仗队执行,仪式内容包括鸣枪21响、吹安息号、撒骨灰、海军代表接受折叠成三角形的国旗。

一名普通士兵,在思考这样深远的问题,让我这个从事军队文化工作的人颇有些汗颜。我想,随着先进军事文化的发展,我军必将不断完善军人礼仪规范。中国军人,必将享有更高的礼遇和荣光。

大壮给我讲了另一个有关书的故事。有天舰上值班员接到支队电话:支队为每名官兵配发一本新书,要组织认真阅读,书名叫《这是你的床》。接电话的人很纳闷,"这是你的床"? 到底写的什么内容呢? 几天后书发下来了,一看,原来书名叫《这是你的船》。敢情接电话那位耳朵有点背, 也许授话者有山西口音。《这是你的船》的确不失为一本好书。作者迈克尔·阿伯拉肖夫舰长接管"本福尔德号"的时候,这艘舰艇虽拥有当时美国海军最为先进的装备,但其管理水平和作业效率都很差。经过努力,阿伯拉肖夫舰长造就了一支充满自信、干劲十足的团队,大家学会了为自己的行为负责。"这是你的船"成为全体船员的口号,"本福尔德号"也被公认为美国海军的典范,海湾战争中该舰成为导弹命中率最高的驱逐舰。

大壮真名叫金盛浩,浙江金华人,几年前退伍了,在老家做房地产。他曾说,除了看书,别无乐趣。现在想来,那时候我们置身于两个海洋,一个海洋在眼前澎湃,一个海洋在内心汹涌。只有这样的朋友,才会在我离开时,想到送我一瓶海水和一条鱼。

八月浮槎

因为要去护航,在收拾好行包从北京出发前,他把自己的网名换成了"八月浮槎"。的的确确,我们要在海上漂泊8个月。

浮槎,传说中是来往于海上和天河之间的木筏。大诗人杜甫在我家乡的夔门写下"听猿实下三声泪,奉使虚随八月槎"的诗句。晋代张华的《博物志》载:

> 天河与海通,近世有人居海渚者,年年八月有浮槎,来去不失期。人有奇志,立飞阁于槎上,多赍粮,乘槎而去。至一处,有城郭状,屋舍甚严,遥望宫中多织妇,见一丈夫牵牛渚次饮之,此人问:"此是何处?"答曰:"君还至蜀郡问严君平则知之。"后至蜀,问君平,曰某年月日有客星犯牵

牛宿。计年月正此人到天河时。

这段文字大意是:天上银河与地上大海相连。近世有海岛居民每年八月乘槎来往于大海与银河之间,从不失期。某人突发奇想,立下奇志,欲乘槎做长途航行,去探访银河。他在槎上建造了阁楼以作瞭望,又备足了干粮,于是浮槎而去。他到达了一处地方,像是一座城市,房屋重重叠叠。放眼望去,只见宫殿中有许多织女,又看到一男子牵着牛在岛边让它边走边饮。他惊奇地问牵牛人此为何地。牵牛人回答说:您回去后,到蜀郡拜访严君平先生就知道了。后来此人到蜀郡,找到严君平问这件事,严君平只回答说:某年某月某日,有客星犯牵牛宿。一核对年月日,客星侵犯牵牛宿的时间,正是此访客到银河的时候。

这是一个浪漫的古代神话故事。这个故事就是他讲给我听的,在"千岛湖"舰这艘"八月浮槎"之上。他叫熊贵帆,是海军某部的一名翻译。他性格内向却又幽默风趣,他知识广博常有惊人之语。他是个语言奇才。2002年,熊贵帆毕业于中国人民解放军外国语学院(现为中国人民解放军战略支援部队信息工程大学)俄语系。从大三开始,他忽然就迷上了英语,毕业时通过了英语专业八级考试,成为他们学校非英语专业学生通过这一考试的第一人。我曾问他,为何对学习语言有这样的天赋,他说小时候父亲常常给他吃鸽子肉,恐怕这就是有语言天赋的独家秘笈。信不信由你。

其实,熊贵帆学英语的诀窍还是两个字:吃苦。他说,那时候他学习英语简直到了走火入魔的程度,除了英语,其他一切事情都放到一边。每天,他会提一个塑料袋,辗转于教室和图书馆,袋子里面全是英语磁带。毕业后,他被分到吉林珲春中朝边境的一个观通站,那地方很苦,山上连吃水都很困难。一个偶然,他现在单位的领导发现了他超强的业务能力,把他从边疆调到了北京延庆。来北京后,工作之余,熊贵帆也干一些私活,比如在周末为一些商业活动担任现场翻译等。遇到有活了,他早上 4 点就要起床,坐上头天约好的出租车,从延庆赶到北京市内,回到延庆已是晚上 9 点,辛苦一天能挣三四百元。若按小时工资算,基本上属于口译钟点工。不过付出总有收获,2006年他就署名出版了一本有关澳大利亚旅游的书。

那天,我去他们舱室聊天,看到他正在读一本《收获》。噫,这条舰上还有人在读这本杂志,令我十分惊喜。我们聊起了茅盾文学奖,在亚丁湾还有人和你聊这个话题,更是意外的惊喜。人除了要找别人一起吃饭,更重要的是要找人一起说话,说共同感兴趣的话。在陆地上,要找跟自己有同样阅读兴趣的人,可以通过互联网去各种社区、论坛,海上就只有碰运气了。

没事的时候，我就请他来我的住舱喝酒聊天，喝我从北京带来的二锅头，漫无边际地聊天。我送给他一本我的诗集《不朽之旅》，没想到不久他竟然交给我一篇拍马屁的读后感，哪个作者不为遇到这样的"粉丝"而兴奋呢？

我一直以为不可能有哪位作者的哪本书能让我手不释卷读到凌晨了。最近结识了一位兼职打捞沉船的诗人，他终于让我重新读诗了。昨晚，他的书让我读到凌晨3点多。若干年后，当我们重提当年，我们不得不承认这样的相识确实是一个小概率事件：一个70后文学青年和一个80后文学青年同乘一艘叫"千岛湖"的船，相逢在一次光荣而漫长的旅途上。

我们刚刚认识。近几天与他的两次交谈，异常投机愉悦，让我在狭窄局促的舱室里感到久违的高山流水、海阔天空。我开始叫他丁大哥，并直接讨要到了他的一本签名赠书《不朽之旅》。拿到书的当晚，我加了个小夜班，第二天又用半个上午将整本书看完了。

21世纪初互联网刚开始普及的时候，我最喜欢去的一个网站就是"诗生活"。唉，那时我离诗歌很近啊。确实，自2002年不上"诗生活"网站后，我就再没有读过什么诗。

他让我的口味又向清新回归了一点。看来我骨子里还是一直喜爱纯文学和诗歌的，只是这些年来热情洋溢的呼声确实沉寂到了心底，仿佛一艘沉船，是丁大哥的诗集将我这只小小的沉船残骸打捞了上来。别人是请客吃饭，而他是请客读诗，把我醉了。

哈哈，这样的读后感亦可作为夜晚的谈资。有一天晚上，熊贵帆到我的住舱聊天聊到很晚，他忘了跟他们部门的人打招呼，晚上查人员在位情况的同志发现他不在，大家也不知他去了哪里，舰上没有手机，夜晚又不能开广播，结果负责安全保卫的胡干事他们好几个人大半夜满船找他，怕他掉海里去了。这些，皆因为他在很多人眼里比较另类。有天下午，同志们都在后甲板锻炼身体，熊贵帆可能由于体质差又中了暑，人竟然晕倒在了甲板上。这个事件发生后，散步时便常有人对他指指点点，发些议论。还有一些人皆因和他对话有困难，也认为他非正常，比如别人问一个问题，他的思想可能跳得很远，仿佛从一个很远的地方回答你，十足的书生气。

我认为熊贵帆是我们这个时代不可多得的一个样本。他勤奋正直、可爱单纯、思想深邃，只不过少了圆滑、虚伪而已。比如，舰上的麻醉师徐文医生换乘到另外一艘舰上，他因为值班没有去送徐文，便一直心存内疚，多次念叨起这件事情。每天早上，别人还在做梦，他已经起床到后甲板上读英语。我坚信他必成大器。他经常说他很忙，还有很多问题等待他去思考，他说马克思写《资本论》时才30多岁，他现在还没写出点什么。我认为熊贵帆的思维属于发散思维，他最喜欢疯狂开玩笑，阅读量相当大，但是不从众，他的性格大概应该归为《滑稽列传》那一类。国人以邻为壑，守着自己那一亩三分地的思维习俗由来已久，今天很多人仍然生活在隔栅与藩篱林立、傲慢与偏见齐驱的精神泥淖中。因此他说，如果他要写书，那么第一本就是《礼崩乐坏盐生蛆》，这书名给力吧。

他说这么长时间"在船上"，有一种"生活在别处"的意味，他把自己想象成恺撒，回忆去了哪里、看到了些什么、征服了些什么，依然很有诗意。他一是征服了自己的网瘾。在陆地上哪能一天不上网？二是征服了自己喜欢吃荤不喜欢吃素的毛病。以前胡萝卜、莴笋都不吃，结果现在他看见绿叶菜就流口水。三是克服了懒惰的毛病，中暑在甲板上昏厥那事，给他敲响了警钟，他最终养成了跑步的习惯。

他乐意教我学习英语，不厌其烦地解读，可惜我没有毅力，没有坚持下来。舰上的油料助理员张伟宝是他的好学生，英语水平大为长进。在也门靠港的时候可以在报刊亭买英文书报，我买了两份也门报纸，熊贵帆在旧书摊上买了几本旧的人物传记，印刷精美，估计是以前在也门住的英国人留下的。

我要随第三批护航人员返回祖国了。离别在即，不胜依依。熊贵帆给我写了一篇送行文章，不会圆滑的他又结结实实地拍了一回我的马屁。这篇文章我一直放在电脑里，我要把它像酒那样珍藏起来，留待岁月去发酵。

我回国以后，他晚上经常和同志们一起在甲板上散步，经常散步到晚上 8 点甚至 9 点。在舰上，散步是听谣传谣的最佳时机，比如要更改靠港日期这样的传闻，人群中经常飘来这样的风声："我跟你说，你千万不要跟别人说啊……"至于他们回国时要访问哪几个国家的小道消息，在舰上一直传了 8 个月。

筑梦强军的壮美画卷

——《解放军文艺》实力派军旅作家访谈

文清丽：小炜好，初次读你的长篇报告文学《在那遥远的亚丁湾》，我感觉自己好像也置身于大洋深处：果断处置紧急情况的王宏民舰长、绣花的护士、用鲁滨逊担架紧急转运伤员的官兵，亚丁湾上空的月亮、鱼群，直升机的滑降瞬间，海上紧张的手术，甲板运动会，冒雨欢迎编队凯旋的香港市民……让人如见其人，如临其境。有评论说，这些诗性的文字，是护航官兵海上战斗生活的真实描写，是军人们内心的情感记录，是关于未来中国海洋战略的理性思考。你对此评论如何看？你是哪年到亚丁湾去的？是何契机，激发了你创作这次航行的激情？

丁小炜：时间过得真快，作别亚丁湾，竟有 13 年了。那是 2009 年 7 月，我作为新闻事务官，随中国海军第三批护航编队赴亚丁湾、索马里海域执行护航任务。从宁波军港出发,一路航渡,半个月才抵达亚丁湾。那时中国海军刚刚参加护航行动,很多经验都还在摸索当中。我作为一个军旅作家,作为护航官兵的一员,面对这样一场不平常的非战争军事行动,感到有责任有义务记录好这些护航故事,因为护航当中的一点一滴,都是我们矢志强军的时代见证。面对纷繁嘈杂的生活,正义的英雄渴望领命出征;眼望浮华脆弱的世界,无畏的勇士渴望维护和平。当时,我脑海里不断浮现那些在战火中勇敢穿行的前辈,那些临危不惧的战地记者,他们用手中的笔和镜头,为战争留史、为军人立传、为正义树碑,让我们这支军队的精神气脉得以传承。我想,我也将登上心灵岸边停泊已久的船,涉过思想之水,去打捞那些青春的快意、良知和觉醒,并抵达彼岸。

护航回来后,当我浏览自己写下的文字和拍下的照片,回望在亚丁湾的日日夜夜,依然心潮起伏。多少不眠之夜,这些文字如水一般流泻出来,带着大洋上湿漉漉的腥咸味道。我必须及时把这次护航之旅的感受写出来,必须强调事件的时效性,如果当时不写,就恐怕永远不能补写了,感觉是无法复活的,就像刻舟求剑,舟上刻下的事件之痕再多,但掉入水中的许多感受就再也打捞不到了。

5个多月的海上生活,我习惯了在战斗部署的铃声急促响起时保持镇定,习惯了用锈黄的水洗脸刷牙,习惯了在没有电话、短信、网络和聚会打扰的日子里享受内心的宁静,习惯了对一只飞鸟和一朵云彩保持长久的凝望……我的文字只是一枚青涩的果子,直白而笨拙,但它承载了护航官兵的精神重量。气清更觉山川近,意远乃知宇宙宽。我的写作是平静的,在那片广袤的海域,平静地写下所见所闻、所思所想,是很幸福的一件事情。我不善于宏大的叙事,一定还有很多我未及写下的事情,甚至我们无法释怀、困惑不解的无尽思考。现在,中国海军在亚丁湾的护航编队已经是第四十一批了,又一批战友正在亚丁湾破浪前行。这些年,后续参加护航的战友,有不少人在大海上读过我的《在那遥远的亚丁湾》,我曾在北京多次接到从亚丁湾打来的电话,听战友们向我谈这本书的读后感,也听他们讲现在的护航生活,讲中国海军日新月异的变化。我想,亚丁湾赋予我这么多厚重的情感,已经足够。

文清丽:你写作体裁很广,从长篇小说、报告文学、诗歌、散文,均有涉猎,且都取得了不凡的成绩,哪种体裁你最喜欢?为什么?

丁小炜:当然,我最喜欢的体裁还是诗歌。特别是近年来,在诗歌作品上用力也比较多。我是重庆云阳人,作为巴蜀大地养育的后辈,我的故乡曾经留下了古代的李白、杜甫、刘禹锡,现代的郭沫若、何其芳、流沙河,今天的吉狄马加、梁平、翟永明、李元胜等众多优秀诗人的足迹和诗篇,川渝地区人文、地理灵动玄妙,诗意底蕴浓厚,是一块孕育诗歌的宝地。家乡的一草一木、一山一水,都牵动着我的心,成为我创作的源泉,也成为我精神上最重要的依恋。笔墨当随时代,中国是诗歌的国度,文学的繁荣离不开诗歌,而诗歌的繁荣能进一步促进文化自信。诗人创作诗歌抒发的不仅仅是个人情感,当军旅与诗歌结缘,诗人应该坚守自身的使命担当,热情地歌颂祖国、军队和人民,凭借诗歌直抒胸臆、简短有力的方式讲好中国故事和强军故事。

著名诗人、诗歌评论家霍俊明老师在为我的新诗集《野象群》写的序言中说:"就丁小炜的写作而言,他的'抒情'并不是外挂的、附着的,而是从其话语类型、情志方式以及创造力形态自然生发出来,他笔下的物象、心象、细节、场景以及整体的氛围都是与'抒情'的语言调性融合在一起的。需要强调的是具备显豁'抒情'质地的诗并不意味着没有经验、智性以及形象力的复杂性。"他还说,我不是一个"抒情主义者",而是有着较为多样的表现方式,并不急于站在前台说话、表态、评骘,而是让事物自身呈现,这样的诗实则更具有不言自明的说服力。感谢霍俊明老师如此透彻深入的解读，他的确是洞察我诗心的评论家。我愿意以精神的方式不断回归，固守自己的文学梦想。我渴望用诗句去戳中读者心中的柔软部分，也许一个铁血男儿内心始终揣着一座军营、一座城市、一个村庄、一群人。

文清丽：是的，在写诗方面，感觉你这几年简直是突飞猛进，从《绿风》《星星》《草堂》《诗刊》到《人民文学》，可以说，几乎占据了全国各大诗刊和文学刊物。我感觉你对时代、对军旅特别敏感，反应特别快。综观你所有的诗都充满着军人的豪迈及军旅诗的刚健明朗，又让人在晓畅中品味诗的韵味。比如发在《人民文学》上的《三沙，大海中一座年轻的城》，发在《人民日报》上的长诗《筑梦强军》。我最喜欢这一段：三沙，我渴望在你的风暴里骑行/给我鞍鞯，给我一头鲸的冲撞与温驯/让我游牧于这片蓝色圣海/静静踏访那场海战的疆场/倾听波涛里早已沉寂的炮声/甚至潜入水底，打捞一块锈迹斑斑的弹片/且让无边的蓝把我覆盖……说实话，读到这样的诗句，我感觉热血飞扬。正像朱向前老师对你的评价："面对强军兴军的广袤图景，丁小炜的诗歌创作近年来开辟了一种雄阔深远的精神世界。长诗《筑梦强军》清晰地勾勒出人民军队塑造世界一流军队的宏伟蓝图一步步变成现实的壮美画卷。军旅生涯熔炼了丁小炜骨子里的硬气和豪气,正如他自己所说,每一个诗人内心,都保存着一张隐秘的诗歌地图,火热练兵场就是他内心坚守的那张地图。"你的诗歌题材广泛,抒写自如,既有军人的遒劲阳刚、大气磅礴,又保持着本真的淳朴清新,经过强军实践的历练,炼出了有热血有筋骨有个性的诗句,成为叩响读者心灵之弦的重要元素。你是如何做到这一点的?

丁小炜:军旅诗歌必须坚守对理想精神、英雄主义的张扬,坚守对时代生活、时代精神的展现,坚守对历史现实、人生命运的超越。我认为,诗不仅是可以"阅读"的,而且也是适合"朗读"的。我的一些作品被评论界归入"政治抒情诗"序列,这些作品当中自然也时有悲歌、夜歌、长调、小夜曲以及自白的歌吟。我力争以起伏不一的旋律抵达一种宏阔或幽微,让各自的声部安置不同的灵魂。比如长诗《筑梦强军》,"今天,我寻着军歌而来/这片辽阔无垠的大漠戈壁/士兵兄弟挽起臂膀/金属的声音漫过迷彩的方阵……/一支军队所向披靡/不仅在于演兵场上/弥漫的尘沙、剧烈的轰响/更在于观念的革命/在于冲破头脑里的固有屏障",我把自己置身于硝烟弥漫的沙场,让激越铿锵的旋律在诗行中铺陈开来,在急剧变革的时代当中去反思一支军队的成长。比如反映人民子弟兵勇敢战"疫"、逆行不退的《信任》,"军装穿行的身影成为希望的身影/军徽闪耀的地方就是胜利的地方/逆身而行的战士,舍身为国的灵魂/誓死守护人民对一支军队的信任/大地上没有荣耀的必经之途/只有那些伤口和牺牲铸就的不朽荣光",我力图用诗情观照这支军队的过去、现在与未来,让信仰之火熊熊燃烧,让红色基因融入血脉,让红色精神激发力量,给读者以持续的慰藉。

2019 年春天,我随中国作协采风团赴海南三沙市采风,写了组诗《三沙,大海中一座年轻的城》,用自己的诗行向中国版图上最南的城市致敬,用诗歌的形式宣示中国主权。"落日闪着金光,军歌嘹亮/收获的渔舟从浪花里归航/傍晚的群岛镀着一层泛蓝的光/蓝光点亮了跑道上滑行的机群/看吧,这是中国最南的空中方阵/永兴岛是一艘泊在大海里的航空母舰/西沙老龙头,宛若辽宁舰甲板上那优美的十四度翘角/勇士们在暗夜之前昂首起飞,一束束轰鸣的光焰/沿着海天之间的漂亮轨迹骄傲地掠起/他们是三沙上空的鹰,正向更南的远方巡逻"。写这组诗的时候,我感觉自己的诗情饱含着大爱,心界是宽阔的,也是棱角分明的。其中,《最南》通过中国最南的邮局、学校、图书馆、电影院等,展示雄鸡版图上年轻的地名,是一首写给广大读者的诗报告;《永兴岛的路》以岛上的道路名展开联想,从远去的舟帆到眼前湿漉漉的海水,从岛上博物馆陈列的《更路簿》到先辈搏击大洋的经历,在纸笔游走间与历史对话;《岛长》采取白描手法,讲述七连屿岛长邹志的故事,展示一位渴望装点河山的血性军人,讴歌绿水青山的守护者;《蓝》通过对浅蓝、湛蓝、湖蓝、钴蓝、清蓝、深蓝等深浅不一的海水的描绘,联想到光的涟漪和曾经的海战,以诗歌语言解析关于蓝的不同味道,表达对这片圣海的痴情;《咫尺天涯》把中国比喻成一座永不停歇的座钟,把三沙比喻成一柄钟摆,每时每刻与祖国同频共振。

2021 年,我到革命圣地延安参观学习,写下了组诗《延安的色彩》,通过红、银、灰、蓝、黑、绿、金七种颜色,从历史写到现实,从眼前怀想过往,从表象隐喻精神。红色着重描写中国革命的信仰之色,昭示中国发出了新时代的红色宣言;银色通过棉田、羊群、马尾、大雪等意象,歌颂八路军自力更生、艰苦奋斗的精神;灰色描摹灰军装的朴实无华,突出八路军战士的热情、忧郁和坚忍;蓝色通过外国记者和国际友人的蓝眼睛打量延安,展现延安的独特魅力;黑色通过记述张思德烧的炭、毛泽东书桌上的生铁条、梁家河屋檐下的燕子,揭示质感厚重的黑孕育着胆识、哲思与光亮;绿色重在写延安今昔对比,通过沟沟峁峁铺满的绿色植被,赞美表里如一的山河;金色则运用通感手法,采取跳跃叙事,从杨家岭早晨的霞光到毛泽东窑洞里的灯光,从旗帜上的镰刀锤头到咆哮的《黄河大合唱》,用金色预示伟大的道路。一个诗人,需要更多地尝试以独特的表达来传递共同的情感,只有这样,才能在不经意间凸显丰富的节奏感和语言的张力。

只有在激情涌动的写作中不断形成自己的审美理想和人格精神,才能进入自然的创作状态,从而上升到一种诗意的精神维度。带着最初的渴望和原始的情结,我不断寻求表达的突破。我乐意以自己的眼光和感觉,去描绘当代军人的铁骨柔肠;我渴望在生活和写作之间寻求一个支点,支撑起自己卑微的快乐。

文清丽:你出版了长篇纪实文学、散文集、诗集等多部作品,你最满意的作品是哪一部?

丁小炜:最满意的作品当然还在酝酿当中。已经出版的作品中,我个人比较满意的是纪实文学《一腔无声血》,这部作品是 2015 年为纪念抗日战争胜利 70 周年创作的,虽然这本书并不为很多读者所知。

我觉得,《一腔无声血》写的是一个国家、一个民族关于疼痛的记忆。有人说,疼是原始的,也是现代的;疼是反虚伪的,也是反恶毒的。当然,这是个人体验的疼痛。一个民族如果尚有疼痛,那种深入骨骼的疼如果还在这个民族的灵魂上游走,至少证明这个民族没有丧失大义凛然的孤勇。著名战争史作家王树增老师对这部作品给予了很高评价："青年作家丁小炜站在着力表现战争中人的精神历程和人的生存状态这个写作立场上，努力寻找和采访战争的经历者、见证者和研究者，并以他们的亲历故事和精神沉淀为根基，采用非虚构写作方法，使我们得以见到这样一部内容鲜活、描述生动、感人至深的新著《一腔无声血》。这部作品的出版，不但是丁小炜文学创作上辛勤耕耘的一个新收获，也给关注抗战史读物的读者们提供了一个颇具精神价值的阅读选择。"针对抗战史写作，树增老师还提出两个令人警醒的拷问："就今日中国的写作与阅读而言，无论作为作家还是读者都应该扪心自问：我们如何用一颗诚挚之心抚摸那些'历史的真实纹理'？面对纷杂的现实，我们对'历史的诗意'的失去究竟还存有多少警惕之心？"作为军旅作家，我感到这样的拷问是沉甸甸的。

《一腔无声血》的故事，来源于真实，但在不到百年的历史进程中，好些故事竟然湮没于尘埃之中。如果说，有的国家对历史的健忘是选择性健忘，那我们自己更多的则是习惯性遗忘。微观战史作家余戈老师希望我像黄仁宇先生写《万历十五年》那样来写这本书，他说把人写好了，历史也就写好了。而我做不到这一点，我不具备直接进入历史的功力。我见到了一些抗战老兵,有八路军老战士,也有国军老战士,我还见到了一些细菌战受害者、饱受欺凌的"慰安妇",以及被掳到日本的战俘、劳工等,他们是那场战争活的见证者,他们的影像和文字资料弥足珍贵。而我接触更多的,是一些历史研究学者、作家、社会活动家、收藏家、关爱抗战老兵的志愿者等。这两个群体,因为历史而相逢。这是时代洪流下人与人命运的呼应,是一种最厚重的穿越。我有幸遇见一些重量级的人物,他们背后,都有一部厚厚的抗战史。如果说这本书的写作还算顺利的话,那是因为占有了3个有利条件:访谈范围与观点深度的契合,事件见证人与历史研究者的亲近,微观视角与宏观视野的互补。正是这样,才使我贫乏的历史知识很快得到充实,逼仄的认知不断向广阔的边界拓展,散漫率性的文字天然具有了一些温度和力量。

为写这本书,我在3年时间里,到过哈尔滨、沈阳、唐山、献县、涿州、涞源、盂县、义乌、金华、成都、万州……城镇与乡村、平原和山区、闹市与寂野,抗日的故事埋藏在那一个个地方,很多故事,就在那里,等待着有人去寻找。我把这部作品定格于世事无常、起伏跌宕的冷暖人间,将温暖的目光锁定那些流落民间、融入尘埃的抗战故事,那至真至善至美的人性光辉,每一丝洞幽烛微都足以震撼和警醒世道人心。我像考古工作者那样轻轻拭去这些故事表面的尘埃,发现它们自有令人震撼的理由,即便细节像烟云般散去,精神的决绝和凛然还永驻人间。

在采访当中,我深深体会到了疼痛。远征军老兵袁秀堂,吃到最普通的生日鸡蛋时忍不住流下泪水;蒋宣雨老人说当年打仗时吃过的牛肉罐头是最好吃的东西,现在只想每天有两三片猪肉吃;遭受日军侵害的"慰安妇"张先兔老人,见到我的第一句话是"可不敢再活了"……鲁迅先生曾说,无穷的远方,无数的人们,都和我有关。在人们物质财富极大丰富、精神空间却日渐逼仄的今天,当身边"和我有什么关系"式的诘问屡屡冲击耳膜,当看见老人摔倒不出手相扶、歹徒行凶不挺身相助的社会新闻一再刺激眼球,每个人都应深刻反思:我们从何时冷却了一腔热血?还好,我们这个社会还始终不缺热血沸腾的人。为了给遭受日军侵害的"慰安妇"们争取做人的尊严和生活保障,山西盂县小学教师张双兵在33载光阴里寻访172位"慰安妇",展开长达20余载的跨国诉讼,自己直落得一身伤病、一贫如洗;四川退休职工蒲寒以老迈之躯,在10多年时间里和志愿者一道寻访、收集和整理了近1000份抗战老兵资料;唐山普通职员戚辉自费行程20000多公里,足迹踏遍冀东周边26个县市区,历尽千辛万苦推出"永不褪色的记忆"冀东抗战老八路专题;四川收藏家樊建川20多年来倾心收集、整理和陈列抗战文物,散尽家财、多方筹资最终建成国内民间建设规模和展览面积最大、收藏内容最丰富的抗战主题博物馆……那些苦难挣扎本和他们没有交集,但因为道义之心和悲悯情怀,他们的人生于是陡然转向,呈现出别样的况味和风景。通过《一腔无声血》的写作,我想告诉世界:岁月风干不了历史,那些事、那群人的遭际攸关我们的未来,抗战英雄不容遗忘,血色往事需要温故。这些不屈的灵魂独白、沉重的生命喘息,让我们在抛洒一掬清泪、激扬一股正气之外,在内心深处更加强化了一个写作者倾力为人民抒写、为人民抒情、为人民抒怀的使命担当。

文清丽:你认为哪首诗能成为你的代表作?它好在什么地方?

丁小炜:1992 年写了一首《情书》,发表在文学双月刊《昆仑》1993 年第 6 期,国内有很多诗选本都选过这首作品。那时我还是一个战士,时间虽然过去了 30 年,我依然认为这首诗应该是我的代表作,因为它表达了那个时代普通战士内心最纯洁的情感。

心爱的姑娘

因为收到了你的信

"不幸"中了你的箭

这个周末便来得好慢好慢

你看

整个星期差点为回信失眠

星期一想好了如何称呼

星期二欣喜地发现一段名言

星期三拟定了开头的声声问候

星期四将看过无数遍的来信再次钻研

星期五决定不再引经据典出卖肤浅

只等这周末的日子

将几天的成果付诸笔端

别急

我写信水平独步全连

不在乎语言

只要求新鲜

即使有些离奇或许带点荒诞

也只缘于

爱　贵在制造悬念

虽然

我的情书没有许诺呢喃信誓旦旦

更没有城市浪漫月下花前

但远隔千山万水

会给你捎来军号嘹亮阳刚一片

让你无限醉心胜过短暂缠绵

相信

再过几天

红色的三角戳

会轻轻轻轻轻轻

飞到你日夜等待的胸前

    这些年我搬了无数次家，但刊着这首诗的《昆仑》我一直珍藏着，我的诗排了整整一页，还配有精美的插图。这是我在纯文学刊物上第一次发表作品，让我在写作上获得了更多的信心。30年前解放军文艺出版社出版的杂志，装帧风格大气时尚，即便放在今天，仍不落伍。那时期的《昆仑》，真是一座文学昆仑。

    1992年我在遥远的齐齐哈尔当战士，一个入伍才一年的列兵，能在军队最有影响的文学刊物上发表作品，我是我们整个部队第一个。记得当时宣传科的科长姓吴，是四川人，他专门把我叫到他办公室，对我进行一番表扬，他说你小子继续努力，将来一定行。后来他转业到成都双流，当了老干部局局长。这些年我每次到成都双流机场，都会想起他，想起他说的那些令人热血沸腾的话。

当时《昆仑》开辟了一个"山外山"栏目，专门发表新人新作，这期"山外山"的主题是"周末故事"，我的这首诗误打误撞，居然给撞上了。在这期"周末故事"应征稿件中，还有一个预备队，编辑老师写了一段话："在本期'周末故事'应征稿件中，以下作者的作品，或显示了较佳基础，或正在接近发表水平，特登出姓名，以资嘉勉，并期待磨砺之后的跃进之作。"这个预备队名单里，有后来获得鲁迅文学奖的温亚军和获得老舍文学奖的赵凝，两位老师如今已是军旅著名作家，我难以望其项背；还有《中国军工报》编辑部主任杨川和原济南军区作家卢茂亮，这两人后来成了我的好友。遥想当年，我们都在同一个队列里行进过，他们像飞奔的越野战士，背负满满行囊，早已超越遥远的地平线。

今天看来，这首诗就是一个命题作文。那个齐齐哈尔的冬天，我看到了《昆仑》的征稿启事，掺和着自己和战友们的生活体验，在滴水成冰的夜里写下了这些分行排列的文字。那时不可能真正懂得神圣的爱情，"心爱的姑娘"只是虚拟的一个人物，或者说是一个诗歌意象。我壮起胆子把稿子寄了出去，没想到一年后得以发表。编发我诗歌的是海波老师，2005 年北京航天城举办电视连续剧《神舟》开播仪式，我与海波老师相逢了，当时海波老师是该剧编剧，我是制片方代表。仪式结束后的宴会上，我说起他给我编发诗作的事来，他听了异常激动，和我连干了三杯。他说，他感到人生最有意义的就是在《昆仑》杂志当编辑的那几年。那几年，他扶持了很多怀有文学梦想的部队年轻人。可惜，《昆仑》在 1998 年早春时节宣布停刊，海波老师后来也调到了八一电影制片厂。我想，人民军队的文化基因根植于千百万子弟兵钢铁的精神之中，其表现形式和物化形态打下了这支军队特有的烙印，有的气势磅礴，有的平淡无奇，但都呈现出一种诗意的美。军旅文学，说到底就是要努力去展现这种崇高之美。

文清丽：我在你的散文集《心灵的水声》及诸多诗集里，看到你几乎跑遍祖国的大江南北，万物都能在你笔下成为诗，成为美文，而你的关注点始终在历史与当代精神中延伸。你对读万卷书，行万里路如何看？你毕业于军械工程学院、炮兵指挥学院，还当过学员队干部、组织干事，最后又到军委机关当宣传干

事和领导,可以说每一步都走得踏实而稳健。讲讲你的从军经历,你是如何处理工作与创作的矛盾的?

丁小炜:我当兵的第一站在内蒙古扎兰屯市,那是呼伦贝尔草原上的一座小城,风景秀美如画,很有民族风情,我在很多作品中都描写过那里。后来我分到了齐齐哈尔,到后勤分部机关工作,在那里的两年里结识了很多对我一生帮助很大的人,我也是从那里考军校到了石家庄,进入中国人民解放军军械工程学院学习,学习雷达专业。毕业后我留校工作,再后来考入炮兵指挥学院,及至最终来到北京,进入军委机关工作。一路走来,总能遇到很多良师益友,总有很多关于文学的际遇。这些我生命中走过的地方,记录着我的所见、所闻、所感、所思,诚如古代诗人一样也构成了一幅幅行迹图。在齐齐哈尔,"我是一株青春的树/在城市的脉搏里点缀春天/潇洒漂亮的迷彩服/在涌动的人流里格外耀眼";在石家庄,"在这座以村庄命名的城市里/我身上的军装/与从前那个乡下孩子的装束/同样朴素";在北京,"我以一个诗人的名义/叩响了七里渠的十二时辰/我爱这里的四季与晨昏。从那时起/蓦然发觉有一丝暖意从脸上掠过/是春风。春风里,我问候沿途的万物"。我一直觉得,诗人需要有迥于常人的凝视、发现、探询甚至再造的能力。

军旅生活和我们从事的工作,对于文学创作者来讲,是一片取之不竭的富矿。中国军队作为逐渐走向世界舞台中心的大国军队，也会不断拓展军旅作家自由开阔的思维。10多年前，因为参加护航我去过也门，专程去拜访过郑和下西洋的纪念碑。几年前，我随团出访哈萨克斯坦和俄罗斯，在阿斯塔纳寻访过朱玛巴耶夫的足迹，在莫斯科领略过一场雪。每到一个地方，面前呈现的仿佛都是一本本打开的奇妙的书。回眸曾经远行的土地，作为军人，在领略不同地域的历史文化之上，会更深层地去思考战争与和平，去思考哲学和世界的终极问题。

这些年，无论工作怎么忙怎么累，我始终没有丢弃文学的梦想，没有放弃业余写作。其实，处理好了机关案牍工作与文学爱好之间的关系，会发现它们其实可以互补，可以相互滋养。公文写作离不开思想语言之美，文学写作需要工作实践的丰富与真实。因为工作关系，我得以参加很多别人没有参加的活动，到过很多别人没有到过的地方，见证很多别人没有见证的事件，这对于写作是多么丰富的资源啊。我想起与著名军旅作家周涛老师的一次交谈，他说："文学的生命就在于，即使有100个不如意，但只要还有第101次的希望，就要去追求。"正是这种不懈追求，成就了一位散文大家。对此，他丝毫不掩饰自豪："假如我没有了这些，或者假如干了别的工作而没去写作……我的天哪，我将用什么向我的一生交代？幸亏我年轻的时候坚持下来了,于是到了今天,对我而言,没什么东西能够替换它们。"泰戈尔也说过一句话:"你今天受的苦、吃的亏、担的责、扛的罪、忍的痛,到最后都会变成光,照亮你的路。"

文清丽:业余时间,你除了创作,还写书法,得到不少赞誉。你认为书法或者其他艺术门类是否与文学有共通点?除了书法,你还有什么爱好?你觉得爱好对创作有何裨益?

丁小炜:若论文字之美,中国书法堪称独树一帜。中国书法不仅体现出文字的美,更体现出文字背后所表达的那种思想、情感、气势和风骨。中国书法是一种抽象的线条艺术,具有极大的可变性、可容性与艺术性,传承着中华民族的文化,是有灵魂的。同文学艺术一样,在临习书法的过程中,要博采众长、兼收并蓄,学习书法的意义在于发现美、感受美、追求美、表现美。一个人长期心摹手追,坚持从传统艺术宝库中汲取精华,写出的作品慢慢就会有书卷气,具有平静的精神张力,凸显线条之美、节奏之美。好的书法作品,能够让人充分感受到作者的精神气象与人格世界。我在学书过程中,偏爱厚重苍茫的书风,仿佛能从纸上读出鼓角争鸣,听到作者心中那无法遏制的狂涛,因为这和军人的性格是浑然一体的。

除了写作、书法,我的爱好就是读书,特别喜欢历史文化类的书,喜欢看考古方面的书籍、影视剧。因为,写作者除了"感觉"和"文笔"这两项基本素质外,还需具备另外两种基本素质:"学识"和"见识"。

文清丽:31 年的军旅生活,你觉得在军营最大的收获是什么?请结合自己的人生经历,给官兵讲句人生寄语,好不好?

丁小炜:军旅生活给我的最大收获,就是在感受荣光之外,给了我不断实现梦想的可能。希望热爱文学的战友永远不要丢弃梦想!文学路上少一点名利,好花自来;人生路上多一分微笑,前路自远。

文清丽,1986 年入伍,陕西长武人,《解放军文艺》主编。毕业于解放军艺术学院文学系、北京大学艺术系和鲁迅文学院第三届中青年作家高级研讨班、第二十八届高研班深造班。出版有散文集《爱情总是背对着我》等三部、小说集《纸梦》等四部、长篇非虚构作品《渭北一家人》、长篇小说《爱情底片》《光景》等。获《长江文艺》方圆杯小说奖、《广州文艺》第四届都市小说双年奖一等奖、第十九届百花文学奖、《小说选刊》年度奖等。有作品入选多种年选和排行榜。